L'ASSASSIN DE LA TOUR DE LONDRES

LES ENQUÊTES DE L'INSPECTEUR HIGGINS

Déjà parus

1. Le Crime de la momie
2. L'Assassin de la Tour de Londres
3. Les Trois Crimes de Noël
4. Le Profil de l'assassin
5. Meurtre sur invitation
6. Crime Academy
7. L'Énigme du pendu
8. Mourir pour Léonard
9. Qui a tué l'astrologue ?
10. Le Crime de Confucius
11. Le Secret des Mac Gordon
12. L'Assassin du pôle Nord
13. La Disparue de Cambridge
14. La Vengeance d'Anubis
15. L'Assassinat de Don Juan
16. Crime dans la Vallée des Rois
17. Un assassin au Touquet
18. Le Crime du sphinx
19. Le Tueur du vendredi 13
20. Justice est faite
21. Assassinat chez les druides
22. La Malédiction de Toutânkhamon

À paraître en janvier 2017

23. L'École du crime

CHRISTIAN JACQ

L'ASSASSIN DE LA TOUR DE LONDRES

LES ENQUÊTES
DE L'INSPECTEUR HIGGINS

XO EDITIONS
J ÉDITIONS

www.inspecteurhiggins.com
www.xoeditions.com

ISBN : 978-2-37448-162-3

En 1986, sous le pseudonyme de J.B. Livingstone, j'ai publié une première version de cette enquête, aujourd'hui obsolète. Voici la seule version autorisée.

L'Égypte menant à tout, j'ai eu la chance, lors d'un séjour de recherche au British Museum, de rencontrer un personnage extraordinaire. Aimant se faire appeler Higgins, en dépit de ses titres de noblesse, cet inspecteur de Scotland Yard avait été chargé d'un grand nombre d'enquêtes spéciales, particulièrement complexes ou « sensibles ».

Entre nous, le courant est immédiatement passé. D'une vaste culture, Higgins m'a accordé un privilège rare en m'invitant dans sa demeure familiale, une superbe propriété au cœur de la campagne anglaise. Et il m'a montré un trésor : ses carnets relatant les affaires qu'il avait résolues.

J'ai vécu des heures passionnantes en l'écoutant et obtenu un second privilège : écrire le déroulement de ces enquêtes criminelles, fertiles en mystères et en rebondissements.

Voici l'une d'entre elles.

— 1 —

Le superintendant Scott Marlow remonta le col de son imperméable. Ce début de printemps londonien était frais et humide. Depuis plusieurs jours, on battait des records de *smog*[1]. Par bonheur, en ce vendredi, la pluie avait cessé, laissant place à un vent glacial qui rendait la Tour de Londres encore plus sinistre qu'à l'ordinaire.

Le superintendant remplissait une mission protocolaire qu'il avait obtenue de Scotland Yard après de longues et patientes négociations administratives : représenter la police de Sa Gracieuse Majesté lors de la cérémonie d'installation du nouveau gouverneur de la Tour, Lord Henry Fallowfield. Un grand et noble personnage de soixante-cinq ans, riche propriétaire terrien, bardé de décorations. Précédé d'une réputation d'homme de fer, il avait annoncé de profondes réformes pour redonner à la Tour de Londres son faste d'antan.

Pour l'heure, Lord Henry Fallowfield, raide comme une statue, faisait face depuis plus d'une heure aux *Yeomen Warders,* les Hallebardiers de la Tour, formant un cercle en

1. Brouillard typiquement britannique composé d'humidité, de brouillard classique, de pollutions industrielles et de brumes de provenances diverses.

présence d'un détachement militaire. Coiffés d'un curieux chapeau noir, vêtus d'une tunique rouge, le col enserré dans une sorte de fraise d'un blanc immaculé, portant gants blancs et bas rouges, les Hallebardiers n'étaient pas peu fiers d'appartenir à un corps d'élite fondé par Henri VII. Chargés de guider les visiteurs et d'assurer la sécurité de la Tour, ils maintenaient rigoureusement droite leur hallebarde au manche noir et à la pointe dorée, ornée d'un pompon de même couleur.

Le spectacle avait de quoi impressionner le plus blasé. La pelouse de *Tower Green,* sur laquelle se déroulait la scène, était située entre le corps de bâtiments comprenant la Maison de la Reine, résidence du gouverneur et du lieutenant de la Tour, et l'imposante Tour blanche aux quatre tourelles. Ce bâtiment, le plus ancien et le plus élevé de cette cité dans la cité que constituait l'ensemble architectural de la Tour de Londres, était enserré à l'intérieur d'une muraille. Sur ces murs froids et austères pesait le poids d'un lourd passé d'exécutions capitales, à peine atténué par la présence des fameux bijoux de la couronne qui ajoutaient une note d'étrange beauté à un décor angoissant.

Des écharpes de brume recouvraient la Tamise, noyant dans de grises ténèbres le quai de la Tour et la *porte des Traîtres* où abordaient jadis les bateaux amenant les condamnés.

Le superintendant Marlow se trouvait dans la rangée d'invités située entre la pelouse et la Tour sanglante. Position privilégiée, s'il n'avait été placé derrière un personnage grand et maigre qui le dépassait d'au moins vingt centimètres. Aussi l'homme du Yard ne voyait-il presque rien de la cérémonie. Il avait subi, comme les autres invités, les discours du grand chambellan, Sir Timothy Raven, et du lieutenant de la Tour, Patrick Holborne, chef des *Yeomen,* qui avaient accueilli le nouveau gouverneur avec des formules empesées.

– Vous n'avez pas aperçu la reine ? demanda à voix basse Scott Marlow à l'individu qui lui bouchait la vue.

Le superintendant éprouvait une passion profonde pour Sa Majesté Elisabeth II. C'est pourquoi il avait tant désiré assister à cet ancien rituel que la souveraine honorerait certainement de sa présence.

L'homme se retourna, dédaigneux.

– Docteur Richard Matthews, se présenta-t-il. Sa Majesté est grippée. Vous devriez mieux vous informer. De toute façon, elle ne vient jamais.

Scott Marlow fut si troublé par cette terrible révélation qu'il oublia de se présenter à son tour. Il n'avait pas lu de quotidiens depuis plusieurs jours, se contentant de l'actualité du Yard, davantage nourrie par les morts violentes et les méfaits en tous genres que par le refroidissement d'Elisabeth II.

Sur la pelouse, le grand chambellan, Sir Timothy Raven, avait repris la parole, salué par l'envol d'un des corbeaux géants de la Tour de Londres, à qui l'on assurait le gîte et le couvert, comme à de loyaux et fidèles soldats. Sir Timothy, hautain, raide et très élégant dans son costume rouge protégé par une cape à l'ancienne, était l'un des plus purs produits de l'aristocratie britannique et de l'éducation oxfordienne. Arborant l'une des plus célèbres moustaches du Tout-Londres, il rappela au nouveau gouverneur que sa charge avait été accordée pour la première fois par Guillaume le Conquérant à la bataille d'Hastings. Il présenta ensuite à Lord Henry Fallowfield les patentes royales portant le grand sceau et conférant le privilège d'audience avec le souverain régnant.

« Quelle chance il a ! », soupira Scott Marlow qui, n'ayant pas accompli une brillante carrière militaire, n'avait aucune possibilité de devenir gouverneur de la Tour et d'obtenir ainsi un accès direct à la Cour.

Une série de croassements fit sursauter le superintendant. Un autre corbeau venait de se poser sur l'un des créneaux de la Tour sanglante. À côté du policier, une jolie jeune femme, Jane Portman, avait également frissonné.

– Sale bête, commenta Scott Marlow.

– Ces corbeaux sont très indépendants, dit-elle. Nous les respectons tous, ici.

Vêtue d'une robe grise terne et banale, contrastant avec les toilettes recherchées de la plupart des invités, Jane Portman, aux yeux vert clair, remplissait la fonction de conservatrice des collections historiques de la Tour.

Le grand chambellan se dirigea vers la Maison de la Reine où, des mains du lieutenant, il reçut les clefs, symbole du pouvoir attribué au nouveau gouverneur. Ce dernier conservait une attitude d'une parfaite dignité qui forçait l'admiration des spectateurs au premier rang desquels se tenait son épouse, Lady Ann Fallowfield, une brune de quarante ans au visage anguleux et volontaire. Elle participait à la joie contenue et à la fierté légitime de l'homme qu'elle avait épousé dix ans plus tôt, causant un certain scandale que sa classe naturelle avait su réduire à néant.

– Cette cérémonie est belle comme un joyau, déclara à gauche de Scott Marlow un petit homme âgé coiffé d'un chapeau pied-de-poule et portant de fortes lunettes d'écaille.

Elie Bronstein, secrétaire particulier de Lord Fallowfield, était si ravi d'avoir été invité qu'il se faisait encore plus discret qu'à l'ordinaire. Plaçant la main sur sa bouche, il regretta aussitôt d'avoir laissé deviner ainsi ses sentiments.

Scott Marlow, toujours masqué par le dos du docteur Richard Matthews, se pencha de côté pour voir Patrick Holborne, le lieutenant de la Tour, lire une déclaration de la reine Elisabeth II demandant au nouveau gouverneur « d'assurer, de maintenir, d'exercer et de jouir » de ses fonctions.

Patrick Holborne avait belle allure. Élancé, robuste, la chevelure d'un roux agressif, il incarnait à merveille l'autorité militaire pétrie par des siècles de gloire et de courage.

Scott Marlow remarqua la présence d'une femme d'un certain âge, petite, boulotte, vêtue d'une robe à fleurs mauves. Elle ôtait ses lunettes pour essuyer une larme. Miss Myosotis Brazennose, secrétaire en chef de la Tour, ne pouvait contenir son émotion. La cérémonie était si réussie, si poignante ! Bien qu'ignorant tout des compétitions, Myosotis Brazennose pleurait de même à l'arrivée du derby d'Epsom ou à la remise du trophée au vainqueur de Wimbledon. Elle avait une passion pour les célébrités, se réjouissant ou souffrant avec elles.

Le moment décisif arrivait. Le chambellan, portant les clés comme s'il s'agissait du plus précieux des bijoux de la couronne, se dirigea vers Lord Henry Fallowfield. Le ciel n'était que nuages noirs, s'abaissant vers la terre et menaçant de rejoindre le banc de brume qui stagnait sur la Tamise.

– Tremblez, tremblez ! proclama soudain une voix grave, hachée, venant du ciel. L'heure du spectre reviendra ! Elle revient toujours !

Chacun leva la tête vers la Tour sanglante du sommet de laquelle un vieux *Yeoman* à l'impressionnante carrure venait de lancer sa prophétie, dont les termes étaient restés inaudibles.

– C'est le gardien des corbeaux ! dit Myosotis Brazennose, saisie de frayeur.

Les invités se bousculèrent, se marchèrent sur les pieds. Le grand chambellan et Lord Henry Fallowfield demeurèrent immobiles, comme si le temps s'était arrêté. Leur calme imperturbable et la disparition du jeteur de sorts suffirent à ramener le flegme adéquat dans l'assistance. Ann Fallowfield, cherchant un miroir dans son sac à main pour ajuster une mèche, s'aperçut que quelqu'un y avait glissé un billet. Une rapide lecture la stupéfia :

Venez immédiatement à la Tour sanglante
Votre mari est en danger de mort.
Vous seule pouvez encore éviter le pire.

L'étrange missive était tapée à la machine et ne portait pas de signature. Une plaisanterie de mauvais goût ? Un péril réel ? À quel moment le billet avait-il été glissé dans son sac ? Pendant la brève confusion qui avait suivi la prophétie du *Yeoman* ou bien auparavant ? À moins que son mari lui-même… non, cela n'avait aucun sens. Surtout pas aujourd'hui ! Ann Fallowfield n'avait pas l'habitude de tergiverser. Femme de tête, elle résolvait les problèmes sans tarder. Dès qu'elle en aurait la possibilité, elle quitterait la pelouse discrètement.

Lord Fallowfield s'inclina légèrement pour saluer Sir Timothy Raven. Le grand chambellan lui tendit les clefs. « Que Dieu protège la reine ! », s'écria le lieutenant de la Tour, les *Yeomen* répondant par un « Amen ! » poussé à l'unisson. À cet instant, une bourrasque déplaça la masse de brume stagnant sur le quai, qui recouvrit le lieu de la cérémonie. Le plafond nuageux ayant encore baissé, le *smog* envahit la Tour de Londres. On n'y voyait plus à un mètre. « Pas de panique ! », exigea le docteur Matthews. « C'est la nuit du spectre ! », s'affola une voix féminine appartenant probablement à Miss Brazennose. « Où est ma femme ?» demanda la voix grave de Lord Henry Fallowfield. Puis les interventions devinrent confuses et indistinctes. « Par bonheur, pensa Scott Marlow qui n'osait plus bouger, la reine n'est pas venue. Quel fiasco ! »

On le frôla. Scott Marlow fit un bond en arrière, craignant d'avoir été heurté par le spectre.

– Oh pardon ! s'excusa la voix d'une silhouette qui se perdit aussitôt dans le *smog*.

– Scotland Yard, répliqua mécaniquement le superintendant. Vous n'avez rien à craindre.

« Il faut être parfaitement habitué aux lieux, pensa Scott Marlow, pour se mouvoir et s'orienter dans de pareilles conditions. »

On dut attendre plusieurs minutes avant qu'un nouveau souffle de vent dissipât un peu les ténèbres blanches et grises de sorte que le rituel pût s'achever. Les invités se regroupèrent à nouveau sur la pelouse. Le superintendant, déçu par l'absence de la reine, regarda négligemment ses voisins. Le docteur Matthews se rongeait les ongles. La jolie Jane Portman ramassa un poudrier qu'elle avait laissé tomber. Myosotis Brazennose refermait son sac à main avec difficulté, tant il semblait rempli à l'excès. Elie Bronstein, avec une nervosité apparente, réajustait son chapeau.

Lord Henry Fallowfield tenait les lourdes clés de la Tour de Londres avec une gravité digne de l'événement. S'apercevant que l'assistance était à nouveau recueillie, le gouverneur, avec componction, annonça qu'il comptait œuvrer pour la gloire de la Tour pendant les cinq années de son mandat. Ordre, discipline et rigueur seraient les maîtres mots de sa gestion des hommes et des affaires.

Jamais discours inaugural d'un gouverneur ne fut plus bref. Les invités, dont les bronches étaient irritées par le brouillard et les nerfs par les incidents, lui surent gré de cette preuve de tact.

– Vous semblez essoufflé, monsieur le gouverneur, remarqua Patrick Holborne, le lieutenant de la Tour.

– Non point, cher ami. Le *smog* me gêne, comme n'importe qui. Avez-vous vu mon épouse ?

Lord Henry paraissait réellement inquiet. Patrick Holborne considéra l'assistance.

– Lady Ann a disparu, me semble-t-il... sans doute est-elle partie vérifier que tout était fin prêt pour le dîner.

– Nous pourrions peut-être servir le champagne ?

– À vos ordres, monsieur le gouverneur.

Avec un bel optimisme, le grand chambellan avait prévu qu'un cocktail serait offert sur la pelouse même. Bien que le printemps ne fût pas au rendez-vous, le protocole avait été maintenu. C'était dans ses appartements privés que Lord Fallowfield offrirait ensuite un somptueux dîner à quelques privilégiés.

– Je vous en prie, lieutenant, insista le nouveau gouverneur, faites immédiatement rechercher mon épouse.

– Je m'en occupe moi-même, monsieur le gouverneur.

Les invités furent conviés à se diriger vers la table dressée pour le cocktail. Sir Timothy Raven, le grand chambellan, s'approcha du gouverneur.

– Vous paraissez bien fatigué, Henry ! Posez donc ces clefs. Elles sont à vous, à présent. Personne ne vous les prendra !

– Ma forme est excellente, répliqua assez vivement Lord Fallowfield. Ne vous inquiétez pas pour moi. Je tiendrai bon, soyez-en sûr.

Une violente bourrasque dissipa un instant le brouillard et dégagea le haut des remparts.

Un cri d'effroi jaillit de la poitrine de Miss Myosotis Brazennose. Incapable de prononcer un mot, elle pointait l'index de la main gauche vers le sommet de la Tour sanglante.

Tous les regards convergèrent dans cette direction.

Lord Henry Fallowfield lâcha les clefs de la Tour de Londres. Le docteur Richard Matthews se détourna pour vomir. Jane Portman lâcha son poudrier qui se brisa. Sir Timothy Raven reçut dans ses bras Myosotis Brazennose qui venait de s'évanouir. Sortant de la Maison de la Reine ou il avait cherché en vain l'épouse du gouverneur, Patrick Holborne se figea sur place. Elie Bronstein ouvrit des yeux immenses, incapable de se détacher de l'affreux spectacle qu'il découvrait.

Scott Marlow se demanda s'il n'était pas victime d'une abominable hallucination.

Debout sur l'un des créneaux de la Tour sanglante, le vieux *Yeoman* tenait par les cheveux la tête proprement tranchée de Lady Ann Fallowfield, épouse du nouveau gouverneur de la Tour de Londres.

— 2 —

Les cheveux noirs, les tempes grisonnantes, la lèvre supérieure ornée d'une moustache poivre et sel, Higgins, ex-inspecteur-chef de Scotland Yard, s'était assoupi dans le plus confortable des fauteuils de son salon, son chat Trafalgar sur les genoux. À vingt-deux heures passées, le petit village de *The Slaughterers,* où était sise la vieille demeure de Higgins, avait depuis longtemps sombré dans le sommeil. Après un dîner léger préparé par sa gouvernante Mary et couronné par une tisane de thym frais, Higgins avait ravivé le feu dans la vaste cheminée en pierre. Dehors, il faisait un temps parfait : pluie, froid et brouillard.

L'ex-inspecteur-chef avait pris une retraite anticipée malgré les supplications de ses supérieurs qui le considéraient comme un limier exceptionnel et sans doute un futur grand patron du Yard. Higgins était demeuré sourd aux sirènes lui offrant la plus brillante des promotions. Fatigué par les turpitudes humaines, il avait jugé essentiel de consacrer le reste de son existence à des occupations majeures, telles que le soin des rosiers, l'entretien de sa pelouse, les longues promenades dans la campagne ou la lecture des bons auteurs.

C'était en terminant la lecture de *La Tempête* de Shakespeare qu'Higgins s'était abandonné avec délices à une somnolence qu'accentuait la contemplation des formes dansantes du feu, le plus souverain des remèdes pour accéder à la béatitude. Le chat Trafalgar, qui avait besoin de plus de vingt heures de repos par jour, rêvait en ronronnant. Higgins savourait le calme douillet de sa résidence ancestrale comme la plus raffinée des friandises. S'il y avait une éternité, il souhaitait qu'elle possédât cette saveur-là. Demeurer ainsi jusqu'à la fin des temps, au milieu de ses meubles en merisier et de ses bibliothèques en chêne massif lui paraîtrait le plus heureux des sorts. Si, de plus, les anges jouaient du Mozart, Higgins était prêt à entrer vivant dans l'au-delà.

Le téléphone sonna.

Ce bruit discordant, d'une absolue incongruité, ne pouvait être qu'un cauchemar. Mais les sonneries continuaient, insistantes. Higgins fut contraint d'ouvrir les yeux. Trafalgar, dérangé, miaula de désapprobation. « Peste soit de cet engin », maugréa Higgins en se levant. Mary avait probablement oublié, une fois de plus, de fermer la porte de sa cuisine où étaient installés les témoins d'un modernisme que Higgins réprouvait, le téléphone et la télévision.

Au moins la vingtième sonnerie. Enfilant ses pantoufles, resserrant les pans de sa robe de chambre en soie d'un rouge profond provenant de chez Harborow, dans New Bond Street, Higgins se leva après que Trafalgar, furieux, se fut réfugié sous le fauteuil.

Au milieu de l'escalier menant à l'étage, Mary, coiffée d'un bonnet de nuit en dentelle et vêtue d'une robe de chambre lilas, dévisagea Higgins d'un œil mauvais.

– Vous n'avez pas entendu, peut-être ? Faut-il que je me lève, à chaque fois qu'il se produit un incident dans cette maison ?

Higgins préféra ne pas répondre. Mary était une robuste personne de plus de soixante-dix ans, inaccessible à la fatigue et à la maladie. Croyant en Dieu et en l'Angleterre, elle menait la maisonnée tambour battant, estimant avoir assez d'expérience pour ne pas recevoir de conseil. Higgins et elle s'étaient partagé le domaine, chacun régnant sur son espace réservé et acceptant un *no man's land* dans les parties communes. Mary cuisinait pour Higgins, Higgins pour Trafalgar. Un strict respect des horaires permettait d'éviter une majorité de conflits.

– Je parie que ce sont encore vos histoires, jugea-t-elle, sévère.

Mary n'aimait pas la police, ce qui ne l'empêchait pas de lire régulièrement *The Sun* où s'étalaient meurtres, rapts et viols. Elle déplorait que Higgins, en certaines circonstances, manquât de fermeté et consentît à prêter main-forte au Yard sous prétexte d'identifier l'assassin d'une belle jeune femme, le meurtrier d'un ami ou d'élucider la mort d'un Don Juan.

Higgins entra dans la cuisine de Mary au moment où la sonnerie s'interrompait. L'ex-inspecteur-chef ferma la porte de l'office et passa devant sa gouvernante qui, haussant les épaules, regagna sa chambre. En sentant la présence rassurante d'un écusson à ses armes, à l'intérieur de sa robe de chambre, juste à l'emplacement du cœur, Higgins se souvint qu'il devait travailler à l'établissement de son arbre généalogique en vue d'une communication décisive à la Société Royale d'Histoire.

Le téléphone sonna de nouveau.

Cette fois, Higgins eut le temps de décrocher. La pendule de la cuisine indiquait vingt-deux heures et trente trois minutes.

– Higgins, enfin ! s'exclama une voix pâteuse dont le caractère rustique était sans doute accentué, dans le mauvais sens, par l'abus de l'alcool. J'ai cru que je ne parviendrais pas à vous joindre.

– J'eusse préféré cette solution, mon cher Marlow, indiqua Higgins qui n'avait pas tardé à identifier le superintendant. Avez-vous conscience de l'heure ?

Un douloureux silence précéda une nouvelle intervention de Scott Marlow.

– L'heure, oui... je sais... mais la reine... un assassinat horrible...

– Je ne crois pas avoir lu cette information dans le *Times,* ce matin. Soyez plus précis, mon ami.

Scott Marlow n'osa pas reprendre un whisky, craignant que Higgins, dont certains prétendaient qu'il disposait au moins du don de double vue, ne l'observât à distance. Au prix d'un effort certain, il tenta de résumer la situation avec davantage de clarté.

– La femme du gouverneur de la Tour de Londres a été assassinée il y a quelques heures, lors de la cérémonie d'installation de son mari.

– Vous parlez de Lady Fallowfield ?

– C'est exactement ça ! jubila Marlow, persuadé que Higgins s'intéressait déjà à l'affaire. On a... on a arrêté le coupable.

– Excellent, estima Higgins. En ce cas, je vais me coucher. Bonne nuit, superintendant.

– Attendez ! supplia Scott Marlow. Il est coupable, mais il est innocent ! La tête coupée, ce n'est peut-être pas lui. La reine est bouleversée.

– Vous aussi, apprécia Higgins.

Une nouvelle voix intervint sur la ligne, succédant à celle de Scott Marlow.

– Ici Patrick Holborne, lieutenant de la Tour de Londres. Puis-je me permettre d'intercéder auprès de vous avec l'accord du superintendant Marlow ?

– Je vous en prie, accorda Higgins, favorablement impressionné par le ton calme et décidé.

– Lady Fallowfield a été… décapitée. C'est un de nos *Yeomen* qui a découvert le cadavre et… la tête. La reine vient d'ordonner une enquête. Elle exige un résultat très rapide. Le pays doit mettre en œuvre toutes ses forces vives. L'honneur de l'Angleterre est en jeu. Au nom de nos plus vénérables traditions, inspecteur, je sollicite votre intervention.

Comment Higgins aurait-il pu rester insensible à un tel langage ? Il donna un accord de principe à Patrick Holborne, réfléchissant déjà au caractère spectaculaire de ce meurtre. L'assassin avait-il recherché l'horreur par goût ou pour égarer les enquêteurs ? Ou bien avait-il été obligé de procéder de la sorte ? Dans ce dernier cas, l'énigme devenait d'autant plus mystérieuse. Mais ce n'était là qu'une hypothèse que seul un travail sur le terrain étayerait ou non.

– Je vous reprends, dit la voix inquiète de Scott Marlow. Je vous envoie une voiture dès ce soir.

– Hors de question, répliqua Higgins. Je vous attends demain matin à neuf heures. Cette fois, bonne nuit.

Higgins raccrocha, perplexe. Il n'avait plus sommeil.

— 3 —

S'assurant que Mary n'était pas dissimulée dans un recoin du salon pour l'espionner, l'ex-inspecteur-chef gagna son bureau du premier étage dont il était seul à posséder la clef. Il y faisait lui-même le ménage. Dans deux armoires médiévales dont les délicates sculptures représentaient dragons et phénix, Higgins rangeait avec soin les carnets noirs en moleskine sur lesquels, depuis son adolescence, il avait pris des milliers de notes concernant lieux, gens, coutumes. Certains carnets étaient consacrés au développement complet d'une enquête, d'autres s'avéraient simplement documentaires. Par testament, Higgins les avait légués à la Société Royale d'Histoire Naturelle.

– Tour de Londres, Tour de Londres, marmonna Higgins, voilà qui est bien lointain… Ce doit être par ici.

Higgins avait une mémoire acérée concernant le contenu de ses carnets. Il retrouva rapidement, dans la seconde rangée de la première armoire, celui relatant quelques promenades londoniennes qu'il avait effectuées par pure curiosité. La Tour de Londres n'y occupait qu'une place infime. Il feuilleta avec nostalgie des pages un peu jaunies où, par souci d'ordre et de méthode, il avait noté quelques impressions. C'était cela qui l'intéressait au premier chef : une atmosphère, une couleur. Il lui fallait trouver les raisons pour lesquelles l'assassin avait agi là et pas ailleurs.

Ce qu'il avait noté sur la célèbre Tour était banal. Poste de guet créé par Guillaume le Conquérant au XIe siècle, elle couvrait, au XIIIe, une superficie finale de plus de sept hectares. Ce vaste quadrilatère aux côtés inégaux, dont le centre était occupé par la Tour Blanche, avait servi de palais aux rois et aux reines d'Angleterre jusqu'à Jacques Ier. Mais, tout au long de sa sinistre histoire, la Tour avait surtout été la plus affreuse prison du pays, depuis l'incarcération d'un certain Flambard, au XIIe siècle, jusqu'à celle du nazi Rudolf Hess, en 1941. La future Elisabeth Ire elle-même, accusée de complot contre l'État, y avait connu la réclusion avant de devenir reine d'Angleterre. Partout, à la Tour de Londres, il y avait trace du sang de prisonniers célèbres décapités à la hache ou à l'épée.

Un détail plus qu'insolite retint l'attention de Higgins. Pourquoi avait-il écrit : « Ce sont les corbeaux qui détiennent la vérité ? » Quel fait bizarre lui avait dicté cette assertion ? Impossible de s'en souvenir.

Renonçant à obtenir la solution, Higgins se préoccupa de la personnalité de la victime. L'ex-inspecteur-chef conservait, dans un lourd coffre normand du XIIIe siècle, un certain nombre de coupures du *Times* concernant des personnages ou des événements hors du commun qui, selon ses théories, pourraient apparaître un jour dans l'univers du crime, précisément en raison de leur caractère insolite. Il n'eut pas à fouiller longtemps pour retrouver mention du mariage de Lord Henry Fallowfield avec Ann Warford, dix ans plus tôt. Lord Henry était alors âgé de cinquante-cinq ans et sa fiancée de trente. La haute société britannique s'était beaucoup gaussée de cette amourette, persuadée qu'elle serait de courte durée. L'avenir lui avait donné tort. Lord Henry

Fallowfield était aussi riche que sa femme. L'union de leurs deux patrimoines en faisait l'un des couples les plus fortunés d'Angleterre. Soldat remarquable, doté des meilleurs états de service, homme politique aussi discret qu'efficace, Lord Henry avait l'oreille du pouvoir depuis de nombreuses années. Homme de rigueur et de discipline, il passait pour un chef intransigeant qui jouissait d'une confiance totale de la part de ses subordonnés. Le visage plus haut que large, des sourcils à peine marqués, un vaste front, un long nez fin, de petites lèvres, un collier de barbe grise taillé à la perfection, Lord Henry arborait une dignité rassurante. Son épouse offrait un contraste saisissant. Grande, brune, plutôt jolie, les cheveux coupés très court, vêtue de tailleurs français de coupe moderne, elle avait un regard plus sévère que charmeur.

Tels étaient les portraits officiels dont disposait Higgins. Malgré leur brièveté, ils offraient déjà de précieuses indications. Pensif, l'ex-inspecteur-chef rangea carnet et coupures de presse, choisissant un crayon Staedler Tradition B qu'il tailla soigneusement avec un canif. Puis il passa dans la salle de bains pour s'y livrer aux nécessaires ablutions vespérales dont le point culminant était l'usage d'un dentifrice aux algues consolidant les gencives. Higgins ne se coucha pas aussitôt après. Il passa un long moment à préparer une valise, persuadé que son séjour à Londres durerait un temps certain.

Higgins contint un bâillement. À présent, la fatigue pesait sur lui. Mais un événement imprévu contraria son intention de se glisser sous un doux drap de coton. Trafalgar le Siamois dormait sur l'oreiller, roulé en boule. Impossible de le déranger à nouveau. Briser son sommeil pouvait avoir des conséquences dramatiques sur son système nerveux.

Aussi Higgins, sans faire le moindre bruit, redescendit-il au salon pour passer la nuit dans son fauteuil.

*

* *

S'efforçant d'être la plus discrète possible et de ne pas toussoter, la vieille Bentley du superintendant Marlow, achetée d'occasion à un revendeur douteux, s'arrêta face au portail de la propriété de Higgins.

C'était l'heure où Mary, après avoir absorbé un robuste petit déjeuner composé d'œufs au bacon, de saucisses, de petits pois et de confiture de groseille, inspectait le domaine avant d'aller cueillir quelques herbes médicinales.

Scott Marlow descendit de sa voiture.

– Mes hommages, Mary.

– Alors, ça recommence...

– Une affaire vraiment très grave. La réputation de la Couronne est en jeu.

– Même pas le temps de déjeuner, superintendant ?

– Même pas.

– J'ai préparé ses bagages. Je parie qu'il va encore m'attraper la grippe.

Achevant d'ajuster son *Tielocken*, modèle fétiche de chez Burberry que portaient les officiers britanniques pendant la Première Guerre mondiale, Higgins sortit sur le perron. De chaque côté de la taille, deux boucles de métal fermaient la ceinture du *Tielocken*, lui conférant une sobre élégance.

Mary chargeait les valises dans le coffre de la Bentley.

– L'honneur de la Couronne, marmonna-t-elle ; ce ne serait pas plutôt une sordide affaire de mœurs ?

– Certes pas, assura Marlow ; je vous ai dit la vérité.

Elle se tourna vers Higgins.

– Faites-moi connaître le jour et l'heure de votre retour ; un repas correct ne se prépare pas en cinq minutes. Et tâchez d'éviter les courants d'air.

La brume était épaisse, enveloppant arbres et haies. Ce printemps battait des records d'humidité.

– On nous attend à la Tour de Londres, indiqua Scott Marlow dont le costume un peu fripé et la cravate trop banale ne faisaient pas honneur au Yard. Nous avons réussi à étouffer l'affaire, mais il faut agir vite. Sa Majesté l'exige.

Higgins opina du chef, montant à l'avant de la spacieuse voiture noire. Scott Marlow prit le volant.

La Bentley réussit à démarrer, à l'issue de quelques crachouillis.

– Je n'ai jamais vu crime aussi horrible, mon cher Higgins. La tête coupée de cette femme…

– La mort n'est jamais séduisante, mon ami. Cela ne fait pas partie de ses habitudes. Pardonnez-moi : je crois avoir oublié quelque chose d'important.

La Bentley fit marche arrière, Higgins s'éclipsa quelques instants. Le second départ fut le bon.

Higgins passa un indispensable lissoir dans sa moustache poivre et sel.

– Le coupable est innocent, disiez-vous ?

Scott Marlow prit un air sombre.

– Je n'en sais trop rien.

– Avez-vous consulté votre… ordinateur central ?

– Oui, avoua le superintendant, de plus en plus renfrogné.

– Encore en panne ? s'inquiéta Higgins.

– Non… j'y ai introduit le nom du principal suspect, le *Yeoman* que nous avons arrêté, et ceux des 197 invités.

– Résultat ?

Scott Marlow évita de croiser le regard de Higgins.

– L'ordinateur a indiqué 198 coupables possibles.

La Bentley, en raison du mauvais temps, roulait à allure modérée en direction de Londres. La distance séparant la capitale britannique de la demeure de Higgins était d'une centaine de kilomètres.

– Votre machine n'a pas tout à fait tort, apprécia Higgins. A priori, toutes les personnes présentes à la cérémonie d'installation du gouverneur sont suspectes.

Scott Marlow haussa les épaules.

– Pure théorie qui ne mène à rien… si on l'appliquait, je serais suspect, moi aussi.

Higgins considéra son collègue avec gravité.

– Précisément, mon cher Marlow… pourquoi y a-t-il une tache de sang sur la manche gauche de votre costume ?

— 4 —

Scott Marlow pâlit.

– Qu'est-ce que…

– Regardez votre manche.

Le superintendant dut se rendre à l'évidence. Son costume portait bien une tache de sang.

– Je peux tout expliquer, Higgins ! Je me souviens, j'ai appréhendé moi-même le vieux *Yeoman* que nous soupçonnons de meurtre. Il tenait encore la… la tête de Lady Ann Fallowfield. Le sang gouttait, vous comprenez… la tache…

Higgins sortit son carnet noir et, extrayant un crayon parfaitement taillé d'un étui à cigares où étaient rangés d'autres Staedler Tradition B, prit note de l'explication fournie par le superintendant.

Abasourdi et indigné, Scott Marlow se drapa dans sa dignité, décidé à opposer le mutisme le plus absolu à l'ex-inspecteur-chef. On avait beau s'appeler Higgins, on n'avait pas le droit de traiter ainsi un des plus solides piliers du Yard.

– Dites-moi, mon cher Marlow, où vous trouviez-vous exactement pendant la cérémonie d'installation du gouverneur ?

Le superintendant commença par ignorer la question.

Puis il se demanda si son attitude ne comportait pas un danger pour sa respectabilité. S'il persistait à se taire, Higgins n'en tirerait-il pas des conclusions remplies de suspicion à son égard ?

– J'avais pris place dans la rangée d'invités située entre la pelouse et la Tour sanglante, non loin du détachement militaire.

Higgins se gratta le menton avec distinction.

– Fort intéressant. Avez-vous échangé des propos avec quelques personnes ?

– Oui, avec une sorte d'échalas qui me bouchait la vue, une jolie brune, un vieux bonhomme et une petite boulotte.

– S'est-il produit un incident particulier avant la sinistre découverte du *Yeoman* ?

Scott Marlow se concentra.

– Non, je ne crois pas. Il y a eu une certaine agitation dans l'assistance, mais…

– Due à quel phénomène ? interrogea Higgins, intrigué.

– Au *smog*, évidemment. Voilà plusieurs jours qu'il règne sur Londres.

– Le *smog*, le *smog*, réfléchit Higgins à haute voix. Comme c'est intéressant. Avez-vous perdu vos voisins de vue pendant cette « agitation » ?

– Bien entendu ! Enfin, Higgins, vous connaissez le *smog* !

Scott Marlow, qui jalousait intérieurement les facultés intuitives de Higgins, estimait qu'il avait parfois une approche bien curieuse de la réalité. Imaginait-il que l'assassin avait commandé au brouillard pour s'en faire un allié ?

– À votre avis, superintendant, le nouveau gouverneur de la Tour de Londres aurait-il pu quitter la pelouse pour se rendre à la Tour sanglante et en revenir sans être vu de quiconque ?

– Bien sûr que non ! protesta Scott Marlow avec véhémence. C'est tout à fait impossible ! Je veux dire… improbable. Remarquez, en réfléchissant, avec un pareil rideau de brume… Mais pourquoi donc ?

Le superintendant s'enfonça dans un abîme de perplexité. Higgins aurait-il résolu l'énigme à distance, par un simple raisonnement ? Disposait-il d'informations que l'ordinateur du Yard lui-même ignorait ? Très troublé par la question insidieuse de son collègue, Scott Marlow débattit avec sa conscience professionnelle jusqu'à l'arrivée à la Tour de Londres.

Cette dernière avait été fermée aux visiteurs pour « travaux de réfection ». Après avoir abandonné la Bentley à bonne distance des remparts presque totalement noyés dans le brouillard, Higgins et Scott Marlow se présentèrent à l'entrée principale où ils durent décliner leur identité à des *Yeomen* qui, après vérification, les laissèrent passer. Un hallebardier se chargea de les guider. Ils franchirent la Tour du milieu, le passage ménagé sous la Tour Byward, poste de garde du chemin de ronde, longèrent la Tour du clocher et marchèrent jusqu'à la Tour Saint Thomas, faisant face à la masse arrondie de la Tour Wakefield, située derrière la Tour sanglante.

C'était dans la Tour Wakefield, ancienne salle des archives du royaume, qu'avait été provisoirement incarcéré le vieux *Yeoman* soupçonné de meurtre.

– Il se trouve au premier étage, précisa Scott Marlow. Deux *Bobbies* le gardent en permanence.

Higgins avait l'impression de progresser à l'intérieur d'une cité fantôme, entre des murailles de cauchemar, tant le *smog* rendait les pierres irréelles, impalpables. En pénétrant dans l'ancien poste de garde occupant le rez-de-chaussée de la Tour Wakefield, il reprit contact avec la sinistre réalité d'une prison. Ne s'attardant point, il monta au premier étage, découvrant une salle voûtée, aussi froide que dépouillée. Au fond, assis sur une chaise, le vieux *Yeoman*, tête baissée, encadré par deux *Bobbies* à l'uniforme impeccable, mains derrière le dos, poitrine légèrement bombée, les pieds en équerre.

– Les *Yeomen* ont-ils refusé de veiller sur leur collègue ? demanda Higgins.

– En effet, répondit Scott Marlow. Ils ne jugent pas ce travail comme faisant partie de leurs attributions. Je vous laisse un instant. Je vais prévenir le lieutenant Holborne de notre arrivée.

Higgins eut la sensation de devenir la proie d'un autre monde. Le temps extérieur ne pénétrait pas dans ces lieux enracinés dans un passé qui ne mourait pas. Partout affleurait une histoire cruelle, inhumaine, qui n'avait pas perdu ses droits sur le présent.

Le suspect avait une apparence pitoyable.

Le visage émacié, les joues rongées par un début de barbe noire, le front creusé de rides profondes, les lèvres distendues, le menton pointu rayé d'une cicatrice, l'uniforme fatigué, le col débraillé, le vieux *Yeoman* méditait, les yeux dans le vague.

Higgins s'approcha. Ses chaussures parfaitement cirées n'émettaient pas le moindre crissement. Lui-même ne faisait pas le moindre bruit en marchant, peut-être parce qu'il appartenait au signe du chat selon l'astrologie orientale.

Le vieux *Yeoman*, en dépit de l'affaissement général de sa musculature, demeurait un colosse. Debout, il devait bien atteindre un mètre quatre-vingt-dix. Ses bras semblaient interminables. Ses cheveux n'avaient pas éprouvé la présence d'un peigne depuis des lustres. Pourtant, il conservait un soupçon d'allure militaire, comme si l'esprit du corps des hallebardiers l'habitait encore de l'intérieur.

— 5 —

– Bonjour, mon ami, dit Higgins avec cette bonhomie si particulière qui faisait de lui le plus redoutable des confesseurs. Avez-vous été bien traité ?

Le vieux *Yeoman* leva la tête et considéra Higgins par en dessous. Ses yeux torves s'animèrent un peu.

– Je m'appelle le spectre et je recherche le Spectre. Il me connaît et je le connais. Si vous voulez causer, faites sortir ces deux types.

D'une rotation du menton, le vieux *Yeoman* avait désigné les deux *Bobbies*. L'un d'eux s'indigna, s'adressant à Higgins.

– Cette exigence, Sir, me paraît incompatible avec les impératifs du service.

– C'est moi qui donne les ordres, précisa Higgins. Soyez aimables de sortir et de vous tenir à proximité.

Les deux policiers obtempérèrent, laissant Higgins et le vieux *Yeoman* en tête-à-tête.

– Nous sommes seuls, à présent.

– Vous êtes qui ? demanda le spectre, soupçonneux.

– Higgins. C'est la Couronne qui m'envoie.

Le *Yeoman* soupira d'aise.

– Ce n'est pas trop tôt… Ils ont enfin compris ! Depuis le temps que je les préviens du danger que court l'Angleterre. Si on n'attrape pas le Spectre, l'ère du malheur reviendra !

– C'est bien vous qui avez découvert le cadavre ? s'enquit Higgins avec douceur.

– Évidemment. Je découvre tout, ici. Il n'y a plus qu'une bande d'incapables… La Tour, c'est mon pays. J'en connais le moindre recoin. Il y avait le billot, la hache, le corps de la dame, sa tête coupée et son sac à main, par terre. Quel désordre ! J'ai ramassé la tête et je l'ai montrée à tous ces inconscients qui foulaient la pelouse, devant la Maison de la Reine. Avec ça, ils finiront bien par me croire !

– Sans doute, admit Higgins.

– Vous, vous me croyez ? demanda le vieux *Yeoman*, inquiet.

– Ma confiance va aux hommes de devoir.

Le sérieux de l'ex-inspecteur-chef rassura le spectre. Son regard s'illumina.

– Bon… à vous, je peux le dire. Je connais l'assassin.

Higgins garda son calme. Cette mystérieuse affaire allait peut-être se résoudre en quelques instants, à condition de ne pas manifester le moindre signe d'impatience et de ne pas commettre la moindre faute psychologique.

– Je m'en doutais un peu, mon ami. Vous êtes les yeux et les oreilles de la Tour.

– C'est ça, c'est exactement ça !

« Il a dû porter beau dans sa jeunesse », pensa Higgins. Sous l'apparence déchue se discernait encore une attitude plutôt fière que la magie obscure de la Tour de Londres avait fini par ronger.

– Vous voudriez bien savoir qui c'est, hein ?

Higgins s'attendait à ce que l'homme défendît son secret avec âpreté.

– J'aimerais surtout vous innocenter. De graves soupçons pèsent sur vous. L'honneur d'un *Yeoman* ne supporte pas d'être entaché par une suspicion policière.

Le suspect médita avec une intensité qui creusa les rides de son front et contracta les muscles de sa face, redonnant un peu de fermeté à ses joues relâchées.

– Auriez-vous à boire ?

– Bien entendu.

Higgins offrit au vieux *Yeoman* un flacon en étain, très plat, contenant du *Royal Salute*, le meilleur whisky à son goût. Il se munissait de cet argument de qualité lorsqu'il avait à interroger une personnalité relevant peu ou prou de la hiérarchie militaire.

Son interlocuteur but au goulot avec avidité.

– Pas mauvais, reconnut-il. Vous savez vivre. Il faudra que je vous montre où je cache ma réserve personnelle. Cet imbécile de lieutenant a été incapable de la découvrir.

Il termina le flacon, oubliant de proposer à Higgins un peu de cet exquis breuvage. Soudain, ses yeux changèrent de couleur. De marron clair, ils devinrent gris cendré. Il regarda loin devant lui, comme s'il voyait à travers les pierres.

– L'assassin, c'est le Spectre, affirma-t-il d'une voix rauque.

Higgins ne sourcilla point. Scott Marlow et le lieutenant de la Tour firent leur entrée dans cette prison improvisée.

– Vous avez pris des risques inutiles, inspecteur, dit Patrick Holborne. Cet homme est plus dangereux que vous ne le croyez. Malgré son âge, il demeure l'un de mes *Yeomen* les plus robustes. Vous le verriez fendre des bûches, deux heures par jour !

– Il a avoué, indiqua Higgins.

Scott Marlow sursauta.

– Admirable ! La reine sera ravie !

– N'offrons pas de fausse joie à Sa Majesté, superintendant. Il a avoué le nom d'un criminel que nous n'avons pas encore arrêté.

Higgins se tourna vers le vieux *Yeoman*.

– M'autorisez-vous à le révéler à ces messieurs ?

– L'assassin, c'est le Spectre, répéta-t-il de sa voix rauque, comme s'il se parlait à lui-même. Le temps du Spectre est revenu. Il a besoin de sang. Il tuera encore.

La tête du hallebardier s'affaissa, touchant presque ses genoux.

– Qu'est-ce que c'est que cette histoire ! s'indigna Scott Marlow. Avez-vous vu l'assassin ?

– Oui, assura la voix rauque.

– Vous êtes donc capable de l'identifier !

Le vieux *Yeoman* releva la tête, éclatant d'un rire sinistre.

– Identifier le Spectre ! Vous êtes fou ? Il ne cesse de changer de forme ! Voilà trente ans que je cherche à le surprendre. Laissez-moi faire. Je vous le ramènerai.

La conviction du vieux soldat était si intense que Scott Marlow faillit s'y laisser prendre.

– Balivernes ! Avouez donc une bonne fois pour toutes ! C'est vous qui avez décapité la malheureuse Lady Ann.

Celui qu'on surnommait « le spectre » depuis tant d'années, au point d'avoir oublié son nom, déploya avec peine sa lourde carcasse, se mit debout et fit face au superintendant qu'il dominait d'au moins deux têtes.

– L'assassin, c'est le Spectre. Vous avez compris ?

Effrayé par l'attitude menaçante du *Yeoman*, Scott Marlow recula, se heurtant au lieutenant de la Tour, aussi impressionné que lui.

– Nous vous comprenons à merveille, assura Higgins, avec un sourire réconfortant. Ce Spectre possède-t-il des caractéristiques physiques ?

Le *Yeoman* s'essuya le front d'un revers de manche.

– Je suis fatigué…

– Reposez-vous donc, mon ami. Après quoi, nous vous confierons la délicate mission de nous ramener le Spectre. C'est le seul moyen de vous innocenter radicalement.

D'un geste brusque, inattendu, le hallebardier serra les mains de Higgins.

– Comptez sur moi.

– Vous êtes libre de circuler dans l'enceinte de la Tour, annonça l'ex-inspecteur-chef. Je vous demande de ne pas en sortir.

Une expression de béatitude découvrit les dents gâtées du vieux *Yeoman*.

– Voilà trente ans que je n'en suis pas sorti ! Le Spectre non plus, d'ailleurs.

Il passa devant Scott Marlow, furibond, adressa un vague salut à Patrick Holborne, quitta la pièce voûtée sans se soucier des deux *Bobbies* et s'éloigna de son pas lourd.

— 6 —

Le superintendant explosa.

– Je suis contre cette mise en liberté ! C'est déraisonnable !

Patrick Holborne toussota.

– Sur le principe, je suis d'accord avec vous, expliqua-t-il, ennuyé. Dans la pratique, je crains que nous ne soyons obligés d'adopter la solution préconisée par votre collègue.

Scott Marlow n'en crut pas ses oreilles.

– Il y a les corbeaux, poursuivit Patrick Holborne, de plus en plus mal à l'aise. Ils n'acceptent de nourriture que de leur gardien et leur gardien, c'est… c'est ce vieux *Yeoman* que nous appelons « le spectre ». Il faut le laisser errer dans la Tour pour qu'il puisse s'en occuper.

– Quelle importance, ces corbeaux ? s'étonna le superintendant.

– S'ils venaient à mourir tous ensemble, indiqua Higgins, cela signifierait la destruction du Royaume.

– Ce n'est qu'une légende, voyons !

– Rien de plus essentiel que les légendes, assena Higgins avec gravité. Tenons-nous-en aux faits, mon cher Marlow. Le vieux *Yeoman* a vu l'assassin et l'assassin, c'est le Spectre. Recherchons donc ce dernier.

Scott Marlow se demanda si Higgins n'avait pas perdu la raison.

– Cela n'a aucun sens ! Il n'y a ni spectre, ni malédiction, ni…

Les faibles lumières éclairant la salle voûtée s'éteignirent brusquement. Un abominable grincement, semblant provenir des chaînes rouillées d'un pont-levis, déchira les tympans. Scott Marlow se plaqua le dos contre un mur. Un vent violent ouvrit les battants d'une étroite fenêtre, déclenchant un hululement qui glaça le sang du superintendant.

– Le Spectre nous écoute sans doute, admit Higgins. Il est vexé de nous voir mettre en doute son existence.

– Ne restons pas là, recommanda le lieutenant Patrick Holborne.

Scott Marlow fut le premier à regagner le monde extérieur. Il dévala très vite l'escalier, glissant sur une marche usée et gardant de justesse son équilibre.

Le *smog* s'était quelque peu dissipé, mais une pluie fine, issue de lourds nuages, lui avait succédé. Il faisait sombre, comme si le jour avait oublié de se lever.

Les trois hommes cheminèrent en silence jusqu'à la pelouse, devant la Maison de la Reine. Un bruissement d'ailes, suivi d'un « croa, croa ! » des plus acides, les enjoignit à lever la tête. L'un des corbeaux de la Tour venait de les survoler.

– Nous devrions rentrer au Yard pour faire le point, recommanda Scott Marlow.

– Ce serait une erreur tactique, analysa Higgins. La clé du mystère se trouve ici. L'assassin a choisi ce lieu pour y commettre un crime extravagant. Je suis persuadé qu'il n'aurait pu agir ailleurs.

– Allons chez moi, proposa le lieutenant de la Tour. Un bon café nous réchauffera.

Patrick Holborne devint plutôt sympathique à Higgins, seul sujet de Sa Gracieuse Majesté à détester le thé qui avait pour effet de lui soulever le cœur.

Ruelles, recoins, remparts, tours, platanes centenaires donnaient à la Tour de Londres l'aspect d'un village fortifié, à jamais refermé sur lui-même, hors du temps. La *Tower Green*, la pelouse de la Tour, en était l'endroit le plus aimable, quoiqu'une sensation de malaise flottât dans l'air, rappelant sans doute les mises à mort de Lord Hastings, en 1483, de Marguerite, comtesse de Salisbury, en 1541, de la reine Catherine Howard, cinquième femme de Henri VIII, en 1542, de Jeanne, vicomtesse de Rochford, la même année, de Lady Jeanne Grey, en 1554 et de Robert Devereux, comte d'Essex, en 1601. Tous avaient été décapités à la hache, à l'exception de la plus célèbre des victimes, la reine Anne Boleyn, deuxième femme d'Henri VIII, décapitée à l'épée en 1536.

Queen's House, la Maison de la Reine où résidaient le gouverneur et le lieutenant, était une vaste demeure à colombages de style anglo-normand, évoquant une succession de villas tranquilles bordant la place d'un petit village. On s'étonnait presque de l'absence de fleurs aux fenêtres. Le rez-de-chaussée de brique, cependant, atténuait cette première impression. Portes austères, petites fenêtres rectangulaires, grilles, et surtout guérites et gardes précisaient la fonction militaire de ces bâtiments.

Patrick Holborne salua le garde en faction et introduisit ses hôtes dans l'aile qui lui était réservée. Son appartement de fonction était modestement meublé. Partout, des souvenirs du passé de la Tour, comme une rapière du XVIe siècle dont la lame avait été usée par les combats ou une gravure montrant la ménagerie royale occupant autrefois la Tour du Lion.

Pendant que le lieutenant, en vieux garçon consommé, préparait le café après avoir disposé les tasses sur la table en chêne de sa salle à manger, Higgins examinait les lieux. Scott Marlow, épuisé par les émotions, s'était affalé dans un fauteuil de cuir aux accoudoirs fatigués. L'ex-inspecteur-chef s'attarda sur une vitrine contenant des souvenirs sportifs. Une grande photographie montrait Patrick Holborne, sur la plus haute marche d'un podium, recevant une coupe.

– Je n'ai eu qu'à le réchauffer, annonça le lieutenant, guilleret, apportant une sorte de bouilloire remplie de café.

« Désastreux pour le goût comme pour le foie », jugea Higgins.

– Mes félicitations pour votre carrière sportive, dit l'ex-inspecteur-chef, contemplant les trophées. Vous étiez un spécialiste du sprint, si ma mémoire est bonne ?

Higgins avait choisi une discipline au hasard, se fiant à l'allure de l'athlète.

– En effet, inspecteur. J'ai remporté deux championnats inter-armes. Peut-être aurais-je continué si un mauvais claquage ne m'avait handicapé.

Le café était exécrable, mais il n'avait pas le goût du thé.

– Pourquoi ne pas inculper immédiatement le vieux *Yeoman* ? avança Scott Marlow, bougon. Nous aurions au moins un coupable à proposer à Sa Majesté.

– Nous devons d'abord établir les preuves de sa culpabilité, rétorqua sèchement Patrick Holborne. Je ne laisserai pas salir à la légère l'illustre corps des *Yeomen* de la Tour de Londres.

Higgins sortit son carnet noir et le posa sur la table. Le crayon à la main, il était prêt à prendre note.

– Voyons, messieurs… je crois préférable de coordonner nos efforts plutôt que de nous opposer dans des débats stériles. Vous étiez donc les deux premiers sur le lieu du crime ?

Higgins avait posé sa question avec l'affabilité redoutable d'un procureur aux paroles remplies de sous-entendus.

Patrick Holborne se racla la gorge, comme s'il avait avalé de travers.

– C'est exact… le superintendant Marlow m'avait précédé d'assez peu, je pense.

– Vous confirmez, mon cher Marlow ?

– Tout à fait, répondit le superintendant, nerveux.

Il connaissait trop Higgins pour croire à la naïveté de ses interrogatoires. S'il mettait d'emblée ses collaborateurs à la torture, c'est qu'il cherchait déjà à étayer une hypothèse.

– Où se trouvait précisément la hache ?

– Eh bien… à gauche du billot, posée sur le sol, répondit Scott Marlow.

– Il y avait du sang sur le tranchant, ajouta Patrick Holborne.

– Comment se présentait la tête de Lady Ann ? demanda Higgins.

Scott Marlow fut indigné par cette question.

– Tranchée, évidemment !

– Je voulais dire : quelle était l'expression de son visage ?

Scott Marlow ne voulait pas avouer qu'il avait fermé les yeux lorsque le *Yeoman* avait consenti à poser la tête sur le billot, se désintéressant de la victime.

– Elle avait l'air… plutôt calme, indiqua le lieutenant de la Tour, très pincé.

– Étonnant, observa Higgins. Je supposais que l'horreur avait déformé ses traits. Qui oserait croire qu'elle était consentante ?

Patrick Holborne et Scott Marlow se regardèrent, abasourdis. S'il était un cas où l'hypothèse du suicide ne méritait même pas d'être évoquée, c'était bien celui-là !

– Bien entendu, poursuivit Higgins, il n'y avait pas d'empreintes sur le manche de la hache ?

– Le laboratoire a examiné l'arme du crime toute la nuit. Pas la moindre empreinte, en effet. La hache avait été soigneusement nettoyée avant usage et le tranchant affûté. L'autopsie a été pratiquée par trois médecins légistes. Nous attendons leurs conclusions pour la fin de la matinée.

– Avez-vous alerté Babkocks, mon cher Marlow ?

L'ex-inspecteur-chef n'avait confiance qu'en ce légiste plutôt original.

– Il vient de s'envoler pour l'Australie afin d'y déguster de nouveaux crus, déplora le superintendant ; je peux vous assurer que les meilleurs experts sont au travail.

Higgins se leva. Mains croisées derrière le dos, il déambula quelques instants, en proie à une réflexion intense. Il s'immobilisa devant une fenêtre, contemplant la pelouse où tant de suppliciés avaient eu la tête tranchée.

– Une hache ancienne comme celle-là pèse au moins une quinzaine de kilos, observa-t-il.

– Pour la manier correctement, intervint Scott Marlow, il faut la force d'un homme. Ça nous ramène au vieux *Yeoman*.

Un silence succéda à cette déclaration.

– Seriez-vous en désaccord avec cette analyse, lieutenant ? interrogea Higgins.

– Eh bien… je ne serais pas aussi affirmatif. Lors d'un concours de fendeurs de bois, qui s'est déroulé dans les fossés de la Tour, il y avait quelques participantes qui ne se sont pas trop mal comportées. La force ne suffit pas à bien manier la hache. Il faut aussi l'adresse.

– Avez-vous déjà utilisé ce genre d'arme ?

– Jamais, répondit Patrick Holborne avec vivacité.

« Curieux personnage », estima Higgins, étudiant le comportement du lieutenant de la Tour de Londres, poste envié et enviable, même s'il n'orientait pas une carrière vers de très hautes promotions. Roux, le visage parsemé de taches de son, athlétique, solide, Patrick Holborne n'était peut-être pas aussi foncièrement sûr de lui qu'il voulait bien l'afficher. Son apparente simplicité de soldat uniquement consacré à sa tâche ne cachait-elle pas quelques faiblesses ?

– Parlez-moi de votre subordonné, le vieux *Yeoman*, exigea Higgins.

– Il n'y a presque rien à en dire… Je crois qu'il a toujours été *Yeoman*. C'est notre doyen. Il n'est plus sorti de cette enceinte depuis au moins trente ans. Impossible de lui attribuer des missions précises. Les ordres, il se les donne à lui-même. Sa journée ? Couper du bois, parler avec ses corbeaux, les nourrir, faire ses rondes sur les remparts, son inspection nocturne… Quand il n'est pas assommé par du mauvais whisky qu'il stocke on ne sait où.

– Ou un remarquable comédien qui a parfaitement préparé son crime, objecta Higgins.

Scott Marlow haussa les sourcils.

– Ah, vous y venez !

On frappa à la porte de l'appartement du lieutenant. Ce dernier ouvrit. Un *Yeoman*, muni de sa hallebarde traditionnelle, se tenait sur le seuil.

– On demande le superintendant Marlow à la Tour du milieu. Un courrier de Scotland Yard.

Higgins allait quitter la pièce à la suite du superintendant. Le lieutenant de la Tour le retint discrètement.

– Inspecteur… Je voudrais vous parler seul à seul.

Patrick Holborne prit place dans le fauteuil qu'avait quitté le superintendant. Il croisa les jambes pour se donner une contenance.

– Je n'ai rien dit à votre collègue, mais l'attitude du nouveau gouverneur m'a paru bizarre, si bizarre...

Higgins s'était de nouveau immobilisé devant une fenêtre, tournant le dos à son interlocuteur pour lui permettre de se confesser plus aisément.

– Quel genre de bizarrerie, lieutenant Holborne ?

Le lieutenant avala sa salive.

– Son inquiétude subite au sujet de son épouse, Lady Ann. Au moment où le *smog* a recouvert la pelouse, il s'est affolé, comme s'il se doutait qu'un incident se fût produit. Il m'a imploré de partir à sa recherche. J'ai supposé, à tort, qu'elle mettait la dernière main à la réception prévue dans les appartements du gouverneur. Quand je suis ressorti de la Maison de la Reine, j'ai découvert l'abominable spectacle et je suis aussitôt allé prêter main-forte au superintendant Marlow. Au passage, j'ai eu la surprise de voir, gisant sur la pelouse, les clés de la Tour de Londres ! Fallait-il que Lord Henry Fallowfield fût troublé pour avoir ainsi abandonné le symbole de son pouvoir !

L'indignation de Patrick Holborne était vive.

– Ne peut-on comprendre la peine immense du nouveau gouverneur ? suggéra Higgins.

– C'est que...

Le lieutenant de la Tour n'eut pas le temps de formuler sa restriction. On frappa de nouveau à sa porte. Cette fois, c'était un *Horse Guard*, avec son célèbre bonnet de fourrure noire d'une hauteur impressionnante.

– Je cherche l'inspecteur Higgins, déclara-t-il, solennel. S'il veut bien avoir l'obligeance de me suivre...

Higgins s'exécuta.

Scott Marlow, qui sortait de la Tour du milieu muni d'informations surprenantes, vit son collègue, guidé par le *Horse Guard*, sortir de l'enceinte et se diriger vers une Rolls Royce.

Le fanion ornant les ailes de l'imposante voiture fit monter le rouge aux joues du superintendant.

À n'en point douter, il s'agissait d'une voiture officielle de la Couronne.

— 7 —

– Higgins, Higgins ! s'écria Scott Marlow, courant à petits pas derrière son collègue, enfin sorti de la Rolls où il était demeuré une dizaine de minutes.

La puissante automobile disparaissait déjà dans les brumes londoniennes.

– Higgins, je ne voudrais pas me montrer indiscret, mais j'ai cru voir… Était-ce quelqu'un de Buckingham Palace ?

Sans être soucieux, le visage de Higgins arborait une expression de dignité recueillie.

– On m'a fait promettre le secret sur cette entrevue, expliqua-t-il. Avez-vous remarqué, mon cher Marlow, que le seul arbre admis dans l'enceinte de la Tour est le platane ? On y pendait beaucoup, autrefois. Curieux, pour cette gigantesque prison où l'on aimait tant décapiter.

Dépité, Marlow comprit qu'il serait inutile d'insister davantage. Personne n'avait jamais réussi à faire parler Higgins contre son gré.

– Je peux cependant vous confier, superintendant, que j'ai été officieusement prié de résoudre cette enquête au plus vite et dans la plus grande discrétion. Bien entendu, vous êtes le représentant officiel du Yard et je demeure dans l'ombre.

Scott Marlow se sentit soulagé.

– J'ai un élément nouveau et capital, annonça-t-il, bombant légèrement le torse.

Les deux hommes progressèrent avec lenteur en direction de la Maison de la Reine. Les pierres des remparts et des tours luisaient d'humidité. Deux corbeaux, décollant du sommet de la Tour sanglante, gagnèrent les créneaux de la Tour blanche, écrasant de sa masse lugubre les autres bâtiments.

– Je crois, poursuivit Scott Marlow, que nous sommes en présence d'une sordide affaire de mœurs. La fiche fournie par l'ordinateur central du Yard sur Lady Ann est réellement stupéfiante.

– À ce point ? s'enquit Higgins, intrigué.

– Plus encore que vous ne l'imaginez ! se réjouit Scott Marlow, tellement satisfait de l'atout décisif en sa possession que l'atmosphère oppressante de la Tour de Londres lui paraissait plus légère.

– Auriez-vous… la conclusion de notre affaire, superintendant ?

– Hmmm… Cela ne m'étonnerait pas.

Scott Marlow aurait voulu laisser languir Higgins un maximum de temps. Mais il avait trop envie d'éblouir son collègue.

– Auriez-vous deviné que Lady Ann n'a jamais été l'épouse de Lord Henry Fallowfield ?

Higgins s'immobilisa et considéra Scott Marlow avec le plus grand intérêt.

– Ann Warford, soi-disant épouse Fallowfield, continua le superintendant, n'était rien d'autre qu'une dame de petite vertu, incarcérée à plusieurs reprises. Elle s'est rendue coupable de deux vols à l'étalage.

Scott Marlow s'attendait à de chaleureuses félicitations de la part de l'ex-inspecteur-chef, mais ce dernier se contenta de lever les yeux au ciel.

– Il ne va pas tarder à pleuvoir, superintendant, et l'honneur du Yard est en jeu. Vous êtes-vous assuré que cette Ann Warford-là est bien née à la même date que l'épouse de Lord Henry ?

Scott Marlow éprouva une violente contraction au creux de l'estomac.

– C'est-à-dire… Veuillez m'excuser. Je reviens.

Un rire strident figea les deux policiers. Au sommet de la Tour sanglante, le vieux *Yeoman*, un corbeau sur l'épaule gauche, riait aux nuages noirs.

Scott Marlow s'éclipsa.

Ce fut au pied de la Tour Saint-Thomas qu'Higgins retrouva le lieutenant de la Tour, Patrick Holborne, qui effectuait, comme chaque jour, la tournée d'inspection de ses *Yeomen*, vérifiant le parfait état de leurs uniformes. L'ex-inspecteur-chef fit semblant de s'intéresser au soubassement de la Tour pour ne point interrompre le travail du lieutenant. Ce dernier, finissant par remarquer la présence de l'homme du Yard qu'éclairait le pâle rayon d'un soleil furtif, interrompit son inspection et se dirigea vers lui.

– Auriez-vous encore besoin de mes services, inspecteur ?

– En effet, lieutenant Holborne. Un détail m'intrigue : le vieux *Yeoman* a parlé d'un sac à main qu'il a vu sur le sol, à côté du cadavre de Lady Ann. Ni le superintendant Marlow ni vous-même n'y avez fait allusion. Le *Yeoman* a-t-il ou non rêvé ?

Le visage fermé, le lieutenant de la Tour se mit presque au garde-à-vous pour répondre.

– Non, inspecteur. Ce sac existe bien. Le superintendant l'a emporté comme pièce à conviction. Puis-je vaquer à mes occupations ?

– Soyez aimable de me ménager une entrevue auprès du gouverneur.

Patrick Holborne releva le menton.

– Lord Henry Fallowfield a été admis ce matin à l'infirmerie de la Tour. Il vous faudra passer par le docteur Matthews.

– Je passerai donc, lieutenant. Merci de votre aide. Rendez-vous dans une demi-heure précise à l'infirmerie. Vous ferez les présentations.

Le ton de Higgins n'appelait pas de réplique. Quelque peu interdit, le lieutenant de la Tour se demanda si l'homme du Yard n'avait pas autrefois commandé un régiment pour s'exprimer avec une autorité aussi naturelle.

*

* *

Consultant son oignon, Higgins s'aperçut qu'il était un peu plus de onze heures. À pas lents, de sa démarche tranquille, il gagna le centre de la pelouse, là où, avec une grande délicatesse d'intention, la reine Victoria avait fait construire un petit dallage carré en granit pour rappeler l'emplacement de l'échafaud. Tournant sur lui-même, l'ex-inspecteur-chef examina d'un regard acéré la Maison de la Reine, la demeure du gouverneur, le revers de la Tour Beauchamp puis, en face, la rangée de platanes centenaires qui bourgeonnaient à peine. Derrière l'un d'eux, à l'angle du dernier corps de bâtiment faisant partie de la Maison de la Reine, se dressait l'inquiétante Tour sanglante.

Utilisant deux crayons comme piquets et une pelote de ficelle comme corde d'arpentage, Higgins mesura la distance entre le milieu de la pelouse et le bas de la Tour sanglante. Ensuite, il effectua plusieurs fois le trajet, tantôt en marchant normalement, tantôt en pressant l'allure. Il nota soigneusement les temps accomplis. Médiocrement satisfait, Higgins alla jusqu'à l'extrémité de la pelouse, où était érigée la chapelle de Saint-Pierre *ad vincula*, contenant les dépouilles de plusieurs suppliciés. Puis il revint sur ses pas, longeant les bâtiments composant la Maison de la Reine, passant devant les sentinelles immobiles dans leurs guérites. La visibilité était presque nulle, tant le *smog* s'épaississait à nouveau. Higgins goûtait l'absence de chaleur, mais n'appréciait guère les miasmes londoniens, porteurs de virus et d'attaques grippales qu'il redoutait par-dessus tout. Par bonheur, son arthrite aux genoux le laissait en paix, lui permettant de se livrer aux rudes exercices physiques qu'imposait cette enquête.

Une silhouette épaisse le frôla. Higgins entendit un rire grinçant suivi d'un croassement. Le vieux *Yeoman* rôdait. Higgins tenta de le suivre, se guidant aux froissements d'ailes des corbeaux qui encadraient leur maître. Réussissant à ne pas perdre la piste qui aboutissait derrière la Tour Wakefield, au-delà de la Tour sanglante, Higgins s'approcha sans faire de bruit. Le vieux *Yeoman*, un genou en terre derrière un parapet en réfection, offrait des boulettes de pain à deux gigantesques corbeaux.

– Mangez, mes petits, mangez, dit-il avec une certaine tendresse. Il faut grossir, grossir ! Grâce à vous, j'attraperai le Spectre. Le sang n'a pas fini de couler, un meurtre ne suffira pas.

S'accroupissant avec précaution pour ne pas froisser son pantalon, Higgins prit quelques notes, espérant que le *Yeoman* continuerait ainsi sur la voie des confidences.

Las ! Un appel lancé à la cantonade par la voix inquiète de Scott Marlow brisa la sérénité du moment.

– Higgins ! Higgins ? Où êtes-vous ? Je vous cherche !

Higgins assista à l'envol des corbeaux, dérangés par ce bruit inhabituel. Avec une étonnante vivacité, le vieux *Yeoman* disparut à son tour.

— 8 —

Higgins se releva et gagna la pelouse où Scott Marlow, perdu dans le *smog*, faisait une série de signes désordonnés.

– Me voici, mon cher Marlow.

Le superintendant bondit en arrière, effrayé par la subite apparition de son collègue qu'il n'avait pas été loin de prendre pour le Spectre.

– Ah, c'est vous, Higgins ! J'ai une information importante.

– Concernant le passé de Lady Ann ?

Scott Marlow tenta de chasser le brouillard d'un revers de main dérisoire.

– Laissons ça... Une simple erreur informatique. Lady Ann est bien Lady Ann.

– J'en prends note, observa Higgins, heureux d'avancer enfin sur un terrain solide et ne souhaitant pas accabler Scott Marlow pour avoir confondu une aristocrate avec une roturière, délinquante de surcroît. Autre élément ?

– Je dispose des rapports d'autopsie. La tête a été parfaitement tranchée. Un travail de professionnel, exécuté avec une précision remarquable. Voilà bien longtemps que les légistes n'avaient pas vu une décapitation aussi impeccable !

– Une enquête de routine s'impose.

– Laquelle ? s'angoissa Scott Marlow.

– Soyez aimable de répertorier les bourreaux officiels encore vivants et de vérifier leur alibi pour l'heure du crime. La solution se trouve peut-être de ce côté-là.

– Les trois légistes sont d'accord : Lady Ann est morte décapitée, mais inconsciente ! assena le superintendant, fier d'avoir ménagé ses effets. Inconsciente, car assommée. Le crime peut donc être reconstitué de la manière suivante : Lady Ann s'est rendue dans la Tour sanglante où l'assassin l'attendait. Dès qu'elle a pénétré dans la salle où sont exposés hache et billot, le criminel l'a agressée et étourdie. Puis il a disposé le corps de manière à ce que la tête repose sur le billot. Il a brandi la hache et a frappé avec d'autant plus de précision que sa victime était incapable de réagir.

Higgins n'opposa aucun argument à la reconstitution du superintendant. Ce dernier était particulièrement satisfait de ses déductions. Higgins ne disait-il pas souvent que, lorsque l'enchaînement des faits était établi, la solution était toute proche ? Ces indices désignaient, à l'évidence, le vieux *Yeoman*. Sans doute avait-il décidé, ce soir-là, que le Spectre avait pris la forme de Lady Ann. Il ne restait plus qu'à en convaincre Higgins pour mettre un terme à cette misérable histoire de fous.

– Mon cher Marlow, il reste un détail fort obscur.

– Lequel ?

– Pourquoi Lady Ann a-t-elle quitté la pelouse pour se rendre à la Tour sanglante ?

Le superintendant se concentra.

– Sans doute avait-elle remarqué quelque chose d'insolite. La présence du vieux *Yeoman* à un créneau, par exemple.

– Cela me paraît improbable, objecta Higgins. Au moment de la disparition de Lady Ann, le *smog* n'était-il point épais au point que vous étiez incapable de distinguer votre voisin ?

– De fait…

Scott Marlow chercha désespérément une inspiration.

– La réponse ne se trouverait-elle pas dans le sac à main ? insinua Higgins.

Les lèvres de Scott Marlow s'arrondirent dans une expression de réel étonnement.

– Quel sac à main ?

– Celui que vous avez ramassé près du cadavre de Lady Ann, d'après le témoignage du lieutenant de la Tour.

Le superintendant se vexa.

– Témoignage ? Témoignage ! Quel besoin d'évoquer un témoignage ! J'ai ramassé ce sac, bien entendu, et je l'ai porté moi-même au laboratoire ! Un simple détail de routine !

– En avez-vous examiné le contenu ?

– À la va-vite. C'est un tout petit sac en cuir, très élégant, avec une fermeture en or. Poudrier, produits de maquillage… rien de particulier.

Higgins se gratta le menton avec distinction.

– J'aimerais examiner cet objet de toute urgence. Seriez-vous aimable de me le faire parvenir au plus vite ? Retrouvons-nous à l'infirmerie.

– Mais je vous assure…

Higgins n'écoutait plus. Il était déjà reparti dans le *smog*, en direction des bâtiments qui abritaient les services médicaux de la Tour de Londres, adossés à la *Broad Arrow Tower*, à la *Constable Tower* et situés entre le Musée et les *New Armouries*.

*

* *

Higgins fut exact à son rendez-vous, bien qu'il eût pris le temps d'emprunter la traditionnelle *Broad Walk*, la « promenade large » qui lui permit de contourner l'énorme Tour blanche dont le sommet était noyé dans le brouillard. Il parvint ainsi dans le quartier le plus militaire de la Tour de Londres où se trouvait notamment le Musée du régiment des Fusiliers Royaux de la cité de Londres. Le service hospitalier était strictement réservé aux militaires en service dans l'enceinte de la Tour. Higgins dut attendre Patrick Holborne, un peu en retard, pour accéder à l'intérieur du bâtiment.

– Je vous conduis au bureau du docteur Matthews, annonça avec froideur le lieutenant.

Un vent tourbillonnant faillit décoiffer l'officier, visiblement importuné par la corvée que lui imposait Higgins.

– Inspecteur ! supplia une voix féminine. Inspecteur, attendez !

Une petite femme boulotte et nerveuse jaillit du *smog* pour couper la route des deux hommes. La cinquantaine un peu trop épanouie, les dents un peu trop en avant, la poitrine un peu trop forte, l'intervenante disposait d'une énergie peu commune. Sa voix haut perchée savait se faire entendre.

– Je vous présente mademoiselle Myosotis Brazennose, secrétaire administrative de la Tour, énonça Patrick Holborne avec un soupçon de dédain.

– Inspecteur, poursuivit la bouillante demoiselle sans se soucier de la présence du militaire qu'elle avait résolu d'ignorer, je voudrais déposer une plainte concernant une grave affaire domestique.

Patrick Holborne, sévère, s'interposa.

– Je vous en prie, mademoiselle Brazennose ! N'importunez pas l'inspecteur Higgins avec ce genre de détails ! Nous réglerons cette affaire ensemble.

Ne laissant pas la secrétaire administrative plaider davantage sa cause, le lieutenant de la Tour l'écarta avec une certaine rudesse tandis qu'il guidait Higgins.

– Charmante personne, commenta Higgins. Un peu exubérante, peut-être.

– Je ne comprends pas, commenta Patrick Holborne. D'ordinaire, elle est fort pondérée… Un trouble passager, sans doute.

– Quelle est sa place dans la hiérarchie de la Tour ? interrogea Higgins.

– En théorie, Myosotis Brazennose occupe un poste plutôt subalterne. En réalité, elle est un rouage essentiel. Toute la paperasse administrative passe par ses mains. Il est préférable d'être en bons termes avec elle.

– Ce qui ne semble pas être votre cas, lieutenant…

– Au contraire ! protesta Patrick Holborne. Elle apprécie beaucoup mon sens de la discipline.

Tout en devisant, les deux hommes arrivèrent à l'extrémité d'un couloir mal éclairé, aboutissant à une porte métallique sur laquelle un panneau fixé avec deux vis indiquait : « Médecin-chef Richard Matthews. Entrée interdite. Attendre la lampe verte. »

Pour l'heure, la lampe était rouge. L'ex-inspecteur-chef s'assit donc sur une banquette qui servait de salle d'attente.

À peine cinq minutes s'étaient-elles écoulées que résonnèrent les échos d'une altercation provenant de l'autre extrémité du couloir. Le lieutenant Holborne se déplaça aussitôt pour constater que le superintendant Scott Marlow, un sac de dame à la main, menaçait de faire scandale si le planton ne le laissait pas rejoindre son collègue Higgins.

L'incident fut vite aplani. Scott Marlow, furibond, arriva d'un pas précipité auprès de l'ex-inspecteur-chef.

– Voici la pièce à conviction, annonça-t-il en donnant à Higgins le sac à main de Lady Ann, portant une étiquette d'identification apposée par le Yard.

Higgins remercia, ouvrit le sac et commença à en inspecter le contenu avec délicatesse. Il avait horreur de procéder à ce genre de fouille et de violer les secrets d'une dame, fût-elle défunte. Mais le Devoir devait prendre le pas sur ses goûts. Il prit soin de ne rien déranger, soulevant avec précaution le poudrier, le crayon à maquillage, le bâton de rouge à lèvres. Le poudrier fermait mal. Higgins voulut comprendre la raison de ce défaut. Un superbe objet en or comme celui-ci n'aurait pas dû présenter un pareil inconvénient.

À l'intérieur, Higgins découvrit un morceau de papier plié en quatre. C'est lui qui empêchait les deux parties du fermoir de s'ajuster.

L'ex-inspecteur-chef déplia très lentement le document. Il offrait un texte aussi surprenant que révélateur.

« Venez immédiatement à la Tour sanglante
Je connais la vérité sur votre amant. »

— 9 —

Higgins remit le document à Scott Marlow qui le déchiffra avec effarement.

– Voici, mon cher Marlow, l'explication de l'attitude de Lady Ann. Quelqu'un lui a transmis ce message pendant la cérémonie d'installation du gouverneur. Il était suffisamment précis pour la décider à se rendre aussitôt au rendez-vous.

Scott Marlow était décomposé, au bord du malaise.

– Mais Higgins,... Vous vous rendez compte de ce qu'implique ce message ?

– Plus ou moins, superintendant.

– Et si l'auteur du texte était le gouverneur de la Tour, Lord Henry Fallowfield ! Nous serions... nous serions obligés de l'interpeller !

Higgins observa la réaction de Patrick Holborne. Le lieutenant de la Tour s'était composé un visage impavide d'où toute émotion était absente.

Scott Marlow joignit le geste à la parole. Il ouvrit la porte du cabinet médical, indifférent à la lampe rouge signifiant l'interdiction d'entrer.

Les deux policiers et le lieutenant de la Tour découvrirent une scène étrange. Un homme en blouse blanche était étendu sur le lit de consultation, les mains croisées sous la nuque. À son bureau, Lord Henry Fallowfield.

Higgins en conclut que le docteur Matthews avait sans doute été victime d'un léger malaise. Surpris par cette intrusion, le praticien se leva brusquement, tel un diable sortant de sa boîte.

– Qu'est-ce que ça signifie ? Vous n'avez pas vu la lampe rouge !

Higgins s'avança.

– Merci pour votre collaboration, superintendant. Occupez-vous des bourreaux, je vous prie.

D'un geste calme, mais décidé, Higgins referma derrière lui la porte du cabinet. Le docteur Richard Matthews était en proie à la plus vive excitation. Ses mains tremblaient. Ses paupières battaient.

Il se dressa devant l'ex-inspecteur-chef.

– De quel droit…

– Higgins, Scotland Yard. Calmez-vous, docteur, et asseyez-vous.

Lord Henry Fallowfield, bien calé sur sa chaise, les bras croisés, gardait un flegme remarquable. De son regard profond, il observait la situation, comme s'il n'était pas concerné. Il fumait une cigarette de tabac blond dégageant une senteur douceâtre se mêlant à des odeurs d'éther. Higgins huma l'atmosphère. Le nez très sensible de l'ex-inspecteur-chef décelait une trace d'un produit plus rare, plus insolite qu'il ne parvenait pas à identifier.

– Vous cherchez quelque chose ? demanda le docteur Matthews, intrigué.

– Vous devriez aller prendre l'air, recommanda Higgins. Un peu d'oxygène atténuera votre malaise.

– Je ne vous permets pas…

Higgins ouvrit la porte. Il regarda le docteur Matthews avec une telle expression d'autorité que ce dernier fut contraint de baisser les yeux et d'obéir.

La porte claqua. Lord Henry Fallowfield continuait à fumer avec placidité. L'homme avait une prestance naturelle que Higgins avait rarement rencontrée à ce degré-là. Il commença à fureter dans la petite pièce.

– Êtes-vous bien certain de demeurer dans la légalité ? demanda Henry Fallowfield, d'une voix grave et posée.

Higgins évoluait sur un fil ténu. L'homme qu'il se préparait à interroger comptait au nombre des personnages majeurs de la vie britannique. Il ne lui pardonnerait pas le moindre faux pas. De son côté, Higgins n'avait rien à craindre ; mais il songeait à la carrière de Scott Marlow, officiellement chargé de l'enquête.

– Je m'y efforce, votre seigneurie.

Le notable sourcilla en entendant ce vieux titre.

– Restons simples, inspecteur. Appelez-moi Lord Henry.

Il tira avec volupté sur sa cigarette, s'offrant le luxe de façonner d'éphémères volutes de fumée. Higgins reconnut le parfum un peu sucré d'un tabac turc, mélange raffiné provenant de chez Fribourg et Treyer, fournisseur de Sa Majesté depuis le XVIIIe siècle. Il masquait l'autre senteur, bizarre.

– Puis-je me permettre de prendre des nouvelles de votre santé, Lord Henry ? demanda Higgins, affable.

– À quel titre ?

Le cabinet médical ne comportait qu'une seule fenêtre, pourvue de barreaux. Le mobilier était maigre : un lit pour examiner les patients, le bureau où s'était installé le gouverneur, deux chaises fatiguées, un classeur métallique à roulettes, deux armoires en fer-blanc. La fonction de médecin-chef de la Tour de Londres ne semblait pas s'accompagner d'un luxe excessif.

Higgins s'arrêta devant l'armoire la plus proche de la fenêtre. Elle était ouverte. À l'intérieur, des produits classiques : éther, alcool à 90°, sérum physiologique…

– Votre interlocuteur officiel est le superintendant Marlow, précisa Higgins, mais j'ai été chargé d'une mission tout à fait officieuse par la Couronne. C'est pourquoi j'ai souhaité cet entretien en tête à tête. Une telle information devait vous être communiquée avec la plus extrême discrétion. Seuls Buckingham Palace, le superintendant et vous êtes dans la confidence. Je compte procéder sans « faire de vagues », comme diraient les journaux à sensation. À condition, bien entendu, que votre aide me soit acquise.

Le nouveau maître de la Tour de Londres décroisa les bras sans que la sévérité de son visage s'atténuât. Il palpa délicatement son collier de barbe grise.

– Mon seul souhait, inspecteur, est de voir cette tragédie terminée, autant pour moi-même que pour la Tour. J'ai promis de lui redonner son lustre d'antan. Et me voici privé de l'aide la plus précieuse, celle de ma chère épouse.

Victime de l'émotion, Lord Fallowfield porta la main droite à ses yeux. Higgins laissa le silence s'installer, en profitant pour examiner les dossiers contenus dans le classeur métallique. Ils concernaient des patients, identifiés par leur nom et leur numéro matricule.

– Mes condoléances les plus sincères, Lord Henry. Soyez certain que je ne quitterai pas cet endroit avant d'avoir identifié l'assassin de Lady Ann.

Le gouverneur considéra l'ex-inspecteur-chef avec respect.

– Demandez-moi ce qui vous sera nécessaire. Connaître la vérité m'est indispensable.

La seconde armoire du Docteur Matthews posait problème, semblant fermée à clé. Prévoyant ce genre d'incident, Higgins s'était muni d'un passe que lui avait offert le roi des cambrioleurs à sa sortie de prison. L'homme du Yard s'approcha de l'armoire et introduisit le passe dans la serrure, hors de la vue du gouverneur.

– Êtes-vous remis de votre indisposition, Lord Henry ?

– Non, inspecteur. Le docteur Matthews m'a administré un puissant sédatif. C'est pourquoi vous me trouvez si calme.

– Qu'est-il arrivé au médecin-chef ?

– Un malaise. Il a été très éprouvé, lui aussi, par ce drame. Une nuit blanche, un peu trop d'alcool pour tenir bon… Les nerfs ont craqué.

Un déclic à peine perceptible. En retirant son passe, Higgins entrouvrit la porte de l'armoire.

– Un homme fort sympathique, jugea l'ex-inspecteur-chef.

– Surtout fort compétent, ajouta le gouverneur. Il est très attaché à son poste. Je l'ai confirmé dans ses fonctions… et voilà que je suis son premier patient, après mon installation !

Le gouverneur s'animait mais son élocution demeurait trop lente et quelque peu embarrassée. L'effet des sédatifs, sans doute.

– Avez-vous remarqué quelque chose d'insolite pendant la cérémonie ? interrogea Higgins.

– La cérémonie, répéta le gouverneur, comme s'il était en état de choc. La cérémonie…

Il se prit la tête entre les mains, fermant les yeux. Higgins en profita pour entrouvrir plus franchement la porte de l'armoire.

– Ce moment merveilleux fut le comble de l'horreur, dit le gouverneur d'une voix sourde. J'étais si heureux de contempler les clés de la Tour de Londres… si heureux de pouvoir enfin servir dignement mon pays et de faire revivre l'un de ses plus illustres monuments. Et puis cet affreux brouillard qui a tout recouvert, tout englouti… Une peur irraisonnée s'est emparée de moi. J'ai cherché ma femme, je ne voyais plus personne. Lady Ann a toujours été ma complice, mon ange gardien…

Higgins constatait l'intensité de la douleur du veuf mais, en même temps, regardait une photographie épinglée sur la paroi du fond de l'armoire. On y voyait un éléphant, à côté d'un fleuve, peut-être le Gange. Installé sur le cou du puissant animal, un petit cornac indien. Derrière lui, le docteur Matthews, plus jeune et moins maigre. Le gouverneur semblant tout à fait abattu, enfermé dans son chagrin, Higgins en profita pour compulser rapidement les dossiers. Surveillant d'un œil le gouverneur, il souleva des piles de revues professionnelles. Son regard fut attiré par une chemise orange portant l'intitulé « urgences ». À l'intérieur, des ordonnances. Higgins s'empara des deux premières.

Le gouverneur leva la tête. Higgins, avec promptitude et naturel, se replaça devant l'armoire comme si rien ne s'était passé. Il glissa les deux ordonnances dans la poche gauche de sa veste.

– Qui a pu être assez fou, assez cruel pour commettre un tel crime ?

Dans les yeux du gouverneur se lisait une plainte douloureuse.

– On a accusé le vieux *Yeoman*, surnommé « le spectre ».

– Absurde, inspecteur. Lorsque nous avons passé en revue le personnel de la Tour, le lieutenant Patrick Holborne m'a assuré que ce vieillard était inoffensif. Le cerveau malade, bien sûr, mais incapable de violence.

Higgins referma l'armoire sans bruit.

– Votre épouse avait-elle des ennemis, Lord Henry ?

Le gouverneur rassembla ses pensées. Il paraissait réfléchir avec difficulté.

– Non, je ne crois pas. Lady Ann était une parfaite maîtresse de maison. Nous recevions souvent. Elle était appréciée de tous. Mon épouse voyageait beaucoup. Elle avait de la famille un peu partout dans le monde. Non, non… Personne ne la détestait au point de vouloir lui infliger une mort aussi horrible. Il ne peut s'agir… que d'une erreur.

– Une erreur, Lord Henry ? Que voulez-vous dire ?

– Je ne sais pas… C'est moi qui étais visé, j'en ai le sentiment. On m'envie pour ma réussite, pour l'obtention de ce poste.

Higgins hocha la tête, peu convaincu.

– Sans vouloir vous offenser, Lord Henry, il me paraît impossible d'envisager une quelconque confusion de la part de l'assassin. Je puis vous apprendre que Lady Ann fut assommée avant d'être décapitée. Elle n'aura pas vu venir cette mort épouvantable. Mais cela prouve aussi que l'assassin a eu tout loisir pour identifier sa victime avant de poser sa tête sur le billot.

Lord Fallowfield cessa d'argumenter, se rendant à l'évidence. Il baissa à nouveau les yeux, obligé d'accepter la réalité, si implacable fut-elle.

– Il faut retrouver l'assassin de ma femme, inspecteur, il le faut !

– Tel est bien le sens de ma mission, Lord Henry. Je compte résider à la Tour pendant la durée de l'enquête. Pourriez-vous m'attribuer une chambre ?

Le gouverneur fut désagréablement surpris par cette demande.

– Ce n'est pas si simple, inspecteur. La Tour est vaste, mais toutes ses chambres sont occupées.

– Voilà qui est fort contrariant. Je saurais pourtant me contenter de fort peu et n'aimerais pas être obligé de faire appel à la Couronne pour que ce modeste vœu soit exaucé.

Le visage de Lord Fallowfield subit une brusque transformation. Ses traits se durcirent. Sa tristesse laissa place au masque autoritaire d'un responsable habitué à commander.

– S'agirait-il d'une menace, inspecteur ?

– Voyons, Lord Henry, répondit Higgins avec bonhomie. N'importunons pas la Couronne pour si peu. Réglons ce petit problème entre nous.

Le gouverneur fit peser sur Higgins un regard impérieux qui, d'ordinaire, mettait ses interlocuteurs à la raison. Mais l'homme du Yard demeura déterminé et serein.

– Il n'y a qu'une solution, concéda le gouverneur. La chambre du condamné. Une pièce fermée depuis de nombreuses années. Adressez-vous de ma part au lieutenant Holborne. Il vous la fera préparer.

– Soyez remercié pour votre obligeance, Lord Henry. Je ne manquerai pas de faire de nouveau appel à vous.

Higgins se dirigea vers la porte du cabinet médical.

– Encore un détail, Lord Henry, dit-il en se retournant. Votre épouse avait-elle un amant ?

— 10 —

Le gouverneur se leva, repoussant sa chaise avec violence. Higgins le vit debout pour la première fois. Lord Fallowfield avait une belle stature. Sa personne était empreinte d'une dignité un peu dédaigneuse forgée par des siècles de noblesse et de liens avec le monde du pouvoir.

– Qu'avez-vous osé dire, inspecteur ? demanda Lord Fallowfield, crispé.

Higgins ne jugea pas nécessaire de répéter sa question qui lui paraissait fort compréhensible.

– Votre caractère... « officieux », poursuivit le gouverneur, ne vous permet pas d'insulter la mémoire d'une défunte ! Vous feriez bien de renoncer à ce genre de méprisables insinuations.

Higgins montra le document qu'il avait trouvé dans le sac à main de Lady Ann. Il en communiqua le contenu au gouverneur qui écouta avec attention.

– Croyez-vous, inspecteur, que je suis l'auteur de cet infâme billet ?

– Loin de moi cette idée, Lord Henry. Mais vous comprendrez pourquoi j'ai besoin d'être rassuré sur la fidélité de feue Lady Ann.

Une moue méprisante anima les lèvres du gouverneur.

– Si vous attribuez la moindre valeur à cette calomnie, inspecteur, votre enquête risque de se terminer dans des eaux malodorantes où vous vous noierez.

Higgins fit face à Lord Fallowfield.

– Une femme est morte décapitée, rappela-t-il avec gravité. J'ai le devoir de rassembler tous les indices la concernant, que leur odeur vous soit ou non agréable. Ce document est peut-être capital pour la suite de l'enquête. J'y attache la plus grande importance.

Lord Fallowfield se redressa, tel un coq sur ses ergots.

– Ce document est diffamatoire. Il salit la mémoire de ma femme et bafoue notre honneur. Je vous demande de n'en tenir aucun compte.

– Désolé de vous décevoir, Lord Henry.

– Vous le regretterez, inspecteur.

Le gouverneur de la Tour ouvrit la porte à la volée, passa devant le docteur Matthews et Scott Marlow éberlués et disparut à grandes enjambées dans le couloir.

– Que… que s'est-il passé ? demanda avec anxiété le médecin-chef.

– Le gouverneur avait l'air furieux, observa le superintendant.

Higgins pria les deux hommes d'entrer dans le cabinet. Il désigna aussitôt un étui à lunettes vide, posé près de la lampe de bureau.

– Le gouverneur l'a oublié.

– Non, intervint le docteur Matthews. Il m'appartient.

– Vous portez des lunettes ? s'enquit Higgins.

– Je suis un peu myope. Mais je ne les ai plus ! On me les a dérobées pendant la cérémonie d'installation du gouverneur, lorsque le *smog* a tout recouvert. Un vol stupide, en vérité, car ces lunettes ne sont adaptées qu'à ma vue.

Higgins nota le fait sur son carnet noir. La présence du brouillard avait déclenché une série d'événements qui n'étaient peut-être pas sans rapport avec le crime.

Le docteur Matthews agrippa un tube de calmants et absorba deux cachets.

– Qu'est-ce qui vous arrive ? se renseigna Scott Marlow, intrigué. Vous êtes souffrant ?

Le visage mou du docteur Matthews se contracta un peu.

– Un malaise nerveux. Ce meurtre m'a bouleversé.

– Vous connaissiez bien Lady Ann ? s'enquit Higgins, furetant de nouveau dans la pièce pour vérifier si le gouverneur n'avait rien emporté.

– Pas du tout ! protesta le médecin-chef, irrité. Je ne l'avais jamais rencontrée avant cette maudite cérémonie.

– Pourquoi tant d'émotion, en ce cas ?

– Pour la Tour de Londres ! s'enflamma Richard Matthews. Jusqu'à présent, c'était le lieu le plus calme de notre bonne vieille Angleterre. Voilà bien longtemps qu'on n'y avait tué personne. J'ai fait l'essentiel de ma carrière ici, alors...

Higgins prit place au bureau du médecin.

– Aucun séjour à l'étranger ?

Richard Matthews regarda Higgins comme si ce dernier était un magicien.

– J'ai occupé un poste en Inde pendant quelques années, c'est vrai, mais je n'en ai pas gardé un bon souvenir. Je supportais mal le climat.

– Vous êtes devenu médecin-chef de la Tour de Londres dès votre retour ? interrogea Scott Marlow.

– Non. J'ai suivi la filière hiérarchique. Plusieurs postes d'assistant dans des hôpitaux militaires. Lorsque celui de médecin-chef s'est libéré à la suite du décès du titulaire, j'ai posé ma candidature. Elle a été acceptée.

Higgins considéra une fois encore la grande sobriété du mobilier.

– Êtes-vous satisfait de vos équipements, docteur ?

– Ces dernières années, nos crédits étaient trop limités. Le nouveau gouverneur m'avait fait savoir qu'il comptait améliorer la situation. Après un tel drame, évidemment, tout risque d'être remis en question.

Higgins palpait l'étui à lunettes vide. Le voleur avait-il souhaité que le docteur Matthews ne pût observer un détail lointain relatif au crime ou à sa préparation ? Pourtant, le brouillard était suffisant pour tout masquer.

– L'Orient vous a donc paru à ce point détestable ? insista Higgins.

– Exactement, renchérit le médecin-chef. Rien ne vaut notre chère Angleterre.

– N'auriez-vous rien remarqué pendant la cérémonie ?

Higgins avait quitté le bureau pour examiner de très près les deux armoires, désireux de savoir si rien n'était collé ou épinglé contre les parois externes.

– Franchement, inspecteur, répondit le praticien avec une nuance de regret dans la voix, j'aurais aimé vous aider davantage, mais j'en suis incapable. Le brouillard était si dense que je distinguais à peine la silhouette de mes voisins. Quelqu'un aurait pu passer près de moi sans que je m'en aperçoive.

– C'est exact, confirma Scott Marlow. Le docteur Matthews a exigé le calme, en vain. Quand le *smog* s'est dissipé, il se trouvait non loin de moi. Sauf votre respect, docteur, j'ai remarqué que vous vous rongiez les ongles.

Richard Matthews ne nia pas. Higgins enregistra le détail.

– Pourriez-vous ouvrir cette armoire ? demanda-t-il en désignant le meuble fermé à clé.

Le médecin-chef ouvrit des yeux ébahis.

– Pour quelle raison ?

– La moindre information peut éclaircir le crime, indiqua Scott Marlow, trouvant suspecte l'attitude du docteur Matthews. Ouvrez cette armoire.

– Je refuse.

Higgins ne perdit pas patience.

– Comment expliquez-vous votre position, docteur ?

– Le plus naturellement possible : secret professionnel. Elle contient des documents confidentiels concernant l'état de santé de mes patients. Seul le gouverneur peut vous donner l'autorisation de les consulter.

– Nous procéderons donc de la sorte, admit Higgins. Vos exigences me paraissent tout à fait légitimes, docteur. Depuis combien d'années travaillez-vous à la Tour ?

Le front dégarni du médecin-chef se creusa de rides.

– Depuis plus de douze ans.

– Je suppose que vous connaissez tout le monde, ici, et que ce lieu vénérable n'a plus aucun secret pour vous ?

Richard Matthews se détendit un peu. Une expression de satisfaction redonna de la vigueur à son regard.

– On le dit, en effet. Je suis un peu le confident de tout un chacun. Un médecin doit bien connaître le malade et son environnement pour le soigner correctement.

Richard Matthews paradait presque, animé d'une nouvelle assurance.

– Que pensez-vous du lieutenant Patrick Holborne ? demanda Higgins.

Le médecin-chef se ferma à nouveau.

– Il est en parfaite santé et n'a jamais eu recours à mes services.

– Vous avez forcément une opinion ! intervint brutalement Scott Marlow que la personnalité floue du docteur Matthews commençait à irriter.

Ce dernier, vivante image de la dignité outragée, se tourna vers le superintendant et déclara avec emphase :

– Je n'ai pas à juger mes semblables.

– C'est l'attitude d'un homme d'honneur, reconnut Higgins. Une dernière question, pour le moment : croyez-vous à l'existence du Spectre ?

Le grand et filiforme médecin-chef de la Tour de Londres fut en proie à un profond étonnement.

– Vous… Vous vous moquez de moi ? Vous mettez en doute mes capacités ?

– Au contraire, rétorqua Higgins. C'est pourquoi j'aimerais tant avoir votre avis sur la question.

– J'ai du travail, inspecteur.

– Beaucoup de malades à voir ? demanda Scott Marlow.

– Eh bien… suffisamment. Je dois partir

Le docteur Matthews, gêné, s'éclipsa.

— 11 —

Higgins posa sur le bureau les deux feuillets qu'il avait été contraint de subtiliser.

– Mon cher Marlow, voudriez-vous lire ces documents ?

– Ce sont des ordonnances au nom du docteur Matthews, observa Scott Marlow. Je n'y comprends rien. Il ne s'agit pas de remèdes !

– Lisez, mon cher Marlow.

Le superintendant débita les deux textes en détachant chaque mot.

(première ordonnance)

Le 3 janvier. Vu le vieux Yeoman se diriger vers sa réserve à whisky. L'ai observé sans qu'il me voie. A bu une bouteille entière sans reprendre son souffle. S'est endormi sur sa hallebarde.

(deuxième ordonnance)

Le 20 janvier. Vu M. B. sortir de son bureau pendant ses heures de travail. Encore les bijoux de la couronne.

– Cela n'a ni queue ni tête, conclut Scott Marlow. Qui a écrit ces inepties ?

– Le docteur Matthews lui-même, répondit Higgins, pensif, si l'on se réfère à ce bloc-notes sur lequel il a inscrit le rendez-vous de ce matin avec le gouverneur.

– Qu'est-ce que ça signifie ? Il épie tout le monde ?

– Peut-être, superintendant.

– Qui est M. B. ?

– Myosotis Brazennose, probablement. N'estimez-vous pas que le gouverneur a claqué la porte avec beaucoup de vigueur pour un homme affaibli, placé sous sédatifs ?

Scott Marlow émit un borborygme approximatif. Soupçonner le gouverneur de la Tour de Londres était aussi absurde que dangereux.

– Il me faut voir le lieutenant de la Tour, indiqua Higgins, pour qu'il fasse préparer ma chambre.

– Votre chambre ? Vous n'allez quand même pas dormir ici ! s'étonna Scott Marlow alors que les deux policiers sortaient du cabinet médical.

– Bien sûr que si, superintendant.

Higgins s'adressa à un planton, lui demandant où trouver Patrick Holborne. Le soldat lui indiqua que le lieutenant venait d'entrer dans la Tour blanche.

Le brouillard stagnait au niveau du sol. L'air était chargé d'humidité. Il faisait aussi sombre qu'à la tombée de la nuit.

– Je dois passer au Yard pour avoir les résultats de l'ordinateur à propos des bourreaux, indiqua Scott Marlow.

– Retrouvons-nous à 12 h 30 chez Patrick Holborne, dit Higgins. Nous déjeunerons ensemble.

Scott Marlow regarda Higgins, mains croisées derrière le dos, se diriger à pas tranquilles vers la masse sinistre de la Tour blanche. Jamais le superintendant n'avait fait part à l'ex-inspecteur-chef de la profonde admiration qu'il éprouvait à son égard. Scott Marlow avait le sentiment d'être un excellent professionnel, consciencieux, précis, respectueux de l'ordre. Mais Higgins lui apparaissait souvent comme un être mystérieux, traversant ce monde sans vraiment en faire partie, comme un individu inclassable et hors du temps.

*
* *

Dans les escaliers plutôt raides de la Tour blanche rôdaient les ombres de Guillaume le Conquérant, des Bourgeois de Calais et d'Henri VIII, parmi tant d'autres personnages illustres qui y avaient exprimé leur puissance ou y avaient souffert en captivité. Avec ses murs de plus de quatre mètres d'épaisseur, ce donjon de près de trente mètres de haut offrait une oppressante impression de sécurité. Méritant son qualificatif de «Tour blanche» après qu'Henri III eut fait blanchir ses murs à la chaux au XIIIe siècle, cette vaste prison avait vu son caractère répressif quelque peu atténué par la présence de collections d'armures, notamment celles d'Henri VIII dont on pouvait ainsi apprécier la corpulence. La salle des armures de la Tour était considérée par beaucoup d'érudits comme le plus ancien musée d'Angleterre. Sur ce point, l'opinion de Higgins n'était point arrêtée. Son enquête lui permettrait peut-être, entre deux interrogatoires, de parvenir à une conclusion scientifiquement inattaquable. On négligeait beaucoup trop, à son avis, ces problèmes d'histoire et d'archéologie. La mémoire des nations, après tout, valait bien leur avenir.

L'ex-inspecteur-chef apprécia la clarté des vitrines abritant de superbes pièces médiévales dont les divers éléments heaumes, bassinets, torses, jambières, gantelets brillaient d'un vif éclat. Le conservateur qui régnait sur ces lieux méritait les plus vifs éloges. Pas un grain de poussière, pas une trace de doigt. Outre les armures étaient exposées de nombreuses armes : épées, poignards, masses d'armes, arbalètes, piques, lances, mousquets… « L'homme est le seul animal assez pervers, pensa Higgins, pour inventer autant d'instruments destinés à massacrer ses semblables. » Alors qu'il cédait presque à une vague de pessimisme déferlant sur la condition humaine, un cri de femme déchira la tranquillité de la salle des armures.

Higgins repéra sans peine l'endroit d'où provenait l'appel : derrière la vitrine contenant les armures d'Henri VIII avec, au centre, l'armure colossale façonnée à Greenwich en 1540 pour l'un des souverains les plus criminels de l'histoire. Les bras légèrement pliés vers l'avant, les épaules massives, le torse large, le corps de métal semblait prêt à se mettre en mouvement. Il masquait en partie la lutte qui se déroulait derrière lui.

Le lieutenant de la Tour, Patrick Holborne, violentait une jeune femme aux cheveux châtain clair.

— 12 —

– Cessez immédiatement ! ordonna Higgins.

Piqué au vif, Patrick Holborne s'écarta de la jeune femme qui rajusta la veste de son tailleur gris, très strict, se dirigeant aussitôt vers l'ex-inspecteur-chef.

– Je vous remercie pour votre intervention, dit-elle, la voix tremblante. Je suis Jane Portman, conservatrice du musée des armures.

Higgins, grand admirateur de la beauté féminine, foudroyait du regard le lieutenant de la Tour qui cherchait désespérément à faire oublier sa présence. Son teint rouge pivoine prouvait assez l'état de confusion où il se trouvait après son acte inqualifiable. Ne sachant trop comment se comporter, il contourna la vitrine à petits pas, regarda en direction de Higgins et commença à se diriger vers la sortie de la salle.

– Rendez-vous dans votre appartement, dit Higgins, glacial. J'ai à vous parler.

Patrick Holborne décampa sans demander son reste.

Jane Portman assista à cette fuite sans réagir. Sa nervosité, toutefois, était perceptible. Ses mains, qu'elle serrait devant elle à hauteur de sa poitrine, tremblaient un peu.

– Higgins, Scotland Yard. Désirez-vous porter plainte, mademoiselle ?

La jeune conservatrice prit une profonde aspiration pour tenter de réguler son souffle.

– Vous êtes… inspecteur de police ?

– J'assiste mon collègue, le superintendant Scott Marlow, afin de tenter de découvrir l'assassin de Lady Ann Fallowfield.

– Ah oui… je comprends. Mais je ne désire pas porter plainte. La Tour de Londres est une grande famille, inspecteur. Mieux vaut résoudre nos différends entre nous.

Jane Portman avait une délicieuse voix de soprano. Il y avait du fruité et de la grâce dans ses inflexions. Higgins, qui éprouvait une passion secrète pour les interprètes féminines de Mozart, aurait volontiers fait passer une audition à cette jeune personne pour vérifier ses aptitudes de cantatrice. Mais le lieu et le moment ne s'y prêtaient pas.

– Vous appelez cette agression… un « différend » ?

– Je… Ne dramatisons pas, inspecteur. Sans doute le lieutenant Patrick Holborne n'a-t-il pu refréner un mouvement de passion. C'est inadmissible, j'en conviens, mais je suis certaine qu'il regrettera sa faute.

Higgins avait écouté avec une attention étonnée la déclaration de Jane Portman. Il préféra remettre à plus tard un autre entretien avec cette belle et distinguée personne.

– Nous nous reverrons, mademoiselle Portman. Remettez-vous au mieux de vos émotions.

*

* *

L'oignon de Higgins marquait midi quand Patrick Holborne reçut l'ex-inspecteur-chef dans son appartement de fonction de la Tour de Londres. Les bancs de brume qui avaient envahi la capitale britannique s'épaississaient à nouveau. Des fenêtres de la Maison de la Reine, on distinguait de plus en plus mal les autres bâtiments. Les deux tours du célèbre *Tower Bridge* étaient noyées dans des nuages de pluie glacée. Le printemps avait oublié l'Angleterre.

– Inspecteur, commença Patrick Holborne, aussi raide qu'une statue, je peux tout expliquer.

– J'en doute, rétorqua Higgins, ôtant son imperméable et l'accrochant à une patère portant l'estampille des *Yeomen Warders*. Aucune explication ne saurait justifier votre conduite. Agresser une femme, c'est cueillir une rose sans avoir imploré son consentement.

Stupéfait par l'inattendu discours bucolique de Higgins, le lieutenant de la Tour oublia de protester.

– Votre uniforme, poursuivit l'homme du Yard, est à jamais souillé par ce geste. Avez-vous songé au déshonneur, lieutenant ?

La sévérité de Higgins effraya Patrick Holborne. Un profond remords lui serra la gorge.

– Je vous jure que je regrette, inspecteur, je vous jure..., balbutia-t-il. Je suis sincèrement amoureux de Jane Portman. Hélas, je crains que mes sentiments ne soient pas partagés. Jusqu'à présent, je me suis comporté en parfait chevalier servant. Aujourd'hui, je ne sais pas ce qui m'a pris ! Les conséquences de ce crime affreux, peut-être, les nerfs soumis à trop rude épreuve...

– Le gouverneur m'a accordé une chambre à la Tour, révéla Higgins. Pourriez-vous m'y conduire ?

Le lieutenant de la Tour passait de surprise en étonnement.

– Mais... laquelle ?

– La chambre du condamné.

Patrick Holborne pâlit.

– C'est une plaisanterie !

– Lord Fallowfield n'est pas homme à plaisanter.

Le lieutenant s'inclina.

– Parfait. Suivez-moi. Quand vous aurez vu, vous renoncerez.

*

* *

Il avait fallu l'intervention de deux *Yeomen* pour ouvrir une porte métallique coincée par la rouille. Elle donnait sur un escalier conduisant à l'une des caves de la Maison de la Reine. Muni d'une lampe-torche, le lieutenant Patrick Holborne précéda Higgins dans une volée de marches aboutissant à une sorte de caveau de cinq mètres sur cinq, voûté d'ogive, qu'éclairait faiblement un soupirail pourvu de barreaux de fer. Suintant d'humidité, les murs étaient salpêtrés. Un étrange lit massif en chêne trônait au centre de la pièce. Sur l'unique étagère, une Bible et un bougeoir.

– La chambre du condamné, expliqua Patrick Holborne. On ignore de qui il s'agit, son souvenir s'est perdu. Il y a bien des inscriptions sur les murs, mais sans signature. Elles parlent de soleil et de liberté.

Higgins admira une gigantesque toile d'araignée qui avait dû exiger de son auteur des milliers d'heures de travail.

– Qu'en pensez-vous, inspecteur ? ironisa Patrick Holborne.

– L'endroit doit être peu propice aux rhumatisants. Y a-t-il des commodités ?

– Au fond, une petite pièce.

Higgins découvrit un cabinet d'aisance à l'ancienne équipé d'un pot de chambre de belle facture et d'un grand broc qui, une fois débarrassé de la poussière des ans, serait d'un usage agréable.

Patrick Holborne retint difficilement un sourire. Cet inspecteur à la morale inflexible ne séjournerait pas longtemps à la Tour de Londres. Un maniaque de la propreté et de l'ordre ne pourrait supporter pareil taudis.

– Vous n'avez rien de mieux à me proposer, lieutenant ?

Patrick Holborne se mit presque au garde-à-vous.

– Les ordres sont les ordres, inspecteur.

– Eh bien, je m'en contenterai, conclut Higgins, guilleret. Faites-moi nettoyer cette chambre pour ce soir. N'oubliez pas un matelas et des draps.

*

* *

C'est en remontant à la lumière qu'Higgins croisa pour la deuxième fois le chemin de la secrétaire administrative de la Tour de Londres, Miss Myosotis Brazennose. Avec un dynamisme toujours égal et une voix toujours haut perchée, elle apostropha l'homme du Yard.

– Inspecteur, enfin ! Il faut que je vous parle immédiatement.

Le lieutenant Holborne s'interposa à nouveau.

– Mademoiselle Brazennose ! Votre attitude est intolérable !

Higgins, tel Salomon, tenta d'apaiser les deux adversaires. Mais l'animosité qui les opposait semblait bien difficile à éteindre.

– Êtes-vous en bonne santé, mademoiselle ?

La question posée par Higgins surprit Myosotis Brazennose.

– Bien sûr que oui, inspecteur !

– En ce cas, rien ne presse. Notre entrevue peut être légèrement différée.

Myosotis Brazennose aurait certainement émis une vigoureuse désapprobation devant cet avis de non-recevoir si l'épaisse silhouette de Scott Marlow, fendant le brouillard, n'était venue se joindre au petit groupe. La secrétaire administrative s'en prit aussitôt à lui.

– Vous, vous allez m'écouter ! Vous appartenez à Scotland Yard. Je viens d'être victime d'un vol inqualifiable.

Scott Marlow fut intrigué.

– Vos bijoux ?

– Pas du tout, répondit avec sérieux Myosotis Brazennose. Mon bloc-notes ! J'en utilise environ un par an. Il n'y a pas de gaspillage, à la Tour ; on y connaît la valeur des choses et des gens. C'est la première fois qu'un événement aussi grave se produit.

Patrick Holborne était atterré, Scott Marlow dubitatif.

Higgins sortit son carnet noir et commença à noter.

– Quelle était la dimension de votre bloc ? interrogea-t-il avec douceur.

La secrétaire administrative se tourna vers lui, l'œil agressif.

– Ah, ça vous intéresse enfin ?

– Je souhaitais différer notre entretien, mademoiselle, pas l'annuler.

– Admettons... De la taille d'une feuille normale.

– Combien de feuillets ?

– Deux cents.

– Avec ou sans spirales ?

– Sans.

– Couleur blanc brillant ou mat ?

– Mat.

Higgins referma son carnet.

– Merci, mademoiselle. Pourrez-vous m'accorder quelques instants, dans l'après-midi ?

– Cela m'étonnerait, je suis débordée. Passez quand même.

Elle tourna les talons. Patrick Holborne haussa les épaules, Scott Marlow semblait ébranlé.

– Fascinante, avoua-t-il, ému par la personnalité de Myosotis Brazennose.

– Une vieille folle ! intervint Patrick Holborne, amer. Elle se croit aussi ancienne que la Tour. Elle avait déjà fait un scandale parce qu'on lui avait volé un taille-crayon ! Une maniaque qui se croit persécutée et qui persécute autrui.

Scott Marlow ne partageait pas le point de vue du lieutenant. Il y avait chez cette demoiselle d'un âge raisonnable une forme de coquetterie qui témoignait d'un goût très sûr. Sa voix aiguë possédait une originalité certaine. Elle était un peu véhémente, il est vrai, mais une femme d'expérience ne doit-elle pas posséder du caractère ?

– Je ne suis pas de votre avis, lieutenant, assena le superintendant avec force. Nous n'avons pas le droit de mépriser ces larcins.

– Le superintendant et moi-même allons nous restaurer, déclara Higgins pour faire diversion. Nous reprendrons notre travail au début de l'après-midi.

– Messieurs, dit Patrick Holborne, me ferez-vous l'honneur d'être mes invités ? Ma table vous est ouverte.

— 13 —

Le déjeuner servi dans l'appartement de fonction du lieutenant de la Tour réunit Higgins, Scott Marlow, Patrick Holborne et le médecin-chef Richard Matthews, invité permanent. Le menu était frugal : œufs au bacon, poulet froid, tarte aux pommes, l'ensemble accompagné d'une bière brune de médiocre qualité. Higgins, habitué au goût inimitable des œufs ramassés derrière la poule qui venait de les pondre, fut persuadé que son foie résisterait mal à l'ingestion de ceux du lieutenant. Quant au poulet, il n'avait jamais dû connaître l'ineffable plaisir de gambader dans une cour de ferme.

Scott Marlow, indifférent à ces nuances, mangeait d'un bon appétit. Higgins grignotait. Le lieutenant n'avait pas faim. Le docteur Matthews buvait. Il avait déjà vidé deux chopes de bière avant de toucher à ses œufs. Selon les règles de la bienséance, les quatre hommes avaient commencé par échanger des banalités sur la fraîcheur du printemps et la permanence du brouillard qui devenait obsédant.

Il régnait une tension certaine que Higgins, sensible aux atmosphères, percevait comme croissante. Scott Marlow avait beau se lancer dans un discours sur la modernisation du Yard et le taux d'efficacité des enquêtes par ordinateur, ni le lieutenant ni le médecin-chef ne se donnèrent la peine de l'approuver. Et l'orage se déclencha au moment où l'ex-inspecteur-chef regrettait d'avoir goûté à la tarte aux pommes dont la pâte n'était qu'à moitié cuite.

– J'ai appris votre conduite inqualifiable, déclara le docteur Matthews, le nez fixé sur son dessert.

– C'est à moi que vous parlez ? demanda le lieutenant Holborne, très sec.

– À qui d'autre ? Des bruits circulent déjà dans toute la Tour. Vous auriez pu vous contenir !

Les grosses lèvres du médecin-chef rougissaient de plaisir. Il tenait une proie facile.

– Qu'est-ce que ça signifie ? s'étonna le superintendant, qui n'était pas au courant de l'incident.

– Demandez-le au spectre, ironisa Richard Matthews. Il a vu le lieutenant Holborne tenter de violer la conservatrice, Jane Portman. Le drame est venu aux oreilles de Myosotis Brazennose qui me l'a rapporté. Pas de quoi pavoiser, lieutenant, mais peut-être de quoi perdre votre poste !

Le médecin-chef jubilait. Ses mains tremblaient davantage qu'à l'ordinaire. Patrick Holborne, livide, gardait un semblant de dignité.

– Votre version des faits est outrancière, objecta-t-il d'une voix mal assurée. Il existe un litige entre Miss Portman et moi, c'est vrai, mais il n'a jamais été dans mes intentions de lui faire subir les derniers outrages.

– Ce n'est pas ce qui se dit, susurra le médecin-chef, mastiquant de manière bruyante.

Patrick Holborne se leva.

– Je ne vous permets pas de faire peser sur moi de tels soupçons. Vos insinuations sont mensongères et diffamatoires.

– Jane Portman est jolie, trop jolie pour vous, voilà tout ! Vous feriez mieux de renoncer, lieutenant. Il faut savoir reconnaître ses échecs.

En proie à une colère froide, Patrick Holborne s'élança vers le médecin-chef. Scott Marlow s'interposa.

– Du calme, messieurs !

Un silence pesant laissa croire à une accalmie. Mais Richard Matthews n'avait pas fini de savourer sa victoire sur le robuste lieutenant de la Tour de Londres.

– Il y a des moments où l'humanité me dégoûte, confessa-t-il. Abuser d'une femme est l'acte le plus lâche qu'un homme puisse commettre.

Scott Marlow se maintint fermement sur le chemin de Patrick Holborne.

– Lorsqu'on a une maîtresse, docteur, dit le lieutenant dont la bouche était déformée par un rictus, et qu'on se cache comme un rat, on ne se permet pas de juger autrui.

La réaction de l'indolent Richard Matthews fut d'une incroyable violence. D'un revers de manche, il balaya assiette et couverts. Puis, s'agrippant au rebord de la table pour se lever à demi, il siffla plus qu'il ne parla.

– Espèce de sale menteur !

Le superintendant se demandait quand Higgins se déciderait à intervenir. Ce dernier prit enfin la parole.

– Si ma mémoire est bonne, docteur, vous m'avez bien affirmé que vous ne connaissiez pas Lady Ann et que vous l'aviez rencontrée pour la première fois lors de la cérémonie d'installation du gouverneur ?

La question laissa interdits le superintendant, le médecin-chef et le lieutenant de la Tour.

– C'est bien la vérité. Vous faites fausse route, inspecteur. Demandez plutôt au lieutenant Holborne pourquoi il a ramassé le gant de Jane Portman… À moins qu'il ne vous en ait déjà parlé.

Le docteur Matthews, dévisageant d'un œil haineux le lieutenant, quitta la salle à manger.

Dès qu'il fut sorti, Patrick Holborne se laissa tomber sur une chaise, abandonnant toute discipline militaire.

– Je ne comprends pas, Richard était un camarade de longue date ! Pourquoi s'est-il comporté ainsi ?

– Je vais servir le café, annonça Scott Marlow qui avait horreur de ces situations compliquées où les responsabilités n'étaient pas nettement établies.

Higgins savait être confronté à une sorte de nœud gordien de son enquête. Comment savoir si l'un des deux adversaires – ou les deux ensemble – ne jouait pas la comédie ?

– Ainsi, d'après vous, le docteur Matthews aurait une maîtresse cachée.

Le visage éprouvé de Patrick Holborne s'orna d'un pauvre sourire.

– C'est un vieux ragot éculé, une plaisanterie de *Yeoman* désœuvré qui ne fait plus rire personne. Je voulais simplement le vexer et n'ai pas trouvé de meilleur argument. Chacun sait, ici, que Richard n'a jamais eu de succès auprès des femmes et qu'il ne les aime pas beaucoup. Lui-même a laissé entendre qu'une fabuleuse maîtresse lui volait sa santé. On trompe son ennui comme on peut.

Higgins avait depuis longtemps sorti son carnet noir. Le lieutenant, comme la plupart des témoins qu'il avait eu à interroger durant sa carrière, ne le voyait même pas prendre des notes tant il était discret et rapide.

– Ennui ? Le docteur Matthews n'est-il pas débordé de travail ?

– Vous plaisantez ? De la routine, des cas sans gravité. Les *Yeomen* sont en excellente santé, il n'a pratiquement rien à faire et cela le déprime. Sans doute avait-il rêvé d'une tout autre carrière. Il restera à la Tour jusqu'à la fin de ses jours.

Scott Marlow revint avec le café réchauffé. Il avait vainement cherché dans la cuisine du lieutenant une bouteille de whisky.

– Était-ce bien le gant de Jane Portman que vous avez ramassé ? demanda Higgins avec bonhomie, comme s'il n'attribuait aucune importance particulière à ce détail.

– Oui, confirma Patrick Holborne. Je n'y avais plus pensé. J'ai accompli un geste machinal que Richard a dû observer.

– Avez-vous conservé l'objet ?

– Bien sûr. Je comptais d'ailleurs le rendre à sa propriétaire. Le voici.

Le lieutenant l'avait posé en évidence sur un buffet.

Higgins l'examina avec soin. Il s'agissait d'un gant pour la main droite, en laine grise et épaisse. L'ex-inspecteur-chef le remit au superintendant.

– Pourriez-vous le faire examiner par le laboratoire, mon cher Marlow ?

Le superintendant se chargea de l'indice.

– Je suppose, dit Higgins avec une gravité soudaine en s'adressant à Patrick Holborne, que vous souhaitez ardemment faire éclater la vérité sur ce crime abominable ?

Choqué, le lieutenant de la Tour de Londres soutint avec difficulté le regard de l'homme du Yard.

– Évidemment, inspecteur !

– En ce cas, lieutenant, vous accepterez d'être soumis à une petite épreuve.

— 14 —

– J'aimerais comprendre, inspecteur !

Patrick Holborne était sur le point de perdre le contrôle de lui-même, mais Higgins ne lui accorda aucune explication. Le lieutenant fut obligé de le suivre. Scott Marlow, tout aussi intrigué que le chef des *Yeomen*, lui emboîta le pas.

En ce début d'après-midi, un pâle rayon de soleil avait percé la masse des nuages pour venir illuminer le vert tendre de la pelouse s'étendant devant la Maison de la Reine. Le brouillard s'effilochait en fines écharpes translucides qui se brisaient contre les pierres des tours.

– Comme tout est fragile en ce monde, constata Higgins, s'attendrissant sur ces formes éphémères à la beauté mouvante et impalpable.

– Qu'attendez-vous de moi ? s'impatienta le lieutenant Holborne.

– Ne soyez pas si nerveux, recommanda Higgins, paternel, tout en consultant son carnet noir. Voyons... Ne bougez pas d'ici.

Higgins sortit son oignon, regarda le ciel, fit quelques calculs, vérifia. Scott Marlow renonça à décrypter les raisons de cette attitude. Le lieutenant de la Tour n'appréciait guère d'être au centre d'une scène dont la finalité lui échappait.

– Parfait, apprécia l'ex-inspecteur-chef qui semblait satisfait de sa stratégie. À présent, lieutenant, vous allez marcher jusqu'à la Tour sanglante, monter jusqu'à la salle où est exposé le billot, y demeurer trois minutes en consultant votre montre et revenir jusqu'ici, à votre point de départ.

Le visage du lieutenant Holborne se contracta.

– Qu'est-ce que ça signifie ?

Higgins parut étonné.

– Mais… rien, rien du tout. Une simple vérification d'ordre technique pour laquelle votre aide m'est indispensable. Seriez-vous assez aimable pour accomplir ce parcours, à votre allure la plus naturelle ?

Le lieutenant sentit que l'ex-inspecteur-chef ne le laisserait pas en paix tant qu'il n'aurait pas obtenu satisfaction. Aussi préféra-t-il ne pas discuter davantage et s'acquitter de cette corvée. Dès qu'il s'élança, Higgins ne quitta plus son oignon de l'œil. Scott Marlow s'approcha de son collègue.

– Vous chronométrez, n'est-ce pas ?

– On ne peut rien vous cacher, mon cher Marlow.

– Vous croyez que le lieutenant Holborne aurait eu le temps d'accomplir le crime ?

– Je ne crois rien, répondit Higgins, attentif à la course inexorable de l'aiguille qui dévorait les secondes. Je mesure.

Le superintendant n'osa plus poser la moindre question, sachant que Higgins avait horreur d'être dérangé lorsqu'il se livrait à une expérience nécessitant une précision d'ordre scientifique.

L'air excédé du lieutenant, au terme de sa promenade forcée, en disait assez sur son profond mécontentement d'être ainsi traité. Il toisa Higgins du haut d'une dignité toute militaire.

– Cela vous suffira-t-il, inspecteur ?

Higgins sembla fort contrit.

– Je crains que non, lieutenant, ce n'était que la première partie de ma petite épreuve. À présent, il faudrait effectuer le même parcours, dans les mêmes conditions, mais en courant le plus vite possible. Pour un ancien sprinter comme vous, il ne s'agira que d'un effort très minime.

Patrick Holborne crut vivre un cauchemar. Cela signifiait-il que l'homme du Yard le soupçonnait d'avoir été assez rapide pour profiter du *smog*, assassiner Lady Ann et revenir prendre place sur la pelouse sans avoir été vu de quiconque ? Il n'osa formuler ces hypothèses à haute voix, mais ses pensées intimes étaient faciles à déchiffrer.

– C'est grotesque. Je refuse de me prêter à cette mascarade.

– Vous me rendriez pourtant le plus grand des services, expliqua Higgins, chaleureux. À mon âge et avec mes rhumatismes, je n'ai plus le courage d'effectuer ce genre d'exploit. Je sais que vous avez souffert naguère d'un claquage, mais une aussi courte distance ne devrait pas mettre votre cuisse en péril.

Scott Marlow fixa le lieutenant Holborne d'un œil inquisiteur.

– Auriez-vous quelque chose à vous reprocher pour refuser de rendre ce service à mon collègue ?

– Tout cela est ridicule, protesta le lieutenant. Finissons-en au plus vite.

Patrick Holborne, dans un état d'irritation extrême, s'élança avant même que l'ex-inspecteur-chef ait eu le temps de regarder son oignon. Aussi Higgins rectifierait-il de cinq secondes le temps chronométré.

Le lieutenant courut avec l'allure déliée d'un sportif expérimenté. Ses foulées étaient souples, efficaces. Higgins nota qu'il avait séjourné dans la Tour sanglante plus longtemps que prévu.

– Je suis essoufflé, dit-il en arrivant auprès de Higgins.

L'homme du Yard estima que Patrick Holborne exagérait un peu. Sa poitrine se soulevait à un rythme un peu plus rapide qu'au repos, mais l'épreuve était loin de l'avoir épuisé.

– Cette fois, inspecteur, j'espère que vous n'avez plus besoin de moi.

– Vous êtes libre, concéda Higgins, énigmatique. Mais n'oubliez pas de faire préparer ma chambre.

Il attendit que Patrick Holborne fût rentré dans la Maison de la Reine pour s'adresser au superintendant.

– À votre avis, mon cher Marlow, combien de temps le *smog* a-t-il recouvert la pelouse où se déroulait la cérémonie ?

Le superintendant se concentra.

– Dix minutes environ… peut-être un peu plus.

Higgins parut perplexe.

– En courant, le lieutenant Holborne a mis dix minutes et cinquante secondes.

– Il a sans doute freiné volontairement l'allure pour nous induire en erreur.

– Peut-être, mon cher Marlow, peut-être… Croyez-vous que le gouverneur aurait pu effectuer le trajet du crime en moins de dix minutes ?

– Impossible !

– Impossible, dites-vous…

Scott Marlow ne comprenait pas pourquoi Higgins pouvait avoir le moindre doute sur ce point. À soixante-cinq ans, Lord Henry Fallowfield n'avait ni la même énergie ni la même rapidité qu'un homme jeune et sportif comme le lieutenant Holborne. Il aurait fallu au moins quinze minutes au nouveau gouverneur pour quitter la pelouse et y revenir après avoir accompli son forfait. Les conditions matérielles du crime mettaient Lord Henry hors de cause. Higgins venait lui-même de le prouver.

Le superintendant ne savoura pas longtemps le plaisir de cette découverte qui écartait la vision d'un affreux scandale. Une série de coups d'une surprenante violence le fit sursauter. Higgins avait dressé l'oreille, tel un chat aux aguets.

– Qu'est-ce que c'est ? s'angoissa Scott Marlow.

– Le spectre, sans doute.

Un silence de quelques secondes fut brisé par une nouvelle série de coups. Se guidant au son, Higgins se dirigea vers l'endroit d'où provenaient ces bruits sinistres. Il lui fallut dépasser la Tour sanglante, laisser sur sa gauche la Tour blanche et marcher en direction de la Tour de la Lanterne, cachée par des rangées de platanes. Scott Marlow suivait son collègue, légèrement en retrait. Pas âme qui vive. Privée de ses visiteurs, la Tour de Londres devenait un espace désolé, livré aux ombres du passé.

Un choc sourd, suivi d'un grognement.

Higgins s'immobilisa, dissimulé par un tronc d'arbre. Scott Marlow l'imita.

À une dizaine de mètres des deux policiers, le vieux *Yeoman* abattit sa hache une fois de plus, fendant une grosse bûche d'un seul coup et poussant un « han » de satisfaction. Autour du billot, les bûches amoncelées témoignaient de l'efficacité de son travail. Il frappait avec force et précision.

Formant une rangée presque régulière devant leur cage, six corbeaux, qui faisaient officiellement partie des effectifs militaires de la Tour de Londres, assistaient au spectacle. D'une taille impressionnante, ils attendaient que leur maître se décidât à leur proposer quelque nourriture. Habitués à recevoir leur ration depuis de nombreuses générations, ces corbeaux-là se savaient intouchables. L'existence de l'Angleterre était liée à la leur. C'est sans doute pourquoi, à l'abri de tout souci existentiel, ils jouissaient d'une remarquable longévité, certains dépassant l'âge de quarante ans. Les corbeaux soldats de la Tour ne respectaient rien, pas davantage le mastic des fenêtres que les pneus des automobiles.

Levant son bec, l'un d'eux perçut quelque chose d'anormal. Il tourna la tête dans tous les sens, puis décolla lourdement en émettant un « croa » agressif. Il effectua une attaque en piqué sur Scott Marlow. Le superintendant se défendit de manière désordonnée et fut obligé de battre en retraite, non sans invectiver le volatile. Le vacarme alerta le vieux *Yeoman* qui posa sa hache sur le billot, partit d'un grand éclat de rire et disparut du côté des *New Armouries*.

— 15 —

– Remettez-vous, superintendant. Vous n'avez aucune blessure, constata Myosotis Brazennose qui avait accueilli les deux policiers dans son bureau.

La secrétaire administrative, qui venait de recevoir un message du Yard à l'intention du superintendant Marlow, était partie à la recherche de ce dernier. Selon les exigences de la hiérarchie, elle aurait dû transmettre la missive au lieutenant de la Tour, Patrick Holborne. Mais ce dernier la traitait trop mal pour qu'elle lui accordât encore la moindre confiance.

Les cris de Scott Marlow avaient attiré Myosotis Brazennose avant que deux *Yeomen* ne réagissent. Qu'auraient-ils pu faire, au demeurant, contre leur collègue corbeau ?

– Sous ma joue gauche, geignit le superintendant. Avez-vous bien regardé ? J'ai senti l'impact du bec de ce maudit oiseau.

Myosotis Brazennose scruta de nouveau le visage rougeaud de Scott Marlow.

– Il n'y a rien, absolument rien. Vous êtes sain et sauf.

Higgins profitait de cet examen médical pour étudier le bureau sur lequel régnait la secrétaire administrative. L'ex-inspecteur-chef se réjouissait des bonnes relations qui se nouaient entre Scott Marlow et Myosotis Brazennose.

D'ordinaire, il entamait sans peine un dialogue constructif avec les femmes. Mais la voix haut perchée de cette demoiselle était réellement trop désagréable.

Un bureau et des chaises de style victorien. Une machine à écrire ancienne. Un papier mural à fleurs jaunes. Une rangée de casiers au nom des principaux responsables de la Tour. Tel était l'univers quotidien de Myosotis Brazennose. Un seul détail insolite : un grand portrait de l'acteur américain Humphrey Bogart.

– Vous me parliez d'un message à mon intention, suggéra le superintendant, reprenant peu à peu ses esprits.

– Le voici, dit Myosotis Brazennose, altière.

Non seulement elle bafouait l'autorité du lieutenant Holborne, mais encore elle contribuait de manière sans doute décisive à l'enquête de Scotland Yard. Pendant que Scott Marlow prenait connaissance du texte, Higgins regarda la lettre qu'était en train de taper Myosotis Brazennose. Il s'agissait d'un courrier adressé à un service financier. Il n'était pas dénué de quelques fautes d'orthographe.

– Le coupable n'est pas un ancien bourreau, annonça Scott Marlow, terminant la lecture de la note d'information rédigée par le Yard. Les deux derniers encore vivants se trouvaient chez eux, à la campagne, respectivement à trois et quatre cents kilomètres de Londres. Cette piste ne mène nulle part.

– C'est probable, admit Higgins.

– Vous auriez dû me consulter, remarqua Myosotis Brazennose, pincée.

Scott Marlow la considéra avec étonnement.

– Pourquoi donc ?

– Parce que rien de ce qui concerne la Tour de Londres ne m'est étranger, superintendant. Si vous croyez que c'est un ancien bourreau qui a coupé le cou de Lady Ann, vous faites fausse route. Ils sont tous venus ici se recueillir sur les billots et sur les haches avant de partir en retraite. Ils sont charmants et tout à fait inoffensifs. Je sais juger un homme.

Scott Marlow appréciait le caractère décidé de Myosotis Brazennose. C'était grâce à des personnalités de cette trempe que le vaisseau de l'Angleterre, malgré vents et marées, continuait à suivre sa route, à nulle autre pareille.

– Vous semblez être une cinéphile avertie, observa Higgins

– J'apprécie les héros et les vainqueurs, inspecteur. Mais ma vie privée ne regarde que moi.

– Je suppose que vous avez beaucoup de travail, poursuivit l'ex-inspecteur-chef, découvrant la présence d'un tournevis sous un bloc de papier quadrillé.

– Je suis débordée ! Il faut tout faire, ici, tout prévoir pour que le corps d'élite des *Yeomen* reste ce qu'il est. Et on me vole du papier.

Higgins détaillait le portrait de Humphrey Bogart. Certains prétendaient que l'acteur américain était à la fois l'incarnation du parfait gangster et du parfait inspecteur ou du parfait « privé », comme s'il n'y avait aucune différence entre l'un et l'autre. « Voilà bien une conception du Nouveau Monde », pensa Higgins, pour qui aucune confusion de cet ordre n'était tolérable.

– Avez-vous des soupçons sur l'identité du voleur ? demanda le superintendant qui prenait à cœur le drame vécu par mademoiselle Brazennose.

Cette dernière réfléchit.

– Difficile à dire. Il y a beaucoup de personnes qui tentent de me nuire, ici. Je préfère ne pas les nommer. Prenez le lieutenant Patrick Holborne, par exemple. Il ne manque pas une occasion de m'insulter. Le docteur Matthews n'a aucune considération pour le travail que j'effectue. Et cette Jane Portman, avec ses grands airs ! Parce qu'elle est conservatrice et bardée de diplômes, elle croit en savoir plus que moi sur la Tour. Et ce vieux fou, qui se fait appeler « le spectre » et qui passe son temps à me faire peur ! Si, au moins, les hautes autorités avaient conscience de mon rôle. Mais ni le grand chambellan ni le nouveau gouverneur ne semblent s'en préoccuper.

Higgins s'empara délicatement du tournevis.

– Connaissez-vous l'existence de cet objet ou s'agit-il d'une tentative de sabotage de votre bureau, mademoiselle ?

La secrétaire administrative rosit.

– Je suis obligée de faire un peu de bricolage, expliqua-t-elle. Sinon, rien ne fonctionnerait ! Inutile d'appeler un réparateur… Quant aux *Yeomen*, ils ne s'abaissent pas à ce genre de tâches.

Scott Marlow, qui n'avait jamais réussi à planter correctement un clou ou à réparer un robinet qui fuyait, éprouvait une admiration secrète pour les bricoleuses. Quelles autres qualités Myosotis Brazennose cachait-elle encore, avec tant de modestie ?

– Vous vous trouviez bien sur la pelouse, mademoiselle, lorsque le crime a été commis ? interrogea Higgins, reposant le tournevis.

– Exact, inspecteur, répondit-elle avec assurance, bombant une poitrine que l'ex-inspecteur-chef jugeait décidément trop forte par rapport à sa taille. Je me trouvais non loin du superintendant, de Jane Portman, du docteur Matthews et d'un petit homme âgé qui prétend être le secrétaire particulier de Lord Fallowfield.

– Avez-vous remarqué un détail bizarre ? Un comportement insolite ?

– Non, inspecteur.

Higgins regarda Scott Marlow avec insistance, ce qui revenait à lui demander son témoignage. Le superintendant se sentit pris dans les mâchoires d'un cruel étau. Certes, il avait vu Myosotis Brazennose accomplir un geste qui, à la réflexion, lui paraissait un peu étrange. L'indiquer à Higgins revenait à faire peser sur elle des soupçons qu'elle ne méritait évidemment pas.

À cet instant, Scott Marlow vécut la difficulté d'être un policier du Yard. Au terme d'un pénible débat intérieur, il adopta une solution de compromis qui lui parut sauvegarder à la fois sa conscience professionnelle et les intérêts de Myosotis Brazennose.

– Je confirme la déposition de Miss Brazennose, déclara-t-il d'une voix quelque peu chancelante. Nous avons tous été bouleversés par l'horrible spectacle, je vous rappelle que Miss Brazennose s'est évanouie, au point de tomber dans les bras du grand chambellan. Elle était déjà si émue par cet insupportable brouillard qu'elle ne parvenait plus à fermer son sac, si ma mémoire est bonne... À moins qu'il ne s'agisse de Jane Portman.

La secrétaire administrative réprima difficilement un haut-le-corps.

– Non, non, c'était bien moi ! Le fermoir ne fonctionnait plus. J'étais embarrassée, j'ai cru que je ne parviendrais pas à refermer ce sac. Au beau milieu de la cérémonie, vous vous rendez compte !

Scott Marlow compatit. Pourquoi fallait-il que des personnes irréprochables comme Myosotis Brazennose fussent toujours accablées de malheurs ?

– Les sacs modernes sont trop petits et trop fragiles, avança Higgins.

– Pas celui-là ! protesta Myosotis Brazennose. Je n'ai pas pour habitude d'acheter des babioles.

– Peut-être pourriez-vous me le montrer ? demanda Higgins avec un bon sourire. J'aime les objets traditionnels.

La secrétaire administrative rougit. Sa poitrine se gonfla, elle baissa les yeux.

– Je l'ai jeté.

– Pourquoi donc ? N'était-il pas réparable ?

– Il avait fait son temps, inspecteur, affirma-t-elle avec nervosité.

Le superintendant ne doutait pas de la bonne foi de Myosotis Brazennose. Il espérait que Higgins ne continuerait pas à la torturer à cause d'un détail aussi insignifiant.

Le lieutenant Patrick Holborne entra sans frapper.

La secrétaire administrative s'apprêtait à le tancer vertement quand elle remarqua son extrême agitation qui lui ôtait toute superbe.

– Les *Yeomen* se sont révoltés, expliqua-t-il, au bord des larmes. Ils ne veulent plus garder le corps de Lady Ann… à cause du Spectre.

— 16 —

Jugeant que l'affaire était suffisamment grave, Higgins suivit le lieutenant Holborne dont le désespoir n'était pas feint.

– Mon cher Marlow, dit-il, soyez assez aimable pour demander à Miss Brazennose si elle se souvient d'autres détails.

Le superintendant ne se fit pas prier.

Myosotis Brazennose avait certainement besoin de réconfort après l'épreuve que Higgins venait de lui infliger.

Pour atteindre la chapelle royale de Saint-Pierre *ad vincula*, le lieutenant Holborne et Higgins longèrent la Maison de la Reine, passèrent devant la dalle de pierre commémorant les supplices et aboutirent à l'édifice du XVIe siècle devant lequel s'étaient rassemblés les *Yeomen*. Des petits groupes de quatre ou cinq s'étaient formés. On discutait ferme. Lorsque le lieutenant et l'ex-inspecteur-chef sortirent du brouillard, le silence s'établit aussitôt. L'un des *Yeomen* se dirigea vers Patrick Holborne.

– Nous sommes désolés, mais nous confirmons notre point de vue. Garder le corps d'une personne assassinée ne fait pas partie de nos attributions. Bien entendu, nous restons à vos ordres.

Patrick Holborne ne tenta même pas de lutter. S'il passait outre et ne tenait pas compte des délibérations de ses hommes, il perdrait à jamais leur confiance et l'atmosphère de la Tour deviendrait irrespirable.

– Parfait, répondit-il d'une voix blanche. Vous pouvez vaquer à votre service régulier.

Le porte-parole des *Yeomen* salua le lieutenant et annonça la nouvelle à ses camarades qui se dispersèrent pour regagner leur poste.

– Que s'est-il passé ? demanda Higgins.

– Après l'autopsie, qui a été exceptionnellement rapide, Lord Fallowfield a exigé que l'on rapatriât le corps de sa femme et qu'il reçût un ultime honneur : celui d'être exposé dans une chapelle de la Tour avant l'enterrement. La Couronne ne lui a pas refusé ce privilège. Venez voir.

Les deux hommes entrèrent dans la chapelle de Saint-Pierre *ad vincula*, portant ce nom parce qu'elle avait été consacrée le jour de la fête catholique romaine de ce saint, le 1er août. Bâtie au XIIe siècle, elle avait été détruite par un incendie et reconstruite au XVIe siècle. Nul ne pouvait y être admis hors de la présence d'un hallebardier de la Tour.

Higgins jugea son architecture bien froide. L'endroit lui sembla dépourvu de véritable caractère artistique. Les rangées de bancs de bois, le toit plat, les arcs unissant les piliers, les statues étaient bien banals. La plus modeste église de campagne avait davantage d'âme à offrir. Nulle paix en ce lieu qui aurait dû être sacré; plutôt une sensation de malaise.

C'est en se dirigeant vers le maître-autel, devant lequel avait été dressé le catafalque de Lady Ann, que Higgins comprit la raison de son trouble. La chapelle de Saint-Pierre *ad vincula* était un cimetière de suppliciés. Là avaient été enterrés les cadavres décapités des reines Anne et Catherine, des ducs de Somerset et de Northumberland, de Lady Jeanne Grey, de Lord Guildford Dudley, du duc de Monmouth, des Lords écossais Kilmarnock, Balmerino et Lovat. Peut-être leurs âmes errantes, protestant contre d'injustes condamnations, continuaient-elles à hanter les lieux.

Lady Ann reposait sur un drap de lin brodé de fils d'or. Elle était habillée d'une longue robe rouge montant jusqu'au cou. Les embaumeurs avaient accompli un remarquable travail pour recoller la tête au corps. Le visage de la morte demeurait un peu crispé, comme si subsistait un sentiment de révolte.

– Vos hommes ont parlé du Spectre, rappela Higgins, à Patrick Holborne.

– Plusieurs des *Yeomen* prétendent l'avoir vu dans cette chapelle alors qu'ils gardaient le corps. Même ceux qui n'y croyaient pas ont été obligés de reconnaître son existence.

– L'ont-ils décrit ?

– Tous les témoignages diffèrent. L'un l'a vu grand, hirsute, les yeux exorbités; l'autre trapu, très pâle, le front barré d'une cicatrice; le troisième ne sait même pas s'il s'agit d'un homme ou d'une femme, mais il est sûr que du sang perlait à ses lèvres entrouvertes. Je suis accablé, inspecteur. Je ne maîtrise plus la situation.

Higgins se demanda si Patrick Holborne, malgré son allure martiale, avait réellement l'étoffe d'un chef. Se décourager dans les moments critiques n'était pas la plus probante des attitudes.

– Il était essentiel de conserver l'estime de vos subordonnés, dit l'ex-inspecteur-chef, réconfortant. Pour le reste, je m'en occupe.

Alors que Patrick Holborne, fasciné par le macabre spectacle, ne parvenait pas à détacher son regard du catafalque, Higgins fureta dans la chapelle qu'il appréciait de moins en moins. C'était bien là un théâtre favorable à la manifestation d'un spectre. Fidèle à sa rectitude professionnelle, Higgins alla jusqu'à soulever le voile blanc recouvrant l'autel et à tâter la tête de pierre d'un gisant pour s'assurer qu'elle ne se dévissait pas.

Les murs étaient trop nets, trop propres. La chapelle, aseptisée, se situait hors du monde des hommes, telle l'antichambre d'un enfer situé au cœur de la Tour de Londres. Higgins, au cours de sa longue carrière, avait apprivoisé la peur, sans doute parce qu'il accordait plus d'importance au monde environnant qu'à la préservation de sa propre personne. Mais ici, au-dessus des corps suppliciés appartenant à l'Histoire, l'ex-inspecteur-chef éprouvait quelque difficulté à respirer normalement.

– Croyez-vous au Spectre ? demanda Higgins.

– Bien sûr que non ! s'indigna Patrick Holborne. C'est évidemment le vieux *Yeoman* qui s'amuse à effrayer tout un chacun.

– Peut-être, admit l'homme du Yard qui s'approcha à nouveau du catafalque, s'attachant à déchiffrer la physionomie de la défunte.

– Quel magnifique hommage de la part de Lord Henry Fallowfield, admira Higgins. Fallait-il qu'il fût amoureux de sa femme pour lui offrir semblable veillée funéraire.

Patrick Holborne contemplait l'extrémité de ses chaussures.

– Ne partagez-vous pas mes sentiments, lieutenant ?

– Parler d'un grand amour est sans doute excessif, inspecteur.

Les vitraux en grisaille de la chapelle de Saint-Pierre ne diffusaient qu'une lumière timide, presque malsaine.

– Ne vous arrêtez pas en chemin, recommanda Higgins. Estimez-vous que Lord Henry et son épouse formaient un couple mal assorti ?

– Non, je n'irai pas jusque-là… mais la rumeur prétend qu'ils étaient plutôt distants l'un envers l'autre. Lord Henry est un homme hautain et glacial. Lorsqu'il m'a convoqué, il n'a été question que de règlement, d'horaires de service et de sanctions. Je n'existais plus en tant qu'individu. Je me réduisais à mon uniforme.

Higgins s'assit sur un banc et sortit son carnet noir.

– Combien de fois avez-vous conversé avec Lord Henry ?

– Une dizaine environ. Il exigeait de minutieuses mises au point sur le travail des *Yeomen* et m'en rendait personnellement responsable.

Patrick Holborne releva la tête mais ne regarda pas Higgins, préférant fixer à nouveau le cadavre de la défunte.

– J'ai fidèlement servi le précédent gouverneur, affirma-t-il, et je servirai fidèlement celui-ci.

– Je n'en doute pas un instant, lieutenant. Avez-vous observé des signes précis de mésentente entre Lady Ann et son époux ?

– Non, un simple climat. Quand ils ont visité les installations de la Tour et fait connaissance avec ceux qui y travaillent, ils étaient guindés, distants. Ils paradaient comme seuls deux êtres très sûrs d'eux, car dotés d'une immense fortune et d'un prestige consommé, sont capables de le faire.

– Seriez-vous jaloux, lieutenant ?

Patrick Holborne s'empourpra, blessé.

– Que savez-vous de Lady Ann ? interrogea Higgins.

Le lieutenant ne recouvra le contrôle de lui-même qu'au terme d'une longue minute. Il avala sa salive avec peine.

– Ce que la presse en a dit : une femme brillante, très riche, aimant voyager dans le monde entier, sachant recevoir avec faste les plus hautes personnalités du royaume.

C'était effectivement ce qu'avait écrit le *Times*. Higgins ne creusa pas davantage ce sujet, sentant que le lieutenant Holborne ne lui offrirait aucune confidence supplémentaire.

L'ex-inspecteur-chef se leva et se plaça aux côtés du lieutenant de la Tour, regardant dans la même direction que lui.

– Je crois, affirma Higgins sur un ton très mesuré, presque détaché, que vous avez une opinion arrêtée sur l'identité de l'assassin de Lady Ann.

Patrick Holborne tressaillit. La présence de l'homme du Yard, si proche, lui interdisait toute réaction intempestive. Il était persuadé que Higgins était plus redoutable que le plus perfectionné des détecteurs de mensonge. Tenter de l'abuser n'aboutirait qu'à une impasse.

– Une opinion arrêtée, non, mais un soupçon... un soupçon qui m'effraie moi-même et que je ne parviens pas à justifier.

– Il en va souvent ainsi, observa Higgins. Mais vous devez collaborer à la bonne marche de l'enquête. Ayez confiance en Scotland Yard : il fera la part des choses.

Patrick Holborne se recueillit, conscient de la gravité de ses prochaines déclarations. À présent, il ne pouvait plus faire marche arrière.

– Je n'ai pas un tempérament de délateur, inspecteur. Ce que vous me demandez est fort pénible.

Higgins n'intervint pas, constatant que Patrick Holborne se parlait à lui-même. Il fallait lui laisser le temps de s'accommoder à son nouveau rôle.

– J'estime... j'estime que le comportement du docteur Richard Matthews est anormal.

– À cause de son attitude au déjeuner ?

– Pas seulement. La veille de la cérémonie d'installation du gouverneur, il m'a fait part du mépris qu'il éprouvait à l'égard de Lady Ann. Sur le moment, je n'ai guère prêté attention à ses propos, plutôt incohérents. Lors du crime affreux auquel nous avons assisté, je n'ai pas osé laisser libre cours à mes craintes. Mais le comportement de Richard, si inhabituel, les a ravivées. J'ai peur que, d'une manière ou d'une autre, il ne soit pas étranger à cet assassinat.

La voix grave du lieutenant de la Tour s'était éteinte dans un souffle, comme s'il avait voulu faire oublier les mots prononcés.

Higgins s'avança vers le catafalque. Les informations dont il disposait à présent risquaient d'infléchir le cours de l'enquête. Mais le visage de la suppliciée demeurait fort énigmatique. Au-delà du trépas, elle gardait un lourd secret. Celui qui l'avait conduite vers une mort abominable.

— 17 —

Higgins resta plus d'une heure en compagnie de feue Lady Ann. Patrick Holborne en profita pour s'éclipser, violant la loi sacro-sainte qui aurait dû le contraindre à ne point laisser seul un civil dans la chapelle de Saint-Pierre. L'ex-inspecteur-chef n'avait pas tenté de retenir celui qui, avec plus ou moins de bonne volonté, avait lancé une grave accusation contre le docteur Matthews.

Pendant cette heure-là, Higgins ne songea à personne d'autre qu'à Lady Ann, nouveau cadavre illustre de la Tour de Londres. Il n'avait que bien peu de renseignements vérifiés concernant cette femme du monde dont l'existence, semblait-il, n'avait été que fastes, réceptions et voyages. Son visage, à la fois fin et entêté, ne racontait-il pas une histoire plus secrète, n'exprimait-il pas une autre vérité ? Higgins ne chercha pas à percer les ténèbres qui environnaient encore le décès de Lady Ann. Cela aurait constitué une déplorable erreur de méthode. Il se contenta d'apprendre à mieux connaître une femme qu'il n'avait jamais approchée de son vivant. À ses questions, il n'attendait que des réponses partielles. Mais cet échange de silences au-delà des mots l'instruisait sans doute davantage qu'un bavardage superficiel.

Un rire dément interrompit sa méditation. Higgins fut soudain enveloppé d'un vent glacial s'engouffrant par la porte ouverte. Un corbeau s'aventura à l'intérieur de la chapelle, émit un croassement et s'enfuit. Les faibles lumières s'éteignirent, plongeant Saint-Pierre dans l'obscurité. Le Spectre avait repris possession des lieux.

*

* *

Faisant face à la Tour blanche, la Tour Beauchamp se dressait à l'ouest de la pelouse où avait eu lieu l'installation du gouverneur. Higgins se dirigea vers elle, d'un pas lent et mesuré, songeant que cette austère construction devait son nom à Thomas Beauchamp, troisième comte de Warwick, qui y avait été emprisonné au XIIIe siècle. Le pouvoir avait fait de cette tour le séjour privilégié des captifs jouissant d'une notoriété certaine.

Higgins emprunta un escalier circulaire pour monter vers la chambre médiane où il savait trouver la conservatrice, Jane Portman. Au rez-de-chaussée, déjà, il avait remarqué de curieuses inscriptions dues aux prisonniers, notamment aux frères Dudley, Robert et Guildford, l'époux de Lady Jeanne Grey. Ces émouvants souvenirs se poursuivaient dans la plus belle salle de la Tour Beauchamp, pourvue d'une grande fenêtre et d'une cheminée devant laquelle était accroupie Jane Portman.

Higgins toussota pour signaler sa présence. La jeune femme se retourna, très calme.

– Vous visitez, inspecteur ?

– Exactement, mademoiselle. J'entends bien jouir du privilège de déambuler presque seul dans cet immense monument. Il y a tant à voir, tant à admirer que je regrette presque d'avoir une enquête si délicate à mener.

Jane Portman, dont les merveilleux yeux vert tendre avaient de quoi émouvoir l'ermite le plus endurci, était vêtue d'une blouse blanche à col montant. Un fin pinceau à la main, elle nettoyait une inscription en latin, au-dessus de la cheminée.

Higgins la déchiffra avec quelque peine, faisant appel à ses souvenirs d'étudiant. « Souffre pour le Christ dans ce monde, et sois glorifié avec Lui dans l'autre. »

– Voilà qui réconforte, admit l'homme du Yard.

– En êtes-vous si certain ? s'enquit Jane Portman de sa délicieuse voix de soprano.

– Avez-vous déjà chanté Mozart ? demanda l'ex-inspecteur-chef.

– Jamais, répondit-elle, se remettant au travail.

Higgins explora cette prison où les nobles du royaume d'Angleterre avaient connu la déchéance avant d'être conduits à l'échafaud. Un peu partout, des inscriptions plus ou moins réussies, portant chacune un numéro, comme la 48 consistant en un simple mot « JANE », qui rappelait le souvenir de Lady Jeanne Grey, dont le règne n'avait duré que dix jours. Les lettres avaient été pieusement tracées par son mari, Lord Guildford Dudley, décapité comme elle. Les cinq frères Dudley avaient d'ailleurs commémoré leur renom par une sculpture originale, de belle facture, sur la droite de la cheminée. Elle représentait deux animaux affrontés, lion et ours, tenant un bâton. Tout autour, des roses, des feuilles de chêne, des œillets et du chèvrefeuille rappelant, par jeux de mots, les prénoms des quatre frères, Ambroise, Robert, Guildford et Henri. John Dudley avait signé l'œuvre et gravé quatre lignes expliquant sa signification.

– Je vous ai cherchée partout, souligna Higgins qui prit soin de noter quelques-unes des inscriptions pour compléter ses archives sur la Tour de Londres. Seul un *Yeoman* vous avait vue entrer ici.

– J'ai la charge de veiller au bon état de conservation de tous les vestiges historiques de la tour, inspecteur, depuis cette modeste inscription jusqu'au mur d'enceinte. Vous comprendrez aisément que mes journées sont bien remplies.

– La cérémonie d'installation du gouverneur a dû être fort émouvante pour une historienne de votre qualité.

– Si l'on veut.

– Pourquoi cette restriction ? Le rituel n'était pas respecté ?

– Je pense à l'assassinat de Lady Ann, inspecteur.

– Mon Dieu ! Il est vrai que cet épouvantable drame a tout gâché. Vous vous trouviez sur la pelouse, je crois ?

– En effet.

– N'avez-vous rien remarqué d'insolite ?

Jane Portman interrompit son minutieux travail.

– Non, vraiment non. Le *smog* était si dense que je ne distinguais même plus mes voisins, le docteur Matthews, votre collègue de Scotland Yard, Myosotis Brazennose et Elie Bronstein, le secrétaire particulier de Lord Fallowfield. Si le Spectre s'était manifesté, nous ne l'aurions pas aperçu.

Higgins fronça les sourcils.

– Vous croyez donc à l'existence du Spectre ?

– J'y crois sans y croire, comme tous ceux qui ont vécu un certain temps à la Tour de Londres.

C'était bien ainsi qu'Higgins jugeait ce lieu étrange : une sorte de monde intermédiaire, entre le réel et le mystère, où les certitudes de la logique étaient prises en défaut.

– Vous n'avez pas vu Lady Ann s'éclipser ?

– Non, le *smog* était beaucoup trop opaque.

– Comment avez-vous réagi en découvrant le vieux *Yeoman* présenter la tête coupée de Lady Ann ?

Jane Portman se tourna vers Higgins, le gratifiant d'un regard vert clair d'une incomparable séduction.

– Dire que j'ai été horrifiée serait bien en dessous de la vérité. Pareille émotion est indescriptible ! J'ai lâché un poudrier auquel je tenais beaucoup ; il s'est brisé en tombant sur le sol.

– Avez-vous ramassé les morceaux ?

– Oui, bien sûr, avec l'espoir de les recoller. Mais c'était impossible, et je les ai jetés.

– Aucun autre détail ?

Jane Portman se releva avec une élégance souveraine et posa son pinceau.

– Non.

– N'auriez-vous pas perdu un gant de laine ?

– Je ne m'en souviens pas, inspecteur.

– C'est pourtant la vérité, mademoiselle. Le docteur Matthews a vu le lieutenant Holborne ramasser votre gant. Ce dernier l'a conservé par-devers lui et vous le remettra.

– J'avoue que l'incident m'avait échappé.

– Cela n'a rien d'étonnant, mademoiselle Portman. Auriez-vous l'amabilité de me faire visiter cette Tour passionnante ? À condition, bien entendu, que vous puissiez distraire un peu de votre temps pour un amateur de vieilles pierres.

Jane Portman sourit.

– Que ne ferait-on pas pour Scotland Yard ? Suivez le guide, inspecteur.

Avec une science consommée, la jeune conservatrice initia Higgins à quantité de problèmes d'archéologie et de restauration des antiquités. Elle fit revivre pour lui les tragiques destinées de Sir Thomas More, de la reine Ann

Boleyn, de Robert Dudley, comte de Leicester, du docteur Abell, aumônier de Catherine d'Aragon. Possédant parfaitement son sujet, Jane Portman était dotée d'un enthousiasme communicatif.

– Que de souffrances, conclut Higgins, qui s'était montré le plus attentif des auditeurs. J'espère que vous-même, mademoiselle, menez une existence plus joyeuse.

Jane Portman se détourna et baissa les yeux, comme si la question anodine de Higgins l'avait frappée en plein cœur.

– J'ai, moi aussi, mon poids de malheur à supporter. Autant vous l'avouer, puisque vous finirez bien par l'apprendre. Je ne suis pas Miss Portman, mais Madame Portman. Peter, mon mari, était un homme merveilleux. Nous nous aimions depuis l'enfance. Ses dons pour la médecine lui assuraient le plus brillant des avenirs.

La gorge serrée par l'émotion, elle s'interrompit. Higgins se garda bien d'intervenir pour ne pas interrompre le flux de ces confidences douloureuses.

– Peter est mort d'une crise cardiaque le soir même de nos noces, poursuivit-elle, bouleversée. J'ai accordé le droit de l'autopsier à ses collègues, désireux de comprendre les raisons du décès d'un homme jeune, en bonne santé, qui s'était écroulé devant eux, à la table du banquet. Une malformation cardiaque insoupçonnable. Une banale intervention chirurgicale aurait suffi à l'en débarrasser. Mais Peter n'était jamais malade. Personne ne pouvait se douter qu'il était à la merci d'une émotion trop forte.

Higgins ne connaissait rien de plus vain que les condoléances. Les mots n'avaient aucun pouvoir sur les déchirures du cœur. Il se contenta de prendre entre ses mains celles de Jane Portman et de lui adresser le regard compréhensif et réconfortant d'un père à sa fille.

*

* *

L'oignon de l'ex-inspecteur-chef marquait dix-sept heures douze quand il pénétra dans le bâtiment abritant les joyaux de la couronne, juste à côté de la chapelle de Saint-Pierre *ad vincula*. Malgré l'absence de visiteurs, le système de sécurité habituel était resté en place. Higgins, qui était à la recherche du gouverneur de la Tour de Londres dont Patrick Holborne lui avait signalé la présence à cet endroit, dut subir un contrôle d'identité puis cheminer entre des barrières métalliques formant chicane. Il était interdit de fumer, de photographier et de coller du chewing-gum sur les parquets. Le sens du parcours n'était pas laissé à la libre disposition des visiteurs. Un trajet obligatoire leur était imposé. Ils devaient progresser sans s'immobiliser devant une vitrine et sans revenir en arrière. Au moindre incident, de lourdes portes métalliques se refermaient très vite, isolant le bâtiment du monde extérieur. Lord Henry Fallowfield avait proclamé son intention d'accroître encore ces mesures de sécurité, conscient que le plus fabuleux trésor du royaume se trouvait entre ses mains.

Higgins eut la sensation d'entrer dans un gigantesque coffre-fort pourvu d'énormes portes blindées. Il se sentait épié en permanence par les yeux glacés des caméras apparentes ou dissimulées.

L'ex-inspecteur-chef n'était pas seul dans la salle où étaient exposées les couronnes. Face à celle exécutée en 1937 pour le couronnement d'Elisabeth, mère d'Elisabeth II et comportant le Koh-i-noor, le célèbre diamant hindou, il y avait un petit homme portant des lunettes et un chapeau pied-de-poule.

Elie Bronstein, le secrétaire particulier de Lord Fallowfield, dévorait du regard les joyaux brillant de mille feux.

— 18 —

– Admirable, commenta Higgins, se plaçant aux côtés d'Elie Bronstein.

Le petit homme se ratatina sur lui-même, comme s'il avait été pris en faute.

– Je... je regardais, dit-il d'une voix empreinte d'un fort accent.

– Comme je vous comprends ! Et quelle chance nous avons de pouvoir visiter seuls pareil endroit. Permettez moi de me présenter : Higgins, de Scotland Yard.

Le petit homme avait un regard vivace et fuyant. Il ôta ses fortes lunettes d'écaille pour les nettoyer avec un morceau de peau de chamois.

– Elie Bronstein, secrétaire particulier de Lord Henry Fallowfield. Vous enquêtez sur la mort de Lady Ann ?

– J'assiste le superintendant Marlow. Il était votre voisin sur la pelouse, lors de l'installation du gouverneur.

Higgins eut l'impression que la peau flasque et flétrie du visage d'Elie Bronstein se tendait de manière imperceptible.

– Ah oui, se rappela-t-il, le gros homme avec un imperméable froissé...

La description pouvait correspondre à Scott Marlow.

– Avez-vous vu s'éloigner Lady Ann en direction de la Tour sanglante ?

– Avec le *smog* de ce jour-là et mes mauvais yeux, j'étais pratiquement aveugle. Impossible de discerner quoi que ce soit à plus d'un mètre.

– Quels affreux événements, déplora Higgins. Ceux qui en ont été témoins furent bouleversés. Le superintendant Marlow m'a confié avoir observé votre attitude, quand le *smog* s'est dissipé. Il a noté un curieux comportement de votre part.

Higgins, en réalité, ne disposait d'aucune information de ce type. Il tentait une modeste expérience, tablant sur l'angoisse latente qui imprégnait la personnalité d'Elie Bronstein. Si ce dernier avait commis une faute, il se sentirait peut-être coupable au point de l'avouer et de se décharger ainsi d'un poids trop lourd.

– Vous voulez parler de mon chapeau ? s'étonna Elie Bronstein. Il a failli s'envoler, c'est vrai ! J'ai été obligé de le retenir à deux mains.

– Le climat de votre pays d'origine était-il meilleur ? s'enquit Higgins, bonhomme.

Elie Bronstein leva vers l'ex-inspecteur-chef des yeux remplis de souvenirs.

– Je suis juif polonais, déclara-t-il avec une fierté mal contrôlée. Dans mon pays, il y a de vrais hivers et de vrais étés. Ici, c'est toujours le même ciel ! Il faut bien s'y faire. Aujourd'hui, je suis anglais. Voilà tant d'années que je suis au service de Lord Fallowfield ! Au lendemain de la Seconde Guerre mondiale, il m'a accordé le privilège de m'engager. Depuis, nous ne nous sommes plus quittés.

– Où puis-je trouver Lord Fallowfield ?

– Je vous conduis auprès de lui, inspecteur.

À petits pas nerveux, Elie Bronstein guida Higgins jusqu'à la salle supérieure de *Jewel House*. Les deux hommes passèrent devant des vitrines d'exposition contenant d'inestimables joyaux. Comment résister à l'attrait de l'Orbe royale, de l'Ampoule, de la Cuillère, du rubis balais et de l'Étoile d'Afrique ornant la couronne de la reine Victoria, du Sceptre royal paré du plus grand diamant du monde comptant 530 carats, des éperons en or de saint Georges ? Higgins accorda un œil intéressé à ces chefs-d'œuvre, comprenant les passions qu'ils avaient déclenchées chez les amateurs, les collectionneurs et les brigands de tout poil.

Lord Henry Fallowfield vint à leur rencontre.

– Que se passe-t-il, inspecteur ? Je suis occupé.

Le nouveau gouverneur de la Tour de Londres ne semblait pas ravi de revoir l'ex-inspecteur-chef.

– Comment va votre santé, Lord Henry ?

– Je n'ai pas le temps de m'en préoccuper. Trop de vérifications à effectuer. À bientôt, inspecteur.

Le gouverneur s'apprêtait à rompre là ce bref entretien. Higgins fut contraint de modifier les projets du puissant personnage.

– J'ai besoin de vous, Lord Henry.

– Cela peut-il attendre, inspecteur ?

– Je crains que non.

L'homme du Yard et le gouverneur se défièrent à nouveau.

– Lord Henry, je sollicite simplement votre concours pour éclaircir un point obscur de l'enquête en cours.

Elie Bronstein s'était placé derrière Lord Fallowfield qui masquait complètement le petit homme.

– Lequel ?

– Une armoire appartenant au docteur Matthews. Il a refusé de l'ouvrir, arguant que vous étiez seul compétent pour prendre la décision.

Higgins s'attendait à une réaction indignée de la part du gouverneur, mais ce dernier se contenta d'un petit rictus.

– Eh bien, réglons ce détail d'intendance.

Higgins et le gouverneur n'eurent qu'un bref parcours à effectuer entre le bâtiment des joyaux et le cabinet du médecin-chef de la Tour. Elie Bronstein s'était silencieusement éclipsé.

– Ce monsieur Bronstein est votre secrétaire depuis longtemps, je crois ?

– J'ai recueilli ce pauvre bougre à la fin de la guerre. J'étais officier supérieur. Il était prisonnier des Allemands, malade, désespéré. Les Alliés s'apprêtaient à le mettre dans une nouvelle geôle pour l'interroger. Ses souffrances m'ont touché. J'en ai fait mon ordonnance, puis mon secrétaire. Il a toujours rempli ses fonctions de manière correcte. Ce n'est pas un aigle, certes, mais il est honnête et méticuleux. Je ne lui en demande pas davantage.

– Vous êtes sans doute devenu sa seule famille ?

– En quelque sorte. Bronstein est juif polonais. Tous ses proches ont disparu pendant la guerre.

La lampe rouge interdisait l'accès du cabinet médical. Le gouverneur frappa d'un poing autoritaire et entra.

Le docteur Matthews achevait de vider un verre qu'il tenta de dissimuler maladroitement dans un tiroir.

– Lord Fallowfield a consenti à m'accompagner, annonça Higgins. Peut-être pourrions-nous régler notre léger différend ?

Un peu chancelant, le docteur Matthews se leva et fit front.

– Sortez d'ici, ce cabinet m'appartient. Vous n'avez aucun droit !

Énervé, le visage rongé par des tics, le médecin-chef pointait un doigt tremblant en direction de Higgins.

– Ça suffit, docteur, ordonna le gouverneur de la Tour de Londres. Tenez votre rang, je vous en prie.

Des mots de protestation demeurèrent dans la gorge de Richard Matthews. Il était visiblement fasciné par la personnalité autoritaire de Lord Henry Fallowfield.

– Vous vous étiez absenté ? interrogea Higgins d'une voix rassurante.

– J'avais un rendez-vous, indiqua le médecin-chef.

– J'ai peu de temps à vous accorder, messieurs, intervint le gouverneur. En quoi mon intervention s'avère-t-elle indispensable ?

Higgins se dirigea vers l'armoire métallique fermée.

– J'aimerais connaître le contenu de ce meuble. Le docteur Matthews n'accepte de l'ouvrir qu'en votre présence.

Le médecin-chef, angoissé, regarda Lord Fallowfield qui donna son assentiment d'un hochement de tête. Richard Matthews, buté, prit une clé plate dans la poche gauche de sa blouse, se dirigea très vite vers l'armoire et l'ouvrit avec nervosité.

– Mon armoire est à vous, inspecteur.

Higgins s'approcha. Sur les étagères du meuble, il n'y avait que des piles d'ordonnances vierges.

– Veuillez vérifier que rien n'a été dérobé, docteur, ordonna l'homme du Yard.

Hésitant, maugréant, le médecin-chef s'approcha et regarda à l'intérieur de l'armoire.

– Tout est normal, conclut-il.

– Pourquoi avoir refusé de me laisser découvrir ces innocentes ordonnances ? s'étonna Higgins.

– Question de principe, estima le médecin. Personnellement, je n'ai rien à cacher. Mais tout ce qui touche à ma fonction officielle doit rester soumis aux règles de la Tour dont le gouverneur est le seul garant. Même Scotland Yard doit s'y conformer.

– L’incident est clos, jugea le gouverneur, ouvrant la porte du cabinet et se retrouvant face à face avec le lieutenant Patrick Holborne qui s’apprêtait à frapper.

– Sir Timothy Raven vous attend à votre bureau, *my Lord*. Il vous demande d’urgence. Une affaire de la plus grande importance.

— 19 —

Le gouverneur bouscula presque son subordonné pour gagner ses appartements. Tandis que le docteur Matthews s'asseyait, prostré, à son bureau, Higgins suivit Lord Fallowfield. Rien n'interdisait de penser, en effet, que l'incident avait un rapport avec l'enquête.

Lord Fallowfield pénétra en trombe dans son bureau où l'attendait un homme à la moustache et aux cheveux blancs, vêtu d'un costume croisé de couleur noire à peine égayée par de fines rayures blanches.

– Que se passe-t-il encore ? demanda le gouverneur.

– Eh bien, commença Sir Timothy Raven, grand chambellan de la Tour de Londres, eh bien... il se passe quelque chose de fort mystérieux.

Higgins s'était glissé dans le bureau dont la porte était demeurée entrouverte. Une vaste pièce, entièrement meublée en Regency. Une grande bibliothèque remplie d'archives et d'ouvrages consacrés à l'histoire de la Tour. Deux fauteuils de cuir très profonds, une moquette prune en pure laine.

Lord Fallowfield, contrarié, se tint face à Sir Raven, comme un professeur tançant son élève.

– Expliquez-vous, Timothy !

– Ce n'est pas si simple, Henry. Vous me connaissez, je suis un homme méticuleux, ordonné, soucieux du détail.

– Nous n'allons pas énumérer vos innombrables qualités, Timothy. Dites-moi une bonne fois pour toutes ce qui motive votre appel au secours. Vous semblez oublier que je ne sais plus où donner de la tête. Soyez bref et précis, vous m'obligeriez.

Sir Timothy Raven, grand chambellan, commença par se rehausser du col avec cette distinction toute aristocratique et parfaitement innée. Malgré l'amitié indéfectible qu'il portait au nouveau gouverneur, il n'aimait pas être traité de cette manière. Il lui fallait pourtant admettre, en l'occurrence, qu'il avait commis une faute bien difficile à confesser.

Higgins se tenait entre la porte entrouverte et l'un des fauteuils, passant tout à fait inaperçu. L'ex-inspecteur-chef savait être presque invisible, semblable à un chat pelotonné dans un angle mort, regardant sans être vu.

– Eh bien, reprit le grand chambellan, j'ai perdu ma clé.

Cette déclaration plongea Lord Fallowfield dans un réel désarroi.

– Qu'est-ce que… qu'est-ce que vous osez dire ?

Avec toute la dignité offensée d'un homme mis en cause trop brutalement, Sir Timothy Raven se comporta avec bravoure, acceptant d'affronter le problème en face.

– La clé du coffre n'est plus en ma possession, Henry. Je suis aussi étonné que vous, mais le fait est là.

Sir Timothy Raven avait adopté une attitude sobre et convaincue. Lord Henry Fallowfield, en proie à une rage froide, se contenait avec peine.

– Où l'avez-vous perdue, Timothy ?

– À mon avis, sur la pelouse de la Tour, lors de votre installation.

– Hypothèse ou certitude ?

– Certitude, Henry. La clé ne me quitte jamais. Je la mets toujours dans la petite poche de mon costume, sous ma pochette en soie. Je l'y ai placée avant la cérémonie. En ôtant ma veste, j'ai voulu, comme chaque soir, la transférer dans ma robe de chambre… Elle avait disparu ! Je la cherche partout depuis ce matin. Introuvable.

Une ride creusa le front dégarni du gouverneur.

– Et si… et si on vous l'avait volée ?

Higgins appréciait les questions posées par Lord Fallowfield. Elles s'avéraient aussi précises qu'indispensables, soulageant l'ex-inspecteur-chef d'une partie de son travail.

– Un vol ? Impossible, Henry ! Tout à fait impossible ! Personne ne s'est approché de moi.

– Avec ce *smog*…

– Brouillard ou pas, personne ne m'a volé cette clé ! Je m'en serais aperçu, tout de même ! Je me rappelle avoir réajusté ma pochette deux ou trois fois pendant la cérémonie. Sans doute la clé est-elle tombée sur la pelouse à l'une ou l'autre de ces occasions. Je propose une inspection systématique de l'endroit.

– Entendu. Je mobilise tous les *Yeomen* disponibles. Mais le plus urgent est d'aller jusqu'à la salle du coffre. Venez.

En sortant du bureau, les deux hommes s'aperçurent de la présence de Higgins.

– Inspecteur… Vous nous écoutiez ? demanda Lord Fallowfield, intrigué.

– Tout à fait involontairement, Lord Henry. Peut-être pourrais-je vous être utile ?

– Vous êtes de Scotland Yard ? s'informa le grand chambellan.

– Dépêchons-nous, ordonna le gouverneur, inquiet.

Le trio gagna d'un pas alerte le sous-sol du bâtiment des joyaux de la Couronne. Le gouverneur était crispé, le chambellan volubile.

– Attendez-moi ici, dit Lord Fallowfield devant une porte blindée ; je dois aller chercher le lieutenant Holborne.

Higgins découvrait le sanctuaire de béton et d'acier où se trouvait un coffre pourvu de trois serrures.

– Un nouveau dispositif de sécurité, expliqua le grand chambellan. À l'intérieur, il y a les plans des dispositifs de surveillance de *Jewel House*. Pour ouvrir ce coffre, il faut enclencher trois clés en même temps : celle du gouverneur, celle du lieutenant et la mienne.

– Excellente idée, approuva Higgins. À condition que l'une des clés ne disparaisse pas.

Sir Timothy Raven eut une moue dépitée.

– Exact, inspecteur. Que tout cela est ennuyeux !

Higgins observait les murs nus de la chambre du coffre au plafond de laquelle étaient fixées plusieurs caméras.

– Le bâtiment des bijoux m'a paru tout à fait inviolable. Même dans le passé, personne n'a réussi à dérober de tels trésors.

– Détrompez-vous, inspecteur ! N'avez-vous point entendu parler du colonel Blood ?

– J'avoue mon ignorance.

Le grand chambellan leva les yeux au ciel.

– Le colonel Blood ! Un aventurier de génie, s'il en fut ! En 1671, il a presque réussi l'impossible. Déguisé en religieux, il avait gagné la confiance du conservateur avant de l'agresser avec des complices armés jusqu'aux dents. Blood s'était emparé de la couronne royale, du sceptre et de l'orbe ! Mais il a été arrêté avant de quitter la Tour, au bord d'un affreux succès.

– Bien entendu, précisa Higgins, le colonel Blood fut décapité.

Le grand chambellan parut embarrassé.

– Euh… non. De mauvaises langues ont prétendu que Blood avait été commandité par Charles II en personne qui aurait eu de gros besoins d'argent. Blood fut gracié et reçut même des terres en Irlande. Détail gênant, je le reconnais. Mieux valait, pour la Couronne, jeter un voile pudique sur cette histoire.

Higgins sortit son carnet noir et écrivit une dizaine de lignes, ce qui intrigua le grand chambellan.

– Qu'est-ce que vous notez là, inspecteur ?

– Une constatation que vous m'avez permis de faire : les bijoux de la Couronne ne pourraient être volés qu'avec l'appui de la Couronne.

Un frisson d'épouvante parcourut l'échine du grand chambellan.

– Inspecteur… vous n'y pensez pas !

– Je voulais dire qu'un tel larcin, aujourd'hui, est donc impossible.

Sir Timothy Raven poussa un soupir de soulagement et essuya une goutte de sueur froide en utilisant sa pochette.

– C'est sans doute ainsi, observa Higgins, que vous avez fait tomber votre clé.

Le grand chambellan n'eut pas le temps de peser le poids de cette remarque. Le gouverneur et le lieutenant de la Tour firent irruption dans la salle du coffre.

– Bonne nouvelle, annonça Lord Fallowfield. Nos services de sécurité, qui ont visionné les films pris ici en permanence, n'ont rien signalé d'anormal. Personne n'a pénétré dans cette salle depuis la dernière inspection du lieutenant Holborne, il y a trois jours.

– Qui pourrait y accéder ! s'exclama Patrick Holborne. Ce coffre est inviolable.

Le visage fermé du gouverneur de la Tour prouvait assez qu'il n'était pas complètement convaincu.

– Il manque quand même une clé, objecta-t-il, sévère. Tant qu'elle n'aura pas été retrouvée, la sécurité sera doublée. Même vous, lieutenant, n'entrerez plus dans cette salle. Il y aura deux *Yeomen* en faction devant la porte jour et nuit. Distribuez les consignes, lieutenant. Je m'occupe personnellement de l'inspection de la pelouse avec une dizaine de hallebardiers.

Tous quittèrent la salle du coffre dont la porte métallique fut aussitôt refermée. Le lieutenant et le gouverneur vaquèrent à leurs occupations.

– Quel homme exigeant, ce vieil Henry ! commenta le grand chambellan en voyant s'éloigner Lord Fallowfield. Il a toujours été perfectionniste.

Higgins et Sir Timothy Raven firent quelques pas sur la pelouse que recouvraient à nouveau les brumes glacées d'un après-midi finissant. Le printemps semblait avoir disparu à tout jamais.

– Depuis combien de temps connaissez-vous Lord Fallowfield ? demanda Higgins, apaisant.

– Depuis plus de vingt ans, inspecteur. J'ai toujours admiré son intelligence et son ambition. Gouverner la Tour de Londres était la plus haute de ses aspirations d'homme public. Je l'ai favorisée autant que j'ai pu. Henry a d'excellents projets. Il est sans nul doute le dignitaire le plus compétent d'Angleterre pour redonner à la Tour son brillant d'antan. À condition… à condition que la mort abominable de sa femme ne l'ait pas trop ébranlé. Henry est capable d'exercer un grand contrôle sur ses émotions, mais il n'en est pas moins profondément sensible. Ann était sa collaboratrice, sa complice… Elle aussi a beaucoup œuvré pour la nomination de son mari. Dieu sait comment il va réagir, à présent.

Higgins appréciait le caractère aimable du grand chambellan et sa coopération spontanée.

– Auriez-vous remarqué un événement insolite lors de l'installation de Lord Fallowfield ? De votre position, peut-être avez-vous vu Lady Ann se diriger vers la Tour sanglante ?

Sir Timothy, surpris, s'arrêta et dévisagea Higgins.

– Croyez-vous, inspecteur, que je vous aurais dissimulé un fait de cette importance ? Non, je n'ai rien remarqué d'anormal. J'ai entendu, comme tout le monde, Henry appeler sa femme quand le *smog* nous a masqués les uns les autres. Lorsque ces ténèbres se sont dissipées, nous étions, lui et moi, au même endroit, face à face. Henry a envoyé le lieutenant Holborne chercher Lady Ann dans la Maison de la Reine. Il m'a semblé inquiet, presque essoufflé, mais m'a aussitôt rassuré sur son compte. Et puis il y a eu ce cauchemar…

Au même instant, un rire sinistre, provenant des remparts, glaça d'effroi le grand chambellan.

— 20 —

– Là-haut ! cria le grand chambellan, pointant l'index vers le chemin de ronde. Le Spectre !

– Je m'en occupe, assura Higgins.

En fait de spectre, l'ex-inspecteur-chef n'avait aperçu que le vieux *Yeoman*, un corbeau sur l'épaule. Pourquoi ne cessait-il pas de semer la terreur ? Higgins était loin de considérer ce « spectre »-là comme un simple d'esprit inoffensif. Il réservait son jugement sur la part de comédie que le meilleur connaisseur de la Tour de Londres était capable de jouer. Beaucoup d'hypothèses se bousculaient : coupable, le vieux *Yeoman* tentait d'effrayer police et autorités pour mieux se faire classer comme irresponsable; innocent, il connaissait peut-être le coupable et tentait de le désigner à sa façon, en indiquant une piste qui mènerait jusqu'à lui.

Higgins, qui détestait se hâter, fut pourtant obligé de presser le pas pour accéder au chemin de ronde sans perdre la trace du vieux *Yeoman* qui, curieusement, ne semblait guère pressé de disparaître. Lorsque sa silhouette s'évanouissait dans les ténèbres, un ou deux corbeaux signalaient son passage par des croassements.

En s'aventurant sur *The Outer Ward*, le chemin de ronde, Higgins aborda un univers fantomatique de tours de garde, de bastions, de pont-levis qui le plongèrent dans un Moyen

Âge de peur et de cruauté. Créneau après créneau, il se rapprochait du vieux *Yeoman* gambadant sur la muraille comme un bouquetin sur les rochers. Mais l'homme ne prenait pas suffisamment d'avance pour être perdu de vue. Il s'attarda à plusieurs reprises pour dialoguer avec ses corbeaux.

Enfin, le vieux *Yeoman* se décida à quitter le chemin de ronde pour redescendre vers l'espace intérieur de la Tour. Higgins, qui avait failli glisser sur des pierres humides, ne fut pas mécontent de ce changement de direction. Quittant les remparts à hauteur de la Tour Byward, près de l'entrée principale, le « spectre » alla vers la Tour sanglante. Attendant que le garde en faction lui tourne le dos, il se faufila à l'intérieur du sinistre monument. Trouvant la méthode excellente, Higgins l'imita. Il fut obligé d'attendre quelques minutes avant de grimper à son tour l'escalier menant à la salle du billot.

Le vieux *Yeoman*, accroupi, frottait énergiquement une dalle avec un chiffon.

Higgins avança vers celui qu'il avait pourchassé pendant plus d'une demi-heure.

– Vous n'êtes pas facile à rencontrer, dit-il.

– Je suis partout, comme le Spectre, grogna le *Yeoman*. Il suffit de m'apercevoir.

– Pourquoi laver encore ce pavement ? demanda Higgins. Les services de nettoyage ont ôté toute trace du meurtre après le passage de l'identité judiciaire.

Le vieux *Yeoman* examina Higgins du coin de l'œil, un demi-sourire aux lèvres.

– Et cette tache de sang ? Ils ne l'avaient même pas remarquée ! Tout doit être effacé, absolument tout… Il ne doit pas rester une seule trace de ce qui s'est passé ici. Sinon, le Spectre frappera à nouveau. Le sang l'attire.

Le soldat se redressa, dominant Higgins de sa stature impressionnante. Son œil droit était presque complètement fermé. La cicatrice ornant son menton palpitait d'une vie indépendante.

– Écoutez-moi bien, inspecteur : hâtez-vous d'effacer toute trace de sang de la Tour de Londres. Sinon, le Spectre tuera encore.

Le corps lourd, subitement avachi, s'ébranla. Au moment de franchir la porte, le vieux *Yeoman* s'immobilisa.

– Tout le sang, inspecteur, répéta-t-il sans se retourner, tout le sang… Qu'il n'en reste pas la moindre trace.

*

* *

Higgins demeura à l'intérieur de la Tour sanglante jusqu'à la tombée de la nuit. Il s'assit sur le billot, interrogeant les murailles glaciales qui avaient assisté à la décapitation de Lady Ann. Ces pierres, inertes en apparence, connaissaient le criminel. Avait-il expliqué ses motifs à sa victime avant de l'assommer ? Higgins avait rarement progressé avec autant de lenteur lors d'une enquête. Il est vrai qu'un abondant brouillard occultait tant le lieu du drame que les êtres s'y trouvant mêlés.

Une tête rougeaude apparut dans le champ de vision de l'ex-inspecteur-chef.

– Higgins ! Où étiez-vous passé ? s'indigna Scott Marlow. Je me demandais si vous aviez été capturé par le Spectre !

– Ce n'est pas tout à fait inexact, mon cher Marlow. Avez-vous réussi à échapper à Miss Brazennose ?

Le superintendant n'apprécia guère cette question.

– Vous avez tort de mésestimer cette excellente demoiselle, protesta-t-il. C'est une femme d'une grande finesse et d'une parfaite probité. Elle est décidée à aider la police sans restriction. Les renseignements qu'elle est susceptible de nous offrir me paraissent de la plus haute importance.

Higgins s'était posté à la fenêtre de la Tour sanglante donnant sur la pelouse et les bâtiments composant la Maison de la Reine. La scène qu'il contempla l'obligea à se séparer de Scott Marlow pour mieux remplir une mission urgente.

– Superintendant, annonça-t-il avec gravité, asseyez-vous sur le billot et montez bonne garde. Je pars à la chasse au Spectre. J'espère le rabattre sur vous. Soyez vigilant.

– Mais, Higgins…

Sans laisser au superintendant le loisir de développer ses protestations, Higgins quitta la Tour sanglante, salua au passage le *Yeoman* de garde, stupéfait de voir sortir un visiteur qui n'était pas entré.

Higgins ne devait pas perdre une seconde s'il voulait savoir où allait Myosotis Brazennose. Cette dernière, en effet, avait profité de la nuit tombée pour sortir subrepticement de son bureau, telle une voleuse s'apprêtant à cambrioler. Cette attitude semblant tout à fait étrange, Higgins jugeait indispensable de savoir ce qui la motivait.

Myosotis Brazennose, qui se faufilait dans les ténèbres brumeuses avec une dextérité remarquable, évita quelques *Yeomen* en faction et parvint à une petite porte basse donnant accès au bâtiment Waterloo, non loin de *Jewel House*. Rapide, silencieuse, la secrétaire administrative fit tourner la clé dans la serrure et entra. Higgins imita la demoiselle en tout point, appréciant sa stratégie.

Le rez-de-chaussée du bâtiment Waterloo était plongé dans l'obscurité. Higgins se guida à la faible lumière de la lampe de poche utilisée par Myosotis Brazennose, invisible de l'extérieur. L'homme du Yard constata qu'à l'exception du bâtiment des joyaux, la surveillance des *Yeomen* était aisée à déjouer pour quiconque connaissait bien les lieux.

Myosotis Brazennose se déplaçait sans bruit, qualité que Higgins possédait aussi. Après être passé devant une bizarre collection de sabres courbes qu'il identifia comme des cimeterres, l'ex-inspecteur-chef ne vit plus rien. La petite lumière avait disparu. En avançant, Higgins risquait de percuter un objet quelconque. En demeurant immobile, il laissait libre de ses mouvements la secrétaire administrative, perdant ainsi le bénéfice de sa filature.

Des bruits de papier froissé lui indiquèrent que la demoiselle n'était pas loin. Les yeux de Higgins s'habituèrent très vite à ces ténèbres intérieures. Aussi avança-t-il de deux pas pour se trouver nez à nez avec l'énorme postérieur d'un éléphant. Il fallut à l'homme du Yard tout son self-control pour ne pas émettre la moindre manifestation de surprise. Il s'agissait bien d'un pachyderme, mais en métal. C'était Lord Clive, un collectionneur quelque peu excentrique, qui avait ramené des Indes cette armure unique datant du XVIIIe siècle. En se penchant du côté de la patte gauche, Higgins aperçut de nouveau la petite lumière.

Myosotis Brazennose, avec des gestes précis témoignant d'une longue habitude, achevait de remettre en place l'une des plaques métalliques formant la trompe de l'éléphant. Son travail terminé, elle éteignit sa lampe et progressa dans l'obscurité vers la porte du bâtiment Waterloo qu'elle referma à clé.

Higgins n'avait pas bougé. Il était capable de rester immobile pendant des heures, comme un chat à l'affût. L'occasion s'avérait trop belle de découvrir le secret de la secrétaire administrative. Devenu aussi clairvoyant qu'un félin dans le noir, il ôta à son tour la plaque métallique.

À l'intérieur de la trompe, il y avait un empilage de boîtes enveloppées dans du papier journal. Higgins en ouvrit deux. Elles contenaient des chocolats extra-fins de fabrication artisanale. Au goût, l'homme du Yard reconnut les chefs-d'œuvre de Jonathan Murdock, le fournisseur des plus riches familles anglaises. Ce trésor était complété par une vingtaine de blocs-notes à spirales.

Higgins prit le soin d'enregistrer l'ensemble de ses trouvailles sur son carnet noir. C'est en soulevant une dernière fois la pile de blocs-notes, par conscience professionnelle, qu'il fit une ultime découverte, tout à fait surprenante. L'ex-inspecteur-chef s'empara du petit objet, dont la véritable nature ne demeurerait pas longtemps mystérieuse.

Pensif, il sortit sans difficulté du bâtiment Waterloo où il venait enfin de remporter une première victoire au cours de son enquête, utilisant le passe qui lui avait déjà permis d'ouvrir l'armoire du docteur Matthews. Décidément, les braves gens travaillant à la Tour de Londres avaient beaucoup de secrets à préserver.

— 21 —

– Il ne s'est rien passé, déclara Scott Marlow que Higgins avait rejoint dans la Tour sanglante.

– Le Spectre m'a échappé, avoua l'ex-inspecteur-chef. Mais vous tremblez, mon cher Marlow !

– Le froid, expliqua le superintendant en se levant. Je ne suis pas mécontent de quitter cet endroit.

Higgins consulta son oignon.

– Il n'est pas loin de dix-neuf heures. Allons faire le point dans ma chambre. Je viens de croiser le lieutenant Holborne, il m'a confirmé qu'elle avait été préparée et qu'une collation y est servie. Je vous invite à la partager.

Le superintendant aurait volontiers quitté la Tour de Londres pour regagner le confort rassurant de son bureau du Yard. Mais il ne pouvait rien refuser à Higgins.

*

* *

– Vous… vous n'allez pas dormir ici !

En découvrant la « chambre du condamné » réservée à Higgins, Scott Marlow crut à une sinistre plaisanterie.

– L'endroit n'est pas aussi désagréable qu'il y paraît à première vue, mon cher Marlow. Les vieilles pierres conservent une chaleur qu'ignorent les matériaux modernes. Asseyez-vous donc sur le lit.

Toiles d'araignée et poussière avaient disparu. Mais les plaques d'humidité, l'austérité des murs nus et la lumière blafarde évoquaient davantage une salle de torture qu'une chambre à coucher.

Le sommier grinça sous le poids de Scott Marlow qui se releva d'un bond.

Higgins s'approcha, examinant le lit. Le Spectre n'avait pas élu domicile dans la literie. Le superintendant, à demi-rassuré, reprit place tandis que l'ex-inspecteur-chef, très concentré, faisait les cent pas.

Scott Marlow regarda autour de lui. Pas de trace de la collation annoncée.

– Vous vous êtes montré un observateur remarquable pendant la cérémonie d'installation, apprécia Higgins. Les personnes présentes ont bien effectué les gestes que vous avez indiqués. Si l'on s'en tient à leurs déclarations, aucune d'entre elles n'a pu commettre l'assassinat de Lady Ann.

Le superintendant était parvenu à une conclusion identique.

– En ce cas, Higgins, il ne reste que… le Spectre !

L'ex-inspecteur-chef lissa sa moustache poivre et sel à l'aide du petit instrument qui lui avait été offert par l'une de ses admiratrices.

– Qui sait, mon cher Marlow, qui sait…

L'air sérieux de Higgins inquiéta le superintendant.

– Vous ne croyez quand même pas que tout ceci… est une histoire de fantômes ?

– Nous sommes à la Tour de Londres, ce crime a été commis ici. Il n'aurait pu l'être ailleurs, j'en suis persuadé.

Mais je ne comprends pas encore pourquoi. Je sais aussi que beaucoup de témoins dissimulent des faits graves.

Le superintendant se rasséréna.

– Ça ne m'étonne pas. Myosotis Brazennose nous aidera à lever le voile.

Higgins, embarrassé, prit une voix douce et amicale.

– Je tenais précisément à vous inciter à la prudence, superintendant.

– Avec Myoso… avec Miss Brazennose ?

– En effet. Cette demoiselle a des yeux et des oreilles partout, je n'en doute pas. Mais ne nous cacherait-elle pas quelque chose, elle aussi ?

L'indignation la plus vive s'empara de Scott Marlow.

– Permettez-moi de constater, Higgins, que vous faites totalement fausse route ! Myosotis Brazennose est la personne la plus honnête et la plus limpide que j'aie jamais rencontré.

« Il ne me suffisait pas des suspects de la Tour, pensa Higgins. Il faut aussi se méfier d'un superintendant de Scotland Yard ! »

*

* *

La très antique cérémonie des clés débuta à vingt-deux heures. Ce rite, dont l'origine se perdait dans les brouillards du Moyen Âge, était célébré chaque soir, après la fermeture des portes principales de la Tour de Londres.

Le lieutenant Patrick Holborne, accompagné d'une escorte de trois hommes et d'un sergent, ferma les derniers portails. Le lieutenant dissimulait mal sa nervosité. Lui, si imperturbable d'ordinaire, semblait mal à l'aise pour accomplir des gestes tant de fois répétés.

Il sortit le trousseau de clés comme s'il craignait de le perdre.

La ronde achevée, l'escouade s'immobilisa devant la Tour sanglante. Une sentinelle se manifesta aussitôt.

– Halte ! Qui va là ?

– Les clés, répondit le lieutenant Holborne.

La nuit était très noire. On ne distinguait aucune étoile dans le ciel, encombré de lourds nuages chargés de pluie. D'élégants lampadaires distribuaient une lumière parcimonieuse dans les allées de la Tour.

– À qui sont les clés ? demanda la sentinelle.

– À la reine Elisabeth, répondit Patrick Holborne.

La sentinelle laissa le passage au lieutenant et à son escorte qui s'engagèrent sous la voûte de la Tour sanglante. De l'autre côté, la garde au grand complet, commandée par le gouverneur en personne, les attendait. Les soldats étaient disposés sur les marches menant à la *Broad Walk,* la promenade large. La garde présenta les armes à la petite escouade qui, en prenant la responsabilité d'assurer symboliquement la sécurité de la Tour de Londres, garantissait aussi celle du royaume.

Il n'était point de mise que le gouverneur participât à la cérémonie. En raison des tragiques circonstances, Lord Fallowfield avait pris la décision de diriger le rite pour redonner confiance et dignité aux *Yeomen* et à la garde. Chacun devait savoir que, malgré ses souffrances, le capitaine n'avait pas abandonné le navire.

– Que Dieu protège la reine ! proclama le gouverneur.

– Amen ! répondirent tous les participants.

Chacun se sentit soulagé. Aucun incident n'avait perturbé le rituel. La lourde angoisse qui serrait les cœurs, redoutant le Spectre, n'avait pas été justifiée. Le gouverneur et le lieutenant se dirigèrent vers la Maison de la Reine où ce dernier devait remettre les clés. Patrick Holborne poussa un discret soupir de soulagement. Ses nerfs se détendirent un peu.

Mais il eut le souffle coupé à la vue de l'homme qui se trouvait sur le perron.

— 22 —

– Bonsoir, messieurs, dit Higgins, fort calme. Reconnaissez-vous ceci ?

L'ex-inspecteur-chef tendit la main droite vers le lieutenant Holborne et Lord Fallowfield. Dans sa paume ouverte, une clé à plusieurs crans. Patrick Holborne fut incapable de prononcer le moindre mot.

– C'est la clé égarée par le grand chambellan, indiqua Lord Fallowfield d'une voix inquiète. Où l'avez-vous trouvée, inspecteur ?

Vêtu de son très classique imperméable Tielocken et coiffé d'une casquette à carreaux rouge et brun, Higgins apparaissait comme un juge sévère, s'apprêtant à prononcer une sentence.

– Dans un endroit plutôt curieux, révéla l'ex-inspecteur-chef. Veuillez me suivre.

Higgins conduisit le gouverneur et le lieutenant au bâtiment Waterloo devant lequel le superintendant Marlow montait une garde vigilante.

– Ouvrez donc, demanda Higgins au lieutenant Holborne qui s'exécuta avec maladresse sous le regard inquisiteur de Scott Marlow.

Un épais silence régnait dans le bâtiment Waterloo, peu habitué à des visites nocturnes. Higgins se dirigea vers l'éléphant, souleva la plaque mobile et sortit de la cache boîtes de chocolats et blocs-notes à spirale.

– Ce sont les chocolats du lunch organisé pour l'installation du gouverneur, indiqua Patrick Holborne. Qui… qui a commis cette rapine ?

Scott Marlow ne percevait pas le rapport entre ce modeste larcin et l'assassinat de Lady Ann, mais il était prêt à arrêter le coupable pour faire respecter l'ordre et la loi.

– Myosotis Brazennose, annonça Higgins avec gravité.

Le gouverneur toussota. Le lieutenant se cabra, indigné.

Scott Marlow, les yeux presque exorbités, ressentit l'une des plus violentes émotions de sa carrière.

– C'est incroyable, murmura-t-il.

– Hélas, superintendant, je l'ai vue moi-même se glisser ici en catimini.

– Je suis persuadé de son innocence, protesta Scott Marlow. Il doit s'agir d'un quiproquo ou d'une machination. Il faut l'interroger, lui permettre de se disculper !

– Tel est bien mon avis, intervint le gouverneur. Cet incident est des plus désagréables. Si Miss Brazennose a dérobé cette clé, elle mérite les plus graves sanctions.

– Pas de conclusions hâtives, recommanda Higgins. Attendons demain.

– Et si elle s'enfuit ? interrogea Patrick Holborne.

– Ce serait un aveu de culpabilité, observa l'ex-inspecteur-chef. De plus, elle ignore que nous avons découvert cette cache. Elle reviendra à son bureau. Il sera bien temps de lui poser des questions. Bonne nuit, messieurs.

Higgins s'éloigna d'un pas égal.

*

* *

L'ex-inspecteur-chef chemina avec lenteur dans les allées de la Tour avant de regagner sa chambre. Les petits détails qui s'accumulaient sur le chemin de la vérité ne faisaient qu'obscurcir celle-ci. Les brouillards de la nuit s'épaississaient, la lumière des lampadaires formait des halos blanchâtres. La Tour de Londres sommeillait, en proie aux cauchemars de l'Histoire, qu'alourdissait encore un meurtre inexplicable.

À présent, Higgins se sentait profondément impliqué dans cette mystérieuse affaire. Il avait accepté l'enquête par amitié pour Scott Marlow et respect pour la Couronne, persuadé que la solution n'exigerait qu'un temps restreint. Mais il avait dû déchanter et se trouvait confronté à une énigme dont les fils avaient été tissés par un assassin exceptionnel. Mais pourquoi avoir commis un acte aussi brutal et avoir versé dans un déplorable exhibitionnisme ? Higgins, plutôt contrit et assez mécontent, devait bien s'avouer qu'il ne progressait pas d'un pouce vers l'essentiel. Certes, il avait percé çà et là des zones d'ombre entourant la personnalité réelle de tel ou tel protagoniste du drame. Mais il se défiait de toute déduction précipitée, confronté à des sentiments contradictoires : d'un côté, ne pas se hâter avant de découvrir des indices significatifs, ne pas brouiller les pistes en échafaudant des théories erronées ; de l'autre, aller vite pour empêcher la mort de frapper à nouveau et, bien sûr, satisfaire Sa Majesté.

Higgins sentit qu'il n'avancerait pas davantage en cette soirée glaciale. Remontant le col de son Tielocken, il se dirigea vers sa chambre afin d'y goûter la plus délectable des gourmandises : le sommeil.

*

* *

Les murs de la « chambre du condamné » étaient couverts de sang. La pièce avait pris l'allure d'une salle de torture que venaient juste de quitter les bourreaux après en avoir débarrassé les corps suppliciés. Seul le lit avait été épargné par cette débauche d'horreur.

Higgins, bien qu'il ne fût pas particulièrement impressionnable et qu'il se fût rarement évanoui à la vue d'une goutte de sang perlant à une coupure, hésita à explorer cet antre souillé et hostile. Il voulut néanmoins apprécier l'ampleur du massacre qui avait été commis là, redoutant de découvrir un ou plusieurs cadavres.

Rien de semblable ou d'approchant ni dans la chambre ni dans le cabinet de toilette. Intrigué, Higgins s'aventura à passer l'index de la main droite sur l'une des taches rougeâtres défigurant les murs de sa demeure provisoire, puis à le porter à sa bouche. Cet examen gustatif prouva ce qu'il pressentait depuis un instant.

Il ne s'agissait que de jus de tomate.

Ainsi, quelqu'un avait tenté de l'impressionner, sans doute pour lui faire quitter la Tour de Londres. « On » avait misé sur son émotivité. Higgins en fut profondément ulcéré, jugeant le procédé aussi barbare qu'infantile. Il s'estima agressé dans son honneur comme dans celui de Scotland Yard. Croire qu'une telle mise en scène aurait pu l'abuser !

En ne quittant pas la « chambre du condamné », Higgins déjouait les plans de l'agresseur. Ses ablutions vespérales accomplies tant bien que mal dans le rudimentaire cabinet de toilette, l'ex-inspecteur-chef s'endormit du sommeil du juste, sitôt la tête posée sur l'oreiller. La tranquillité des vieilles pierres avait du bon.

— 23 —

La journée commença de manière affreuse. Higgins avait été contraint de poser d'abord le pied gauche par terre en raison d'une crise d'arthrite dans le genou droit. Nullement superstitieux, l'ex-inspecteur-chef avait cependant interprété l'incident comme un mauvais signe. Le petit déjeuner déposé devant la porte de la « chambre du condamné » ne comportait que deux toasts calcinés, une confiture chimique et du thé. De quoi rendre neurasthénique le plus optimiste des caractères. Higgins regrettait chaque heure davantage l'ambiance douillette de sa vieille demeure, le goût inimitable de la confiture à la prune que préparait Mary, la saveur croustillante d'un toast grillé à point.

Un curieux petit bruit éveilla son ouïe très fine. Une série de « toc » plus ou moins aigus, à un rythme irrégulier. Cette étrange symphonie semblait ne point avoir de fin. Sacrifiant rapidement aux exigences corporelles, se vêtant d'un pantalon de flanelle grise, d'une chemise bleu pastel et d'un blazer croisé bleu marine, Higgins noua avec dextérité son nœud papillon d'un rouge profond, quitta sa chambre et se laissa guider par le son.

Il aboutit dans le fossé de la Tour de Londres où, malgré les bancs de brume du petit matin, plusieurs archers s'exerçaient sur de grandes cibles de bois.

Au milieu d'eux, une fine silhouette féminine : celle de Jane Portman. La conservatrice de la Tour de Londres disposait d'une élégante technique qui lui permit d'expédier, coup sur coup, deux flèches au plein centre de la cible. Higgins, qui n'éprouvait aucun attrait pour les amazones et les femmes un peu trop sportives, s'inclina mentalement devant l'exploit. Jane Portman n'avait rien d'une athlète aux muscles d'acier et savait conserver beaucoup de grâce féminine en bandant l'arc.

L'ex-inspecteur-chef prit soin de passer derrière les archers pour ne point être victime d'une flèche perdue. L'entraînement se poursuivait avec intensité. Quelques minutes d'observation suffirent à Higgins pour constater que, parmi la vingtaine de champions présents, Jane Portman faisait excellente figure.

– Mes félicitations, madame Portman, dit-il d'une voix douce.

L'archère se retourna avec lenteur. Un sourire illumina son visage.

– Inspecteur ! Dans le fossé, de si bonne heure ! Vous aimez le tir à l'arc ?

– C'est selon, répondit Higgins, prudent. Vous me permettrez d'être étonné par cette curieuse manifestation.

Jane Portman, dont le regard vert clair était décidément fort émouvant, posa son arc. Un superbe objet aux courbes modelées avec un soin extrême.

– Le concours de tir à l'arc, organisé ici la semaine prochaine, a été prévu de longue date, expliqua-t-elle. Le gouverneur n'a pas cru bon de le faire ajourner. Comme je m'y prépare depuis des mois, j'aimerais y figurer en bonne place.

– Vous y parviendrez sans peine, dit Higgins en se penchant vers l'arc de Jane Portman. Une arme de famille, je suppose ?

– En effet, inspecteur. Il appartenait à mon père qui adorait ce sport. Il le pratiquait dans le parc de son manoir, à Glenfish. C'est tout ce qui me reste de lui.

À la voix un peu moins posée de Jane Portman, Higgins ressentit l'émotion qu'elle éprouvait.

– Est-il décédé depuis longtemps ?

La conservatrice baissa les yeux, comme si elle regardait au-dedans d'elle-même, s'enfonçant dans un passé douloureux.

– Il y a bientôt cinq ans. Il est mort avec ma mère dans l'incendie qui a détruit le manoir. Un accident stupide provoqué par un cuisinier, croit-on. Mes parents ont voulu sauver leurs tableaux, leurs meubles... Ils ont été asphyxiés. Il fut impossible de les réanimer.

Cette journée de printemps s'annonçait aussi grise et désespérante que les précédentes. Les brouillards stagnaient, peu enclins à se dissiper. Entre les nappes de brume se dressaient les bâtiments sinistres de la Tour de Londres.

– Je rentrerais volontiers boire un thé, dit Jane Portman, semblant soudain frigorifiée.

– Puis-je porter votre arc ? demanda Higgins.

Elle accepta. Le poids étonna l'ex-inspecteur-chef. L'artisan avait su créer une merveille de légèreté.

Higgins buta dans une croix de pierre sortant à peine du sol. Une inscription presque effacée : David, 1877.

– C'est la tombe d'un corbeau, indiqua Jane Portman.

Une scène troublante requit l'attention de Higgins. La Bentley du grand chambellan était arrêtée devant l'entrée principale pour y subir le contrôle obligatoire. Sir Timothy Raven venait d'en descendre et parlait à quelqu'un qui se trouvait à l'arrière. Higgins s'excusa et abandonna Jane Portman, indifférente, plongée dans ses souvenirs. Il s'approcha de l'imposante voiture sans se faire remarquer.

Sur la banquette arrière était assis un jeune garçon d'une douzaine d'années, blond, vêtu d'un uniforme gris. Le grand chambellan l'embrassa sur le front et pénétra dans l'enceinte de la Tour pendant que la Bentley s'éloignait.

Higgins se lissa la moustache, certain que la matinée serait fort agitée. Son intuition lui demandait de fureter partout pour déclencher une réaction de la part de l'assassin.

*

* *

Lord Henry Fallowfield, gouverneur de la Tour, compulsa un nouveau dossier. Celui de l'écoulement des eaux dans les ruelles de son domaine. Il travaillait depuis l'aube, n'ayant pas trouvé d'autre remède pour ne plus penser à la mort atroce de sa femme. Il appelait régulièrement le lieutenant Holborne pour savoir si les consignes de sécurité étaient parfaitement observées et s'il n'y avait aucun incident à signaler.

Un *Yeoman* introduisit Higgins.

– Je vous attendais, inspecteur, dit sèchement Lord Fallowfield.

– Fasse le Seigneur que ce jour soit meilleur que les précédents, implora Higgins en s'asseyant sur un fauteuil, face au gouverneur.

L'ex-inspecteur-chef ne tenait pas particulièrement aux formules ampoulées mais avait besoin de désarmer l'hostilité visible de son interlocuteur qu'un simple « bonjour » n'aurait guère ému. Lord Fallowfield, effectivement troublé, perdit un peu de sa hargne.

– Puisse-t-il vous écouter, inspecteur ! Je viens d'être en communication avec la Couronne. Sa Majesté est très inquiète. L'enquête piétine, nous n'avons aucun élément nouveau et nous ne pourrons pas étouffer le scandale beaucoup plus longtemps. J'aurais tant voulu que l'avenir de la Tour s'annonçât radieux !

Lord Henry paraissait sincère.

– Je partage vos espérances et votre déception, dit Higgins, soucieux. Il est vrai que nous ne disposons pas encore d'une piste sérieuse.

Le gouverneur redressa le buste.

– Que comptez-vous faire exactement, inspecteur ?

– Vous posez une question délicate, Lord Henry.

Le gouverneur considéra Higgins avec suspicion. Pourquoi l'homme du Yard jouait-il ainsi les mystérieux ? Ce dernier s'exprima sur un ton confidentiel et feutré, obligeant son interlocuteur à la plus vigilante des attentions.

– J'ai aperçu, par hasard, Sir Timothy Raven en grande conversation avec un jeune garçon assis à l'arrière de sa voiture de fonction. La scène m'a intrigué. Auriez-vous quelques lueurs ?

Un sourire mi-amusé, mi-féroce, anima le visage du gouverneur.

– On n'est jamais assez discret sur ses petites manies, inspecteur. Le grand chambellan éprouve une passion de longue date pour le chant. Il a monté une chorale d'amateurs qui se consacre aux œuvres du Moyen Âge anglais.

– C'est une belle vocation, admit-il. Cette chorale se compose-t-elle uniquement de jeunes garçons ?

– C'est bien le cas, précisa le gouverneur, gêné. Timothy estime que la fraîcheur des voix, avant la puberté, est inimitable.

Higgins se gratta le menton avec distinction.

– Certaines mauvaises langues n'auraient-elles pas émis des hypothèses… sur la moralité défaillante du grand chambellan ?

Le gouverneur accomplit un effort visible sur lui-même.

– C'est inévitable, inspecteur. Cela m'ennuie de vous le confier, mais je dois être franc. Mon épouse, Lady Ann, n'aimait pas mon vieil ami Timothy. Elle avait les pédophiles en horreur, promettant de se livrer sur leur personne aux pires sévices.

– Dois-je comprendre que Sir Timothy Raven…

– Non, non, pas du tout ! protesta le gouverneur. Lady Ann déformait la réalité. Je crois Timothy incapable de sombrer dans un tel travers. Mais il est difficile d'empêcher la rumeur de véhiculer des calomnies.

Le téléphone sonna. Le gouverneur décrocha, écouta pendant une longue minute, puis explosa.

– Il n'en est pas question ! Dans les circonstances actuelles, votre projet est inacceptable. Je m'y oppose de manière formelle.

Lord Henry Fallowfield, irrité, raccrocha.

– Une véritable folie, expliqua-t-il à Higgins. Le Foreign Office et la Culture voudraient organiser une exposition itinérante des pièces mineures faisant partie des bijoux de la Couronne. Avec ce qui se passe ici ! Il vaudrait mieux songer à renforcer encore les mesures de sécurité.

– Vous avez une magnifique collection de *netzuke*, observa Higgins, qui contemplait depuis quelques instants une série de boutons de samouraï, disposés dans une boîte en verre sur le bureau du gouverneur. XVIIIe siècle ?

– Exact, inspecteur. Vous êtes un connaisseur.

– Si peu ! protesta Higgins qui possédait, dans sa bibliothèque de *The Slaughterers* le rarissime *Traité de l'art du netzuke* que les passionnés auraient acheté à prix d'or.

Se levant et se penchant sur la boîte, Higgins détailla trois splendides boutons de nacre sur lesquels étaient gravés de superbes scènes : un artisan maniant un maillet, deux sages en conversation et un arbre en fleur. Le miniaturiste avait atteint la perfection.

– Lorsque les hommes s'en donnent la peine, dit l'ex-inspecteur-chef, ils sont capables du meilleur. Pourquoi choisissent-ils si souvent le pire ?

Le gouverneur de la Tour de Londres préféra ne pas entendre la question. L'heure n'était pas aux discussions philosophiques.

– Vous me rendriez un grand service, Lord Henry, en me communiquant les dossiers administratifs du docteur Richard Matthews, du lieutenant Patrick Holborne, de Jane Portman, de Sir Timothy Raven, de Myosotis Brazennose et… du « spectre », s'il existe encore dans vos archives.

Le gouverneur entrouvrit la bouche, peut-être pour protester, mais se reprit aussitôt.

– Je vous les ferai déposer dans votre chambre.

Alors qu'Higgins s'apprêtait à remercier le gouverneur, on frappa deux coups secs et violents à la porte du bureau qui s'ouvrit dès que Lord Fallowfield prononça un « entrez » très ferme.

Le lieutenant Patrick Holborne s'avança le premier. Le suivit le superintendant Marlow, le front bas, la mine renfrognée.

Apparut enfin celle sur qui pesaient les plus lourds soupçons. Engoncée dans un tailleur mauve un peu trop étroit, la démarche raide, le nez pincé, Myosotis Brazennose, secrétaire administrative de la Tour, fit son entrée.

— 24 —

– Messieurs, déclara-t-elle de sa voix haut perchée, je suis à votre disposition. Permettez-moi de m'étonner de la manière brutale dont le lieutenant Holborne m'a amenée jusqu'ici pour je ne sais quel motif.

– Nous ne faisons que notre devoir, mademoiselle, affirma Scott Marlow. Si vous n'avez rien à vous reprocher, vous n'avez rien à craindre.

Myosotis Brazennose lança une œillade assassine au policier. Elle incarnait la vertu offensée, sûre de son bon droit. Si ce n'était Higgins en personne qui avait lancé contre elle de terribles accusations, Scott Marlow aurait conclu, sans même entendre la secrétaire administrative, à sa complète innocence.

Seule au milieu de ces quatre hommes, Myosotis Brazennose triomphait.

– J'ai du travail, messieurs. Pourrais-je enfin connaître les raisons de cette convocation ?

Le gouverneur estimait qu'il n'avait pas à prendre la parole en premier. Le lieutenant Holborne pensait que l'initiative revenait au superintendant. C'était également l'avis de Higgins, respectueux de la hiérarchie. Voyant que Scott Marlow ne parvenait pas à attaquer de front Myosotis Brazennose, il prit l'affaire en main.

– Nous sommes fort embarrassés, mademoiselle, par une découverte qui, je le crains, jette une ombre sur votre respectabilité.

La secrétaire administrative rosit et se cabra.

– D'une part, déclara-t-elle, outrée, ma vie privée ne concerne que moi. D'autre part, elle n'est jamais sortie de l'étroit sentier des bonnes mœurs.

Scott Marlow apprécia cette déclaration qui lui rappelait le temps béni de l'Angleterre victorienne.

– Désolé de vous contredire, énonça Higgins sans brutalité. Vous avez connaissance, je suppose, de ce qui se cache à l'intérieur de la trompe d'un certain éléphant ?

Myosotis Brazennose demeura bouche bée. Cet Higgins était le diable. Elle l'avait pressenti en le voyant pour la première fois.

– Donnez-moi une chaise, je vous prie.

Brisée, presque sanglotante, elle s'effondra sur le siège que lui avançait Scott Marlow.

– Il faut me comprendre, inspecteur, implora-t-elle, comme si Higgins était son seul interlocuteur. J'ai une passion pour les chocolats fins. Lorsque j'ai vu s'accumuler des merveilles qui allaient être négligemment dévorées lors de la cérémonie d'installation du gouverneur, je n'ai pas résisté à la tentation.

« Péché bénin », jugea Scott Marlow. N'était-ce pas touchant, à l'âge de la secrétaire administrative, de chaparder encore des friandises ? Au fond, elle avait su rester jeune.

La poitrine un peu trop forte de Myosotis Brazennose se soulevait par saccades. Elle réajusta ses lunettes qui lui tombaient sur le nez.

– D'où proviennent les blocs-notes ? demanda Higgins que la voix haut perchée de son interlocutrice mettait à la torture.

– De mon propre bureau. Ce n'est pas un vol, mais une mesure de prudence et d'économie. Il faut savoir être prévoyante, surtout lorsque les fournitures vous sont distribuées au compte-goutte. Je suis d'origine écossaise, inspecteur, et je connais la valeur des choses.

Scott Marlow comprenait cette attitude qui témoignait d'une belle et saine compréhension des nécessités de la vie. Que Myosotis Brazennose ne fut pas une cigale écervelée plaidait en sa faveur.

– Et d'où provient ceci ? intervint le gouverneur, tendant la main droite vers la secrétaire administrative.

Dans sa paume, la clé appartenant au grand chambellan. Higgins avait tenu à la confier au gouverneur.

Un serpent prêt à attaquer n'aurait pas fasciné davantage l'austère demoiselle.

– Ne serait-ce pas… la clé du coffre… abritant les systèmes de sécurité ?

– Pourquoi et comment l'avez-vous dérobée à Sir Timothy Raven, grand chambellan de la Tour de Londres ?

Lord Henry Fallowfield prenait le ton et l'allure d'un inquisiteur portant un coup décisif. Myosotis Brazennose se leva, osant l'affronter.

– Je n'ai pas volé cette clé. Personne n'a le droit de m'accuser de nuire à la Tour. Il s'agit d'une machination destinée à me discréditer.

La fermeté de la secrétaire administrative sema un certain trouble. À présent, Scott Marlow était persuadé qu'on avait cherché à lui nuire.

– Pourtant, insista le lieutenant Holborne, la clé a bien été retrouvée dans la trompe de l'éléphant !

– Taisez-vous, rétorqua-t-elle. Vous faites partie du complot. Je ne supporterai pas davantage de calomnies. Et si je m'amusais, moi aussi, à révéler tout ce que j'ai vu ? Si je parlais de cette femme portant une voilette qui rendait régulièrement visite au docteur Matthews ? Certains se moquent bien de la morale !

Le docteur Richard Matthews ouvrit à la volée la porte du bureau du gouverneur. Les cheveux mal peignés, le visage gonflé, le patricien se trouvait dans un état d'agitation extrême. Le regard dans le vague, il pointa un index tremblant vers Lord Fallowfield.

– J'ai des révélations à faire, déclara-t-il d'une voix pâteuse.

– Vous êtes ivre, répliqua le gouverneur. Tenez au moins votre rang, docteur Matthews. Je vous prie de vous taire et de sortir de mon bureau. Nous vous entendrons lorsque vous serez dégrisé.

Le médecin se recroquevilla sur lui-même comme une bête blessée.

– Je... je...

Les mots ne sortaient plus de sa bouche. Il n'émit qu'un vague sifflement.

– Lieutenant Holborne, ordonna le gouverneur, conduisez le docteur Matthews à son cabinet.

Patrick Holborne prit le praticien par le bras. Ce dernier n'opposa qu'une faible résistance.

– Excusez-moi, marmonna-t-il en sortant. Je suis fatigué, si fatigué...

Le calme revenu après la tempête, le superintendant Marlow estima indispensable de revenir à l'essentiel.

– Mademoiselle Brazennose, niez-vous absolument avoir subtilisé cette clé ?

La secrétaire administrative de la Tour de Londres gonfla la poitrine et regarda le policier bien en face.

– Absolument.

– En ce cas, nous allons ordonner un supplément d'enquête. Vous pouvez vous rendre à votre bureau. Jusqu'à nouvel ordre, je vous prie de ne pas quitter la Tour de Londres.

Myosotis Brazennose s'éclipsa après avoir salué le gouverneur et Higgins.

– Êtes-vous certain, demanda Lord Fallowfield, de ne pas avoir agi à la légère ?

– Scotland Yard a un plan précis, répliqua Scott Marlow avec conviction.

— 25 —

Marchant aux côtés de Higgins et tenant un parapluie pour le protéger de la pluie battante, le superintendant Marlow ne comprenait pas pourquoi son collègue aimait déambuler dehors par un temps aussi exécrable.

– J'espère que vous avez approuvé mon intervention, Higgins ?

– Tout à fait, mon cher Marlow. Miss Brazennose nie. Il nous faut donc prouver qu'elle ment ou qu'elle dit la vérité. L'interroger plus longtemps n'aurait servi à rien.

– En mon for intérieur, indiqua Scott Marlow, je suis persuadé de sa complète innocence. Avez-vous remarqué sa dignité, son sens aigu de la morale ?

– Elle a quand même volé des chocolats et détourné des blocs-notes, rectifia Higgins.

L'ex-inspecteur-chef avait décidé de visiter l'ensemble des bâtiments formant la Tour de Londres. Il effectuait un circuit complet, passant devant chaque Tour, parcourant chaque ruelle, examinant chaque édifice. Un vent glacial s'ajoutant à la pluie, Scott Marlow éprouvait les plus grandes difficultés à maintenir son parapluie dans un axe satisfaisant et se faisait mouiller d'abondance tandis que son collègue était à peu près épargné. Le superintendant acceptait son supplice avec résignation. Il fallait surtout éviter que Higgins s'enrhumât, de peur qu'il ne regagne son domaine, abandonnant au superintendant la responsabilité de l'enquête.

– Ne faudrait-il pas entendre le docteur Matthews ? avança Scott Marlow.

– Certainement, répondit Higgins, mais dans de bonnes conditions. Ce qui me trouble, c'est la disparition de ses lunettes et de ses ordonnances. Ces vols ne paraissent avoir aucun sens. Les détails de l'enquête ne s'emboîtent pas les uns dans les autres. Les pistes partent dans tous les sens et ne se recoupent pas. À moins que nous ne soyons aveugles, mon cher Marlow, ce qui serait pour le moins irritant.

Le superintendant préféra se taire. Higgins piétinait et le supportait mal.

– Votre journal risque d'être illisible, dit l'ex-inspecteur-chef, s'apercevant que l'extrémité du quotidien dépassant de la poche de Scott Marlow était trempé.

Marlow sortit *The Sun*, une feuille friande de scandales et de faits divers sulfureux. Jetant négligemment un œil sur la première page remplie de gros titres, Higgins fut intrigué par une information bizarre.

– Vous permettez, mon cher Marlow ?

Le superintendant, sachant que Higgins ne consultait que le *Times*, fut surpris par cet intérêt subit. L'ex-inspecteur-chef lut en détail un article consacré à un incident peu banal qui s'était produit dans un grand hôpital londonien où des étudiants s'apprêtaient à suivre un cours de dissection. Ils avaient retrouvé un cadavre proprement décapité, une hache de pompier gisant sur le sol. On avait d'abord conclu à une plaisanterie de carabin, mais les étudiants affirmaient ne pas être coupables. Une personne étrangère à l'hôpital, un médecin de taille moyenne à cheveux noirs, s'était présenté avec une autorisation spéciale pour pénétrer dans les salles de dissection. On lui avait volontiers accordé le passage et on ne l'avait pas revu. C'était sans doute l'auteur de cet acte macabre dont on s'expliquait mal les raisons.

– Faites une petite visite à cet hôpital, demanda Higgins. Essayez d'obtenir le document dont parle ce journal.

– Vous croyez que...

– Rien encore, mon cher Marlow. Nous jugerons sur pièce.

Pas mécontent de quitter la Tour de Londres, Scott Marlow partit remplir sa mission. Higgins l'accompagna jusqu'à l'entrée principale. Dès que les *Yeomen* lui ouvrirent la porte, un grand gaillard en profita pour tenter de forcer le passage. Les *Yeomen* l'entourèrent aussitôt, l'un d'eux étant même obligé de le ceinturer.

– Je veux voir Holborne ! glapit-il, essayant de se dégager.

– Vous feriez mieux de vous calmer, dit Higgins, s'approchant. Qu'y a-t-il de si urgent ?

Le bonhomme se buta. Une vulgarité certaine imprégnait sa personne. Son costume, quoique de bonne coupe, était trop voyant.

– Ça ne vous regarde pas. Je veux voir Holborne tout de suite ou je fais un scandale.

Higgins prit une décision rapide. Ce nouvel incident risquait d'être instructif.

– Eh bien, suivez-moi donc. Je vous mènerai jusqu'à lui.

L'ex-inspecteur-chef refusa l'aide d'un *Yeoman* qui se proposait de l'accompagner. Il ne sentait pas sa sécurité menacée. Pendant le trajet qu'ils parcoururent d'un bon pas jusqu'à l'appartement du lieutenant Holborne, ni Higgins ni son hôte ne prononcèrent le moindre mot.

Patrick Holborne était chez lui, rédigeant des notes de service. À la vue de l'agressif visiteur, il se leva, très pâle.

– Vous… vous avez arrêté cet homme ? demanda-t-il, tendu, à Higgins.

– Non point, répondit ce dernier, intrigué. Je sers seulement d'intermédiaire.

Le lieutenant de la Tour se dressa devant l'homme au complet voyant.

– Tout s'arrangera très vite, je vous le promets.

– Le délai est largement dépassé, Holborne. Je vous laisse jusqu'à demain soir. Après… salut.

L'homme se retira. Higgins aurait pu le retenir pour l'interroger, mais il avait choisi une autre méthode, constatant l'embarras de Patrick Holborne.

– Je crois, lieutenant, que vous me devez quelques explications.

Patrick Holborne se servit du brandy sans en offrir à Higgins et s'assit, frottant le verre entre ses mains, comme si ce geste l'aidait à parler.

– De toute manière, vous auriez fini par l'apprendre : j'ai joué aux courses. Une trop forte somme, je le reconnais. J'ai perdu. Ce type est bookmaker. Il réclame l'argent qu'il m'a prêté.

– Pouvez-vous le rembourser ?

– Pas encore. Mais je viens de vendre une petite demeure de famille et je pourrai honorer mes dettes. Si vous voulez l'adresse du notaire et le montant de la somme…

– Ce ne sera pas nécessaire, répondit Higgins. Puisque vos ennuis s'arrangent, tâchez de ne pas les aggraver.

*

* *

Le gouverneur avait tenu parole. Les dossiers administratifs réclamés avaient bien été déposés dans la « chambre du condamné » où Higgins venait d'entrer, porteur de deux lourds volumes empruntés à la Bibliothèque de la Tour. À dix heures du matin, le ciel était si bas que l'ex-inspecteur-chef fut obligé d'allumer trois bougies pour obtenir la lumière nécessaire à ses réflexions.

Higgins s'installa confortablement sur son lit. Cette pièce plutôt intime lui plaisait de plus en plus, malgré son allure prononcée de geôle médiévale. L'homme du Yard aurait fait un excellent prisonnier, ne redoutant ni la claustration ni le temps qui passe. Il disposait d'un inépuisable trésor de patience qui lui permettait de développer sa vigilance et d'observer d'infimes détails qu'un œil nerveux ou peu exercé aurait laissé passer.

Le premier gros livre qu'Higgins consulta pendant une demi-heure était un traité d'archerie composé de planches en couleurs et montrant de magnifiques spécimens d'arcs anciens, de flèches, de carquois. Le second était un catalogue photographique complet des bijoux de la Couronne. Ayant pris soin de se munir d'une loupe, Higgins passa de longues minutes à scruter en détail une bonne partie d'entre eux. À l'issue de son examen, il prit de nombreuses notes sur son carnet noir, les égayant de quelques croquis. L'ex-inspecteur-chef savait que des éléments importants de l'énigme se mettaient en place grâce à ce travail souterrain et méticuleux. Œuvrant comme un vieil alchimiste, ne s'encombrant d'aucune idée préconçue, Higgins accumulait des indices dans son creuset, laissant les matériaux se décanter d'eux-mêmes.

Il lut ensuite les dossiers administratifs. Ce n'étaient que de courtes fiches au nom des intéressés, comportant leur état civil, leur date d'entrée en fonction, leurs états de service. Une note de la main du gouverneur précisait que l'on n'avait pas retrouvé le dossier du vieux *Yeoman* mais que les recherches se poursuivaient. Sur Sir Timothy Raven, grand chambellan depuis quinze ans, sur le docteur Matthews, sur Jane Portman, née Grey, nommée conservatrice deux ans plus tôt, sur Patrick Holborne, lieutenant de la Tour, sur Myosotis Brazennose, secrétaire administrative, Higgins n'apprit rien de nouveau ni d'insolite. Les étapes des différentes carrières ne recelaient rien d'anormal, correspondant aux déclarations des uns et des autres. Le séjour en Orient du docteur Matthews, cependant, manquait de précision, ce qui n'étonna pas outre mesure l'ex-inspecteur-chef.

Une surprise attendait Higgins.

Plié en quatre, sous la fiche du docteur Matthews, la dernière de la pile, un billet écrit d'une main nerveuse :

J'ai des révélations à vous faire. Soyez à midi à l'oratoire de Saint-Thomas. Ne parlez à personne de ce rendez-vous et détruisez ce papier.

— 26 —

Qui était l'auteur de cet étrange message ? S'agissait-il d'une mauvaise farce, d'un appel au secours ou d'un guet-apens ? Impossible de le déterminer sans se rendre au rendez-vous. Pendant l'heure qui l'en séparait, Higgins n'avait pas l'intention de demeurer inactif, persuadé que la Tour de Londres serait encore le théâtre d'événements insolites qui le mettraient sur le chemin de la vérité.

– Higgins ? Êtes-vous là ?

Scott Marlow se tenait sur le seuil de la « chambre du condamné » où il n'osait pas entrer. L'ex-inspecteur-chef le rejoignit.

– J'ai des informations incompréhensibles, déclara le superintendant.

L'œil de Higgins s'alluma.

– Voilà le document qui m'a été remis par l'administration de l'hôpital, montra Scott Marlow. Il s'agit d'une ordonnance du docteur Matthews ! Les quelques lignes tapées à la machine sont une demande d'admission à la salle de dissection pour le porteur du document, un homme aux cheveux très noirs, de taille moyenne, fort peu aimable. Stanley Matthews étant très connu dans cet hôpital où il avait exercé, cette demande n'a posé aucun problème particulier.

– Comment était vêtue cette personne ?

– D'une blouse blanche de médecin. Mais quel rapport tout cela a-t-il avec le meurtre de Lady Ann, à part une similitude de têtes coupées ?

Higgins examina avec soin l'ordonnance, scrutant particulièrement les caractères de la machine à écrire.

– Cela fait déjà beaucoup, mon cher Marlow. On ne décapite plus tous les jours, à notre époque.

*

* *

Scott Marlow suivit avec peine Higgins, qui marchait sur un rythme des plus allègres, ne sentant ni le vent ni la pluie.

Comment ne pas songer à l'admirable *Ode à la brume de printemps*, de la poétesse Harriett J. B. Harrenlittlewoodrof, promise au prix Nobel de littérature, dont les premiers vers correspondaient si bien au lieu et au moment :

> « Insaisissables écharpes de brouillard,
> languissantes pensées des fantômes oubliés,
> vous tissez les destins inconnus
> de ces allées sans fin,
> loin, si loin,
> que nos mémoires s'enfuient. »

– Je dois consulter à nouveau les témoins, expliqua-t-il au superintendant.

Le lieutenant Holborne n'avait pas quitté son appartement. Le niveau de la bouteille de brandy s'était considérablement abaissé. Le regard de l'officier avait quelque chose de flou.

– J'ai une question à vous poser, lieutenant, dit Higgins avec une sévérité inattendue. Qui est la femme à la voilette dont parlait Myosotis Brazennose ?

Patrick Holborne, indigné, chercha ses mots.

– Une femme à la voilette... mais elle n'existe pas ! C'est une invention de cette vieille folle pour détourner les soupçons !

Scott Marlow, qui ne mettait pas en doute la véracité des propos de Myosotis Brazennose, soupçonna le lieutenant Holborne de dissimuler des faits concernant l'enquête. Mais il laissa Higgins continuer.

– Rien ne vous échappe, ici, lieutenant Holborne. Vous avez vu cette femme rendre visite au docteur Matthews. Vous devez connaître son identité.

Les taches rousses du visage de Patrick Holborne virèrent au rouge brique. Il se mettait réellement en colère.

– Jamais le docteur Matthews n'a reçu de femme dans son cabinet. Je vous répète qu'elle n'existe que dans l'imagination de cette vieille folle de secrétaire.

– Merci de votre collaboration, lieutenant. Allons chez ce bon docteur, mon cher Marlow. Je suppose qu'il confirmera.

– Inutile, dit le lieutenant. Il a quitté la Tour de Londres.

– Pour aller où ?

– Chez lui, d'après ce qu'il m'a dit.

*

* *

C'est en se dirigeant vers le bâtiment abritant les joyaux de la Couronne que Higgins et Scott Marlow croisèrent le chemin de la conservatrice de la Tour, Jane Portman. Vêtue d'un pantalon gris clair et d'un pull-over jaune, elle mettait un peu de lumière dans la grisaille.

– J'ai un fait curieux à vous signaler, messieurs : le vol de la blouse blanche que j'utilise dans mon petit laboratoire. J'avoue ne pas comprendre à qui elle aurait pu servir.

– Voilà qui est fort étrange, releva Higgins. Pourriez-vous nous montrer les lieux du délit ?

– Bien sûr.

Le regard vert clair de Jane Portman semblait de plus en plus profond ; il s'en dégageait un charme constant auquel il n'était pas facile de résister.

La conservatrice introduisit les deux policiers dans son laboratoire, situé sous les combles du Musée. La pièce abritait des bocaux contenant des produits chimiques, des traités de minéralogie et un placard dont la porte était restée ouverte.

– Ma blouse y était accrochée, indiqua Jane Portman à Scott Marlow qui se pencha pour constater le vol.

Higgins, qui se tenait en retrait, jeta un œil à un sac à main entrouvert, posé sur une chaise ; l'occasion était trop tentante d'obtenir une information supplémentaire sur la personnalité de Jane Portman. L'homme du Yard ne fut pas déçu. À côté d'un poudrier en nacre brillait un minuscule revolver. Comme l'érudite se retournait, Higgins fit mine de s'intéresser au placard.

– Je suppose que vous exercez ce métier par passion, avança Higgins, amical.

– C'est en grande partie vrai, inspecteur, répondit-elle, mais j'avais aussi besoin de gagner ma vie. La fortune de mes parents se réduisait au manoir et à son mobilier, les assurances n'ont pas fonctionné ; quant à mon mari, il ne m'a rien laissé. Il débutait dans sa carrière. Seule, sans argent ou presque, je n'avais en poche qu'un diplôme d'archéologie. La chance m'a souri en me permettant de remporter le concours pour le poste d'assistant-conservateur à la Tour. Voici deux ans, j'ai obtenu une promotion enviable en devenant conservateur titulaire.

Les indications fournies par Jane Portman étaient rigoureusement conformes à ce qui figurait sur la fiche administrative qu'avait consultée Higgins. Scott Marlow s'étonnait du fait que son collègue, contrairement à ses habitudes, ne furetât pas partout.

– Un vol bien étrange, en vérité, murmura Higgins pour lui-même. Retrouver cette blouse serait du plus haut intérêt.

*

* *

Bien qu'il fût onze heures et demie, le jour semblait ne s'être point levé. La température avait encore chuté. La Tour de Londres apparaissait comme une bête monstrueuse, tapie au cœur de la capitale britannique. L'air sombre de Higgins inquiéta le superintendant.

– Mon cher Marlow, il serait bon que vous montiez la garde au pied de la Tour de la cloche, face à l'entrée principale. Ne laissez entrer personne, je dis bien : personne. Retenez tout visiteur éventuel, par la force s'il le faut, et attendez que je vous rejoigne.

Scott Marlow aurait aimé obtenir des explications mais, connaissant Higgins, il savait que c'était impossible.

Stoïquement, le superintendant alla occuper son poste pendant que son collègue pénétrait dans le bâtiment des joyaux.

Higgins, après avoir passé les barrages successifs et emprunté les chicanes, se retrouva à l'intérieur du Musée le mieux protégé du monde. Devant l'une des vitrines se tenait l'homme que l'ex-inspecteur-chef était certain de rencontrer à cet endroit : Elie Bronstein, le secrétaire particulier de Lord Fallowfield. Il dévorait des yeux les bijoux, faisant preuve d'une concentration exceptionnelle que Higgins apprécia à sa juste valeur en venant se placer aux côtés du passionné, coiffé de son éternel chapeau pied-de-poule.

– Triste journée, dit Higgins.

Surpris, Elie Bronstein sursauta. Il n'avait pas entendu venir l'ex-inspecteur-chef.

– Le temps est mauvais ? Je n'avais pas remarqué. Quelle importance, le temps, lorsqu'on peut admirer de telles merveilles, loin du bruit et de la foule !

Il dévorait des yeux le rubis balais, offert par Pedro le Cruel au Prince Noir, pierre qui avait porté chance aux Anglais lors de la bataille d'Azincourt où la chevalerie française avait été décimée.

– Vous aimez les trésors du passé, monsieur Bronstein, dit Higgins avec chaleur, mains croisées derrière le dos. Moi aussi. Je possède une collection d'enluminures unique au monde.

Higgins ne mentait pas tout à fait, ayant hérité d'une enluminure qui constituait le début d'une collection. Elie Bronstein se tourna vers lui comme s'il le voyait pour la première fois.

– Collectionneur ? Ah, je vous comprends !

– Où vont vos préférences ? demanda Higgins avec gourmandise, comme seuls savent le faire les amateurs d'objets rares.

Elie Bronstein se renfrogna.

– Moi ? Je... je collectionne les livres de prière.

– Y compris ceux de la Kabbale[1] ?

---

1. Tradition ésotérique juive.

– Bien entendu.

– J'aurais plutôt pensé à des pièces de joaillerie, indiqua Higgins avec un bon sourire. Vous semblez si intéressé par ces bijoux.

Les plis du visage d'Elie Bronstein se creusèrent.

– Si j'avais eu les moyens financiers, je me serais peut-être engagé sur cette voie. Mais ce n'est pas le salaire versé par le gouverneur, bien que très correct, qui pourrait me le permettre. Alors, je me contente de regarder.

– Avec une constance admirable, remarqua Higgins. Vous ne quittez pas ce bâtiment de la journée.

– À cause du travail, précisa Elie Bronstein. Lord Fallowfield a eu l'idée de préparer un nouveau catalogue complet des bijoux de la Couronne et de le publier afin de célébrer le premier anniversaire de sa nomination. À cause de la mort horrible de son épouse, ce beau projet a dû lui sortir de la tête. Moi, je n'oublie pas qu'il m'a confié la mission de préparer ce catalogue en collaboration avec la conservatrice de la Tour. Elle n'est pas encore au courant.

– En quelque sorte, jugea Higgins, vous vous familiarisez avec la matière de ce futur ouvrage.

– Exactement, approuva Elie Bronstein. J'apprends à connaître ces merveilles pour pouvoir mieux les décrire.

– Votre travail honore l'Angleterre, félicita Higgins. Vous avez raison : il faut procéder avec ordre et méthode, sans rien laisser au hasard.

L'ex-inspecteur-chef sortit un crayon Staedler Tradition B et son carnet noir, l'ouvrit à une page blanche et tenta de dessiner la couronne impériale à deux arches, créée lors du couronnement de la reine Victoria.

– Lamentable, estima-t-il. Peut-être serez-vous plus habile que moi, monsieur Bronstein ?

Il tendit crayon et carnet à son interlocuteur. Elie Bronstein, avec une surprenante dextérité pour un homme de son âge, agrippa les deux objets.

– Un croquis de cette couronne me comblerait, insista Higgins, amical.

D'abord hésitant, Elie Bronstein se prit au jeu. Ses gros doigts boudinés coururent sur le papier avec une adresse extraordinaire. En moins de cinq minutes, le croquis était terminé.

– Admirable, déclara Higgins, sincère. Grâce vous soit rendue pour ce petit chef-d'œuvre que je conserverai avec soin. Je vous laisse à votre étude, monsieur Bronstein.

C'est en sortant du bâtiment des joyaux que Higgins s'aperçut d'un détail insolite : son interlocuteur avait oublié de lui rendre son crayon. Sans importance. Il en prendrait un autre dans l'étui à cigares qui lui servait de réserve.

Son oignon marquait midi moins cinq.

— 27 —

La pluie tombait drue. Le brouillard avait fait de nouveau son apparition. Les silhouettes des *Yeomen* se dissolvaient dans la brume. Le mystérieux auteur du billet n'aurait pu mieux choisir son heure de rendez-vous. Quant au lieu, l'oratoire de Saint-Thomas de Canterbury, il était parfait de solitude et d'isolement. Cette petite chapelle faisait partie de la Tour Saint-Thomas, abritant la très large voûte du *Traitor's Gate,* le portail des traîtres, ancien accès à la Tour de Londres. C'est là que débarquaient les condamnés, quittant la liberté pour aller vers leur geôle ou l'échafaud. Sir Thomas More, la reine Anne Boleyn, Cromwell et tant d'autres étaient passés par cet endroit sinistre, formant une sorte d'excroissance par rapport à l'enceinte et donnant sur la Tamise.

Au clocher de Big Ben résonnèrent les douze coups de midi. Chacun d'eux accentua le malaise de Higgins. La Tour de Londres n'avait rien de particulièrement gai, mais la Tour Saint-Thomas et le portail des traîtres en constituaient sans nul doute la partie la plus angoissante. Higgins lui-même, pourtant peu accessible à la peur, la sentait s'insinuer en lui.

Alors qu'il s'apprêtait à gagner l'oratoire, l'ex-inspecteur-chef vit se dresser devant lui un personnage hésitant, engoncé dans un imperméable démodé.

Sir Timothy Raven, le grand chambellan.

Il sursauta en découvrant Higgins, recula, hésita à s'enfuir.

– Je suis exact au rendez-vous, dit l'ex-inspecteur-chef. Qu'avez-vous donc à me révéler ?

– Moi ? s'affola le grand chambellan. Mais rien… rien du tout. Ce n'est pas moi que vous attendiez.

Higgins nota l'élégance de la moustache de Sir Timothy Raven qui comportait, cependant, deux ou trois poils irréguliers. Grâce à son excellente éducation, le grand chambellan soutint le regard de l'homme du Yard et conserva l'air hautain, menton légèrement pointé vers le ciel, qui lui avait toujours permis de dominer ses interlocuteurs.

– Ce n'est pas vous qui avez écrit ce mot ? demanda Higgins en montrant au grand chambellan le billet qui lui fixait rendez-vous.

Sir Timothy Raven déchiffra le court texte.

– Bien sûr que non, inspecteur. Il s'agit certainement du docteur Matthews, je reconnais son écriture. Et puis…

– Et puis ?

– Il m'a téléphoné pour me convoquer ici, à midi, afin de me communiquer des informations relatives au meurtre de Lady Ann. Il m'a affirmé que j'étais le seul envers lequel il éprouvait une réelle confiance. Il m'a supplié de ne parler à personne de cet appel, de prendre les plus grandes précautions pour venir jusqu'à l'oratoire de Saint-Thomas de Canterbury. Vous… vous me croyez, n'est-ce pas ?

Le visage dubitatif de Higgins avait déclenché une inquiétude profonde chez Sir Timothy Raven dont l'élocution devenait difficile.

– Un appel téléphonique, dites-vous. Vous n'avez aucun témoin ?

Le grand chambellan releva davantage le menton.

– Bien sûr que non, inspecteur ! Le docteur Matthews n'avait confiance qu'en moi, je vous l'ai précisé !

En ce midi crépusculaire, dans le silence inquiétant de la Tour de Londres, Higgins fouilla la conscience du grand chambellan d'un regard insistant.

– Le docteur Matthews vous a également demandé de venir, inspecteur ?

– En effet, reconnut Higgins, si c'est bien lui qui a écrit le message me fixant un rendez-vous identique au vôtre. Rendez-vous qu'il ne semble d'ailleurs pas honorer de sa présence. Restez ici, Sir Timothy. Je vais jusqu'à l'oratoire. Si l'on tentait de vous agresser, poussez un grand cri.

– M'agresser, mais…

Higgins était déjà parti. Le grand chambellan n'osa pas protester, quoique la stratégie de l'homme du Yard lui déplût souverainement. Être ainsi exposé, comme une cible, rester seul dans cet endroit inquiétant, peuplé de souvenirs tragiques… Il y avait de quoi effrayer le plus courageux. Par bonheur, Higgins ne fut absent que fort peu de temps.

– Personne dans l'oratoire, annonça-t-il, soucieux. Comme c'est bizarre ! Fixer en grand secret un double rendez-vous, prendre la précaution ne pas prévenir ses invités de leur présence respective et ne pas venir… Pourquoi agir ainsi ? Une incohérence de plus dans cette affaire.

Sir Timothy Raven laissa prudemment l'homme du Yard réfléchir tout haut. Faire oublier sa présence lui paraissait assez souhaitable.

– Examinons les lieux ensemble, exigea Higgins. Le docteur Matthews a peut-être laissé un autre message. Allez à gauche, faites le tour. Je vais voir sous le portail.

C'est avec un enthousiasme modéré que le grand chambellan s'acquitta de la tâche que lui confiait Scotland Yard.

Dans la tête de Higgins, de multiples hypothèses se bousculaient. Il ne prêta pas l'oreille à ces sirènes tentatrices, préférant se concentrer sur son exploration. Il était persuadé que Richard Matthews était venu ici et avait laissé une trace de son passage.

Higgins descendit une volée de marches, recouvertes de mousse, aboutissant à une étendue d'eau glauque dans laquelle baignaient les grilles du portail des traîtres, sous la Tour Saint-Thomas. Elles étaient légèrement entrouvertes, comme si un cortège conduisant un condamné à l'échafaud venait de passer. Une odeur malsaine montait de cette mare.

Soudain, Higgins se figea. Le docteur Richard Matthews avait bien laissé une trace de son passage.

Son cadavre.

— 28 —

Le corps du docteur Matthews flottait dans l'eau glauque, tout près de la grille. Higgins le contempla un long moment, frappé par l'horreur de cette fin.

Un rire dément déchira le brouillard. L'ex-inspecteur-chef se retourna. Il lui sembla apercevoir le vieux *Yeoman,* entre deux créneaux. Le passage d'un corbeau, battant lourdement des ailes, lui ôta tout doute sur l'identité du rieur. Le « spectre », une fois encore, se trouvait présent sur le lieu du drame.

*

* *

– Les premières constatations sont terminées, annonça Scott Marlow. J'ai demandé une autopsie très rapide.

Higgins avait interdit à quiconque de s'approcher du portail des traîtres, sauf au superintendant et à deux *Yeomen* qui avaient tiré le corps de l'eau avant l'arrivée de policiers en uniforme.

– Quel affreux accident, commenta Scott Marlow, déprimé par le climat, la Tour de Londres et cette seconde mort violente.

– Ce n'est pas un accident, dit Higgins, très sombre, mais un meurtre.

Scott Marlow eut un haut-le-corps.

– Il faut attendre les résultats de l'autopsie pour…

– C'est un meurtre, répéta Higgins, indifférent à la restriction formulée par le superintendant. Un meurtre que nous n'avons pas su empêcher. Je piétine, mon cher Marlow. L'assassin se prépare peut-être à frapper une troisième fois. Allez perquisitionner au domicile du docteur Matthews, superintendant, et rapportez-moi tout ce que vous y découvrirez d'insolite.

Scott Marlow sentait Higgins un peu perdu, incapable de trouver le fil d'Ariane qui le conduirait à la solution de l'énigme. Ce qui signifiait, pour le superintendant, un tragique revers de carrière mettant fin à ses ambitions.

– Higgins, supplia-t-il, il ne faut pas renoncer. Scotland Yard nous regarde. La reine ne supporterait pas un échec.

– Moi non plus, répliqua l'ex-inspecteur-chef. J'y passerai le temps qu'il faudra, superintendant, mais je trouverai. On se moque de moi, ici. Il existe un véritable complot.

Scott Marlow se demanda si Higgins ne cédait pas au délire de la persécution, irrité de connaître une défaite. Mais peu importaient les raisons pour lesquelles il était décidé à poursuivre sa lutte contre le crime. Seul le résultat comptait.

*

* *

– Inspecteur, commença le gouverneur qui avait convoqué Higgins dans son bureau, la situation devient intolérable. Un fou dangereux hante la Tour de Londres, et la police ne fait rien pour le découvrir ! D'abord ma pauvre épouse, ensuite le docteur Matthews… Qui sera la troisième victime ?

Higgins contemplait les admirables *netzuke,* les boutons de samouraï appartenant à Lord Fallowfield.

– Pourquoi l'assassinat de votre femme a-t-il été perpétré ici ? Pourquoi ne pouvait-il pas être commis ailleurs ? Voilà la question que je considérais comme primordiale, Lord Henry, avant le meurtre du docteur Matthews.

– Et s'il s'agissait d'un accident ? avança le gouverneur. Si ce malheureux Matthews avait tout bonnement glissé ?

Higgins eut un regard conciliant à l'adresse du gouverneur.

– Vous n'y croyez pas davantage que moi, Lord Henry. Inutile d'essayer de nous leurrer. C'est bien le crime qui rôde ici, avec toute sa cruauté.

Lord Fallowfield fut impressionné par la sombre détermination de Higgins. Il oublia les multiples reproches qu'il était décidé à lui adresser.

– Auriez-vous dans vos relations une femme portant voilette ? interrogea Higgins.

Le gouverneur prit un temps de réflexion.

– Non… je ne crois pas.

– Même parmi des *ladies* d'un certain âge ?

– La plupart suivent la mode et ont abandonné la voilette.

Higgins commença à faire les cent pas dans le bureau du gouverneur.

– Pensez-vous, comme le lieutenant Holborne, que cette femme n'existe que dans l'imagination de Myosotis Brazennose ?

– Je n'ai pas d'opinion arrêtée sur ce sujet, inspecteur. Mais j'aurais tendance à faire confiance au lieutenant Holborne. Miss Brazennose a pu inventer n'importe quoi pour se dédouaner. N'oublions pas que c'est une voleuse.

– À condition que ce soit bien elle qui ait subtilisé la clé. Pour le reste… À tout à l'heure, Lord Henry.

*

* *

Scott Marlow, à son corps défendant, fut contraint de pénétrer dans la « chambre du condamné » où Higgins lisait et relisait les notes prises sur son carnet noir. Il n'y avait plus de faux sang sur les murs, mais le caractère de geôle n'en était pas atténué pour autant.

– Je reviens de chez le docteur Matthews, annonça-t-il. Un petit appartement de deux pièces, près de la gare de Fenchurch Street, à quelques minutes à pied de la Tour.

Higgins leva les yeux vers son collègue.

– Je vous écoute, mon cher Marlow.

Le superintendant tenait à la main un paquet ficelé tout en longueur, fort peu épais, portant un tampon du Yard.

– Ce logement est plutôt poussiéreux et pauvret, caractéristique d'un célibataire manquant de soin.

– Traces de cambriolage ? interrogea Higgins.

– Certainement pas.

– Du désordre ?

– Pas le moindre.

– Étrange, pour un individu déséquilibré et suicidaire.

– Ça ne prouve rien, Higgins !

– Montrez-moi donc ce qu'il y a dans votre paquet, mon cher Marlow.

Le superintendant ôta la ficelle.

– Vous m'aviez demandé de vous rapporter les objets bizarres ou insolites. Il n'y en avait pas, sauf ces deux-là, d'autant plus qu'ils étaient cachés sous l'armoire.

Scott Marlow exhiba deux longues pipes au fourneau en ivoire. Higgins eut un demi-sourire. Il identifia enfin l'odeur qui régnait dans le cabinet médical du docteur Matthews et comprit l'importance de la photographie se trouvant dans l'armoire métallique d'où elle avait disparu.

– Ce sont de superbes pipes à opium, mon cher Marlow.

– À opium ? Vous voulez dire… que Richard Matthews se droguait ?

Higgins manipula avec précaution les deux objets raffinés. Il ne s'attendait pas à y déceler d'autres empreintes que celles de leur défunt propriétaire.

– D'après l'état usagé de ces pipes, il devait être un pratiquant assidu. À le voir, j'avais d'abord pensé à l'alcool. Mais il y avait cette odeur douceâtre, entêtante. Fumer l'opium devient une manière de vivre pour les adeptes de cette drogue, mon cher Marlow. Ils passent des nuits entières dans leurs rêves.

– Quelle horreur ! Pourquoi notre pays abrite-t-il des êtres aussi dépravés ?

Higgins évita de choquer son collègue en lui rappelant qu'à l'époque bénie de la reine Victoria, bien des officiers de l'armée des Indes s'étaient adonnés à ce vice.

– Voilà qui explique de manière définitive la mort de Matthews, jugea le superintendant. En proie à des hallucinations, il s'est suicidé.

*

* *

Les deux policiers n'attendirent pas longtemps les résultats de l'autopsie. Les légistes et le laboratoire du Yard avaient mis les bouchées triples. L'affaire de la Tour de Londres occupait la vedette. Bientôt, il ne serait plus possible de tenir les journalistes en laisse. Des indiscrétions commençaient à filtrer. La presse à scandale, avec le flair infaillible de ceux qui se nourrissent du malheur d'autrui, se mobilisait.

– La note de synthèse est parfaitement claire, indiqua Scott Marlow. Le cadavre du docteur Matthews contenait une quantité d'opium suffisante pour provoquer la mort. Ni coups, ni blessures. On peut conclure sans risque à un décès accidentel.

Higgins lissa sa moustache poivre et sel.

– Pour moi, mon cher Marlow, le crime est aussi évident qu'à la seconde où j'ai découvert le corps. Aucun amateur d'opium ne dépasserait la dose au point de trépasser et de se priver de son plaisir. L'assassin a drogué le docteur pour en faire une loque. Sans doute le praticien était-il plus ou moins inconscient quand on l'a noyé. Si Matthews avait glissé et était tombé, il se serait fait au moins une bosse. De plus, « on » a pris soin de ne pas détruire les pipes à opium, sachant qu'une perquisition aurait fatalement lieu au domicile du médecin et que Scotland Yard les découvrirait. Le coupable devenait l'opium. Quoi de plus crédible que la mort d'un drogué ?

Scott Marlow, perdant pied, jugea plus prudent de ne pas répondre. Il ne parvenait pas à cerner avec précision la théorie élaborée par Higgins qui n'avait plus la triste mine de ces dernières heures. Une énergie nouvelle l'animait.

– Peut-être me serais-je laissé prendre au piège, mon cher Marlow, s'il n'y avait eu la femme à la voilette.

Ces mots réjouirent le cœur du superintendant.

– Vous croyez donc à la sincérité de Myosotis Brazennose ?

– Je prends en compte cet indice, car il est sans doute l'une des clés du mystère. Mais j'ignore encore s'il plaide ou non en faveur de cette demoiselle.

Scott Marlow craignait de percevoir la signification de ce sous-entendu. Et si la dame à la voilette n'était autre que Myosotis Brazennose elle-même ? Et si la secrétaire administrative, devenue en secret la maîtresse du docteur Matthews et partageant son goût pour la drogue, l'avait assassiné pour éviter qu'il ne dévoile la vérité ?

– Attendez-moi un instant, mon cher Marlow. Je me lave les mains et nous allons voir le gouverneur.

Le superintendant, en proie aux doutes les plus affreux, eut un coup de cœur. Higgins avait laissé son carnet noir ouvert sur le lit. Jamais Scott Marlow n'avait osé s'en approcher et encore moins le consulter. L'occasion qui lui était offerte était tentante. Il fit un pas en direction de l'inestimable document où l'ex-inspecteur-chef avait peut-être déjà inscrit le nom du coupable.

N'y tenant plus, Scott Marlow regarda.

Sur la page du carnet figurait la liste des suspects, chaque nom étant souligné et l'ensemble placé dans un cadre tracé d'une main très sûre. Y figuraient le gouverneur de la Tour de Londres, le lieutenant, la conservatrice, le grand chambellan, le secrétaire particulier du gouverneur, le médecin, la secrétaire administrative, le vieux *Yeoman.*

Au-dessous du cadre était écrit un nom auquel Scott Marlow ne s'attendait pas et qui le plongea dans la plus atroce des perplexités : le sien !

*

* *

Sir Timothy Raven se tenait dans son bureau. Jane Portman continuait ses méticuleuses restaurations. Elie Bronstein travaillait dans le bâtiment des joyaux de la Couronne.

Le lieutenant Patrick Holborne expédiait les affaires courantes. Myosotis Brazennose s'occupait de ses dossiers.

Accompagné de Scott Marlow, boudeur et silencieux, Higgins se rendit à la cage des corbeaux qui y jouissaient d'une sieste tranquille pendant que leur maître dégustait un morceau de fromage arrosé de whisky.

– Vous aviez raison, dit Higgins, s'arrêtant devant lui. Le Spectre a encore frappé.

Mastiquant avec calme, le vieux *Yeoman* eut une mimique dubitative, contractant ses maxillaires.

– Je vous ai parlé de sang, pas d'eau. Mourir dans l'eau, quelle stupidité !

Le superintendant fut choqué par ces déclarations. Ce vieux soldat ne respectait ni les vivants ni les morts.

*

* *

– Nous allons progresser, Lord Henry, annonça Higgins.

À ses côtés, le superintendant Marlow, raide comme une statue, s'était juré de ne plus ouvrir la bouche. Lui, être soupçonné ! Il y avait des limites à ne pas dépasser.

– Vous ne m'offrez qu'un vague espoir, inspecteur.

Le gouverneur de la Tour de Londres paraissait las. Son caractère altier semblait ébréché. Sa confiance en lui le quittait.

– Comme le superintendant Marlow pourrait vous l'expliquer lui-même, ajouta Higgins, nous suivons à présent un début de piste qui apparaît fort intéressant. Il nous manque encore quelques précisions pour transformer une hypothèse en certitude.

– Cela vous prendra-t-il beaucoup de temps, inspecteur ?

– J'espère obtenir des éléments concrets pour demain soir.

*

* *

La fin d'après-midi de Higgins fut très occupée. Il visita la plupart des tours et des bâtiments de la Tour de Londres, fureta partout mais n'interrogea personne. Il dîna seul dans sa chambre, biffant certaines notes, ajoutant des commentaires. Scott Marlow avait regagné le Yard pour y rédiger des rapports. Les deux policiers étaient convenus de se rejoindre le lendemain matin, à huit heures.

Le superintendant avait adopté une attitude glaciale, ce qui n'avait pas semblé gêner Higgins. Il se promettait, en temps opportun, de préciser son point de vue à l'ex-inspecteur-chef. Pour l'heure, Scott Marlow attendait son collègue devant l'entrée de la Tour sanglante.

À huit heures cinq, le superintendant commença à s'inquiéter. Quelles que fussent les circonstances, Higgins était la ponctualité incarnée. Scott Marlow attendit jusqu'à huit heures quinze puis, anxieux, se rendit jusqu'à la « chambre du condamné ».

Elle était vide. Paniqué, le superintendant courut prévenir le lieutenant Holborne qui mit aussitôt ses *Yeomen* sur le pied de guerre. Les gardes de l'entrée principale n'avaient pas vu sortir l'ex-inspecteur-chef. Des recherches systématiques furent aussitôt entreprises. Elles n'aboutirent pas.

Décomposé, Scott Marlow dut se rendre à l'évidence : Higgins avait disparu.

Était-il la troisième victime de la Tour de Londres ?

— 29 —

Higgins avait choisi la cabine la plus confortable de la poste proche de la Tour de Londres, d'où il était sorti par le portail des traîtres dont le lieutenant Holborne avait oublié de faire garder l'accès. Higgins était désolé de « poser un lapin » à Scott Marlow, mais les démarches qu'il entreprenait ne devaient être connues de personne.

Il appela d'abord Malcolm Mac Cullough, célèbre commissaire-priseur, membre du cercle très fermé des amis indéfectibles de l'ex-inspecteur-chef. Ils formaient un clan sans faille et se réunissaient chaque année lors d'une soirée plutôt animée que Higgins baptisait « assemblée générale de son club d'archéologie » pour apaiser les soupçons de sa gouvernante, Mary.

Malcolm Mac Cullough était aussi Écossais qu'érudit. Grand collectionneur devant l'Éternel, il parvenait à acquérir des objets d'une valeur incalculable pour des sommes dérisoires. Il vivait dans une grande maison de la banlieue nord de Londres, entouré de tableaux, de stèles, de vases, de statues. Le passé artistique de l'humanité n'avait pas de secret pour lui. Travaillant la nuit pour approfondir ses connaissances, il dormait le jour. C'est pourquoi Higgins devait l'appeler avant neuf heures du matin.

– Higgins ! Cette vieille fripouille ! Quelle bonne surprise… Tu viens dîner vendredi, c'est convenu. Je te prépare un pudding que tu n'oublieras pas de sitôt.

Higgins avait d'ordinaire besoin de plusieurs jours pour se remettre de l'ingestion de ce genre de gâteau. Il dut cependant céder, sachant qu'il fallait passer par cette redoutable épreuve afin d'obtenir de son ami un délicat service.

– Vendredi, entendu. J'ai lu dans le *Times* que tu venais d'acquérir une merveille chez *Sotheby's.* Une pièce d'or byzantine qui avait échappé aux spécialistes.

– Rien ne t'échappe, à toi, vieux forban ! Mon plus beau coup de l'année. Je te la montrerai vendredi. Tel que je te connais, tu as quelque chose à me demander !

– Eh bien… oui. Tu es le seul à pouvoir m'aider.

– De quelle affaire t'occupes-tu ?

– Très confidentiellement : la Tour de Londres.

Higgins eut le tympan agressé par un long sifflement.

Malcolm Mac Cullough possédait de grandes qualités, à l'exception d'un style raffiné.

– Il y avait donc anguille sous roche, vieux gredin ! Tu me raconteras tout, si je te prête main-forte ?

– Comme il se doit, acquiesça Higgins.

– Alors, explique-toi. Qui dois-je dévaliser ?

– Fais une photographie de ta pièce et va la porter au 13 Bloomsbury Street.

– J'ai déjà des photographies ! Et sous toutes les coutures. Un trésor pareil mérite un reportage complet !

– Excellent, nous allons gagner beaucoup de temps. Prends la meilleure, celui qui t'accueillera sera vivement intéressé par ta visite. Vas-y sur-le-champ, tu dois avoir le temps avant d'aller te coucher. Tu lui demanderas de créer une réplique à partir de ton document. Présente-toi comme un riche industriel et propose-lui un bon prix. Je te rappelle ce soir, à ton réveil, vers sept heures.

L'aventure amusait au plus haut point Malcolm Mac Cullough dont le répertoire de blagues de mauvais goût était inépuisable. Higgins raccrocha et appela un autre membre de sa confrérie amicale, Sir Arthur Mac Crombie, colonel en retraite.

– Ce vieil Higgins ! Pas encore mort ? Ça finira par s'arranger… On a encore besoin des services de l'inusable Mac Crombie, hein ? Je t'invite à dîner samedi soir. Tu me poses tes satanées questions et je te réponds en dégustant un ragoût de pieds de moutons. Ma cuisinière galloise a encore fait des progrès. Tu ne seras pas prêt de l'oublier. Comment ? Il te faut tes renseignements tout de suite ? Ça ne change pas, toujours surexcité ! Bon… mais je t'attends samedi. Il faudra tout m'expliquer en détail.

Higgins promit, redoutant d'avance ce dîner qui mettrait à mal son foie et son estomac. Le ragoût à la galloise était l'un des plus gras du monde. Mais il n'était pas en mesure de refuser l'invitation. Obtenant l'oreille attentive du colonel, il lui expliqua le type de renseignements qui lui étaient nécessaires.

– Mazette ! s'exclama le militaire. On chasse le gros gibier ! Méfie-toi quand même, mais je crois que j'ai au moins un dossier qui pourrait t'intéresser. Il s'est produit bien des faits curieux à la fin de la guerre et notre homme s'est trouvé mêlé à l'un d'eux, si ma mémoire est bonne. Attends un peu.

Le colonel Arthur Mac Crombie savait tout sur les deux guerres mondiales et même un peu plus. Aucune bibliothèque, aucun ordinateur n'auraient pu rivaliser avec lui. À sa mort, il léguerait à l'Angleterre la plus fabuleuse et la plus explosive des documentations.

Un petit quart d'heure plus tard, le colonel revint au téléphone. Higgins adressa quelques sourires embarrassés aux personnes formant derrière sa cabine une file d'attente de plus en plus fournie.

– Ils sont dans le bain tous les deux, vieil anarchiste !

Pour Arthur Mac Crombie, toute personne n'ayant pas embrassé la carrière militaire était un fauteur de troubles en puissance.

– Jusqu'où sont-ils allés ? demanda Higgins.

– Avec ces vieilles histoires, pas facile à préciser, car on patauge dans des eaux plutôt troubles. Voilà ce que je sais avec certitude.

Le colonel mêlant ses souvenirs personnels, les faits réels, des considérations morales et la recette du ragoût aux pieds de mouton, Higgins demeura un quart d'heure de plus au téléphone. Lorsqu'il sortit de la cabine, le bureau de poste était au bord de l'émeute. Mais l'ex-inspecteur-chef, plongé dans ses réflexions, traversa la foule avec une superbe indifférence.

*

* *

Higgins entra dans la Tour de Londres par le portail principal. Les gardes, effarés, avertirent aussitôt Patrick Holborne qui accourut en compagnie de Scott Marlow, au visage plus congestionné que jamais.

– Où étiez-vous passé ? demanda ce dernier, mi-furieux, mi-soulagé. La Tour est en pleine effervescence ! Nous vous avons cherché partout ! Nous avons même fait draguer la nappe d'eau du portail des traîtres.

– Suivez-moi, mon cher Marlow, ordonna Higgins. Quant à vous, lieutenant, dit-il à Patrick Holborne, prenez les dispositions nécessaires pour que personne ne sorte de la Tour. Bloquez tous les accès… sans oublier *Traitor's Gate.*

Abandonnant un Patrick Holborne interloqué, suivi d'un superintendant au souffle court, Higgins se dirigea d'un pas rapide vers le bâtiment des joyaux de la Couronne.

– J'ai passé des appels téléphoniques instructifs, révéla-t-il à Scott Marlow.

Ce dernier s'étonna.

– Pourquoi ne pas avoir téléphoné d'ici ?

– À cause du complot, superintendant.

Scott Marlow fut la proie d'un frisson. Higgins sombrait-il dans une sorte de délire ?

– Un complot… organisé par qui ?

Higgins ne répondit pas. Les deux hommes passèrent les contrôles, franchirent les chicanes, entrèrent dans le bâtiment. Elie Bronstein ne s'y trouvait pas.

Higgins dédaigna les vitrines où étaient exposées les pièces principales et s'arrêta devant une vitrine plus modeste contenant des éperons d'or, des bracelets d'or et d'émaux et d'autres petits chefs-d'œuvre d'orfèvrerie.

– Cette fois, marmonna-t-il, il faut que je comprenne.

Scott Marlow, impressionné par cette abondance de richesses qui témoignait de la grandeur de la Couronne, était de plus en plus perplexe.

– Qu'y a-t-il à comprendre ? interrogea-t-il.

– Mon cher Marlow, exigea Higgins, ne bougez pas et ne parlez pas.

Vexé, le superintendant vit son collègue sortir son maudit carnet noir et un crayon Staedler Tradition B qu'il venait de tailler. Avec lenteur, il entoura un nom. Scott Marlow respira avec difficulté. Et si c'était le sien ? Chassant ce cauchemar incongru, il assista à l'examen fort attentif que pratiquait Higgins à l'aide d'une loupe. L'ex-inspecteur-chef scrutait le moindre recoin de la vitrine, se penchait, se redressait, se penchait encore. Il en fit plusieurs fois le tour, recommençant le même manège sous divers angles.

Soudain, Higgins s'arrêta, se gratta le menton et lissa sa moustache. Ses yeux brillèrent d'un éclat étrange.

– Cette fois, mon cher Marlow, je crois que j'ai compris.

Le superintendant s'approcha à son tour de la vitrine, tentant d'apercevoir ce qu'avait vu Higgins. Mais il ne distingua rien d'insolite. Les bijoux de la Couronne avaient-ils tourné la tête de l'ex-inspecteur-chef au point de provoquer des hallucinations ?

– Higgins ! Qu'est-ce que vous faites ?

Scott Marlow avait sursauté, s'apercevant que Higgins étudiait à la loupe le revers de son veston.

– Il y a une tache suspecte, constata l'ex-inspecteur-chef. Qu'est-ce que c'est ? Encore du sang ?

Le superintendant s'écarta, furieux.

— 30 —

La Tour de Londres était en effervescence. Des bruits divers et contradictoires circulaient : une troisième victime aurait été découverte, le Spectre était apparu à plusieurs reprises, le superintendant serait sur le point de démissionner, l'ensemble du site serait mis en quarantaine... Higgins, qui avait demandé à Scott Marlow de veiller à l'application de ses consignes, s'était rendu auprès d'un témoin dont les propos lui avaient paru pour le moins incomplets. Le faire parler ne serait pas facile, mais il fallait tenter l'expérience.

La cage des corbeaux était vide. Le vieux *Yeoman* avait élu domicile dans une guérite à la peinture écaillée. Il y tassait tant bien que mal son grand corps. Il paraissait dormir, une bouteille vide à côté de lui.

Un énorme corbeau se posa aux pieds de l'ex-inspecteur-chef, le regarda avec suspicion puis s'installa devant la guérite dont il frappa la paroi du bec, à trois reprises.

Le vieux *Yeoman* entrouvrit son œil valide.

– Il s'agit d'un code entre le corbeau et vous, n'est-ce pas ? demanda Higgins.

– Qu'est-ce que ça peut vous faire ? grommela le soldat, hargneux.

– D'après des historiens sérieux, les corbeaux de la Tour savent compter. Ce sont aussi d'excellents observateurs. Je suis persuadé qu'ils ont vu quelque chose d'important lors du meurtre de Lady Ann. Ils vous en ont forcément parlé.

Les lèvres distendues du « spectre » se durcirent.

– Ce sont mes affaires et celles de mes corbeaux. Ça ne vous regarde pas.

– Je crains que si. J'aimerais connaître le contenu de cet entretien.

La tête basse, les bajoues tombantes, le vieux *Yeoman* regarda ses chaussures.

– Pas question. Les confidences de mes corbeaux ne sont destinées qu'à moi seul. Je ne les trahirai pas.

– Cela me gêne d'engager une épreuve de force, déplora Higgins, mais vous m'y contraignez. Je serais désolé de vous priver de votre cave à whisky.

Le visage du « spectre» se plissa. Un regard intrigué se leva vers Higgins. Le grand corps se déplia, secoué par un énorme éclat de rire.

– Il faudrait d'abord la trouver ! ironisa-t-il.

– C'est chose faite, annonça Higgins.

– Bluff ! Prouvez-le.

L'ex-inspecteur-chef montra la bouteille poussiéreuse qu'il cachait derrière son dos. D'après les sceaux imprimés dans le verre, elle datait du XVIIIe siècle.

– Où… où avez-vous volé ça ? interrogea le vieux *Yeoman,* en proie à une convulsion faciale qui le rendait encore plus laid que d'ordinaire.

– Dans la tombe de David, révéla Higgins. La sépulture du corbeau mort en 1877, creusée dans le fossé de la Tour. Elle m'a intrigué. J'ai soulevé la croix, au petit matin. Un dispositif astucieux pour accéder à un grand cercueil rempli de bouteilles. Vous avez de quoi faire face à une éventuelle sécheresse.

Le « spectre» faisait grise mine.

– Vous n'allez pas… me dénoncer à Holborne ?

Higgins se contenta d'un sourire bienveillant.

– Entendu, accepta le vieux *Yeoman.* Puisqu'il faut en passer par là… Entrez.

Le soldat se colla contre une paroi, découvrant le fond de son misérable logement.

L'homme du Yard eut aussitôt l'œil attiré par de minuscules morceaux de papier froissés, cloués au mur avec des punaises et disposés comme les morceaux d'un puzzle.

– Mes corbeaux m'ont rapporté des boulettes de papier, peu après l'assassinat de la dame. Une sorte de message qu'on avait déchiré. Voilà ce qui en reste.

Le document était tapé à la machine. Higgins déchiffra les fragments :

Immédiatement… Tour sanglante. Votre mari… mort… seule… le pire…

Le sens était facile à établir, en comparant le message à celui qui avait été découvert dans le sac à main de Lady Ann.

– Vos corbeaux ont admirablement travaillé, conclut-il.

*

* *

– Ce ne sont que des fragments, Higgins ! On ne peut en tirer aucune conclusion valable ! Le gouverneur de la Tour de Londres est un homme hautement estimable, très puissant et…

Scott Marlow voulait convaincre Higgins de réfléchir davantage avant d'aborder Lord Fallowfield comme un coupable possible. L'important personnage leur retirerait l'enquête, le superintendant risquait un blâme administratif. Mais Higgins avançait vers la Maison de la Reine.

La pluie avait cessé, les nappes de brouillard stagnaient. La Tour de Londres baignait dans une couleur grisâtre, fantomatique. Traversant la pelouse, Lord Fallowfield marcha à la rencontre des deux policiers.

– Inspecteur ! Je vous cherchais !

Le ton n'avait rien d'aimable. Le superintendant pria le ciel pour qu'un affrontement trop sévère ne se produise pas.

– J'ai réfléchi, dit Lord Fallowfield. Il faut interroger à nouveau cette Brazennose. Je suis sûr qu'elle ment. Sous ses airs de vieille fille doucereuse, elle peut cacher une âme de criminelle. Le vol de cette clé correspond à un plan bien précis que vous n'avez pas réussi à élucider. Si vous êtes un incapable, laissez la place à d'autres.

Higgins demeura impavide sous l'orage.

– Rien d'autre, Lord Henry ?

– Cela ne vous suffit pas, inspecteur ? Faut-il ajouter que vous n'allez pas tarder à ridiculiser Scotland Yard et la Couronne elle-même ?

– Nous progressons, intervint Scott Marlow, redoutant une réplique cinglante.

– Belle progression, en vérité ! À peine suis-je installé gouverneur, et voilà déjà deux cadavres dont celui de ma femme ! Et la police laisse en liberté une voleuse !

Ce n'était pas encore pendant cette réfrigérante journée de printemps que le soleil se montrerait. Les timides bourgeons risquaient de mourir de froid. Les trois hommes devisaient en marchant très lentement, un pas après l'autre.

– Un fait nouveau vient de se produire, indiqua Higgins, serein. Votre épouse avait reçu deux messages : celui qui a été retrouvé dans son sac à main et un second, qui est maintenant en ma possession. Les textes sont sensiblement différents. Or ce second message vous met directement en cause.

Le premier des douze coups de midi sonna à Big Ben. Le gouverneur conserva son maintien aristocratique, mais s'immobilisa. Scott Marlow se plaça devant lui.

– Lord Henry, je vous prie de…

Les yeux fous, Lord Henry Fallowfield, gouverneur de la Tour de Londres, poussa de toutes ses forces le superintendant Scott Marlow.

— 31 —

Scott Marlow et le gouverneur tombèrent lourdement à terre, tandis qu'une flèche sifflait à leurs oreilles. Higgins n'avait pas bougé d'un pouce.

Rouge vif, le superintendant était abasourdi.

– Je crois que Lord Fallowfield vous a sauvé la vie, mon cher Marlow, dit Higgins, aidant son collègue à se relever.

– Cette flèche m'était destinée, affirma le gouverneur, déjà debout.

– Comment avez-vous repéré le tireur ? s'étonna Higgins.

– J'ai vu un reflet métallique entre deux créneaux, l'archer devait être accroupi. Tout s'est passé très vite, j'ai voulu me jeter à terre, voyant la flèche arriver vers moi. Le superintendant s'est placé sur la trajectoire. Je n'ai pas eu d'autre solution que de me jeter sur lui pour l'entraîner dans ma chute.

Scott Marlow, s'époussetant, se remettait de ses émotions.

– Lord Henry, je ne sais comment vous remercier.

– Ce n'est rien, souligna le gouverneur, ce qui n'était pas l'avis du superintendant.

– Là-haut, s'exclama-t-il, le Spectre !

Une lourde silhouette s'enfuyait, sur le chemin de ronde, en direction de la Tour Beauchamp.

– Le vieux *Yeoman,* observa le gouverneur, ulcéré. Je vous ordonne d'arrêter ce dément, inspecteur ! Cet homme a voulu m'assassiner.

– Je vais y réfléchir, répondit Higgins, imperturbable. J'aimerais que vous soyez présent à vingt heures à la chapelle Saint-Jean, Lord Henry. Un entretien approfondi me paraît des plus nécessaires.

Le gouverneur jeta un regard presque dédaigneux à Higgins.

– Entendu, inspecteur. Tâchez de venir avec des résultats.

Lord Fallowfield regagna ses appartements. Le superintendant tremblait encore.

– Quelle histoire... Mourir percé d'une flèche ! Incroyable !

– C'est selon, remarqua Higgins, impénétrable. Ayez l'obligeance de convoquer tous les protagonistes de ce drame à la chapelle Saint-Jean, à la même heure que le gouverneur. Nous nous retrouverons là-bas.

– Mais... où allez-vous ? Et qui dois-je convoquer ?

Higgins eut un sourire amical.

– Vous le savez bien, superintendant, puisque vous avez consulté la liste des suspects sur mon carnet. À tout à l'heure.

*

* *

Higgins passa le plus clair de son après-midi au milieu des canons. Il était venu méditer sur le quai de la Tour de Londres, là où étaient exposées des pièces célèbres, notamment une batterie de canons de campagne arrachée aux troupes françaises lors de la victoire de Waterloo et des canons russes de Crimée. Les spécialistes appréciaient particulièrement deux canons en fer fabriqués par John Fuller, au XVIIIe siècle, et le célèbre « Dardanelles » créé au XVe siècle pour le sultan Mohamed II et offert ensuite à la reine Victoria.

Passant devant ces « merveilles », s'asseyant parfois sur leur fût, Higgins se demanda une fois de plus ce qui poussait la race humaine à tuer et à détruire. Plus il vieillissait, plus il avait contre son gré à mener des enquêtes compliquées, plus il devenait sceptique sur le devenir de ses congénères. Combien d'entre eux avaient réellement dépassé le stade de la violence ? Combien savaient encore savourer le parfum subtil d'une rose, le sourire d'une femme, les pierres vieillies d'une demeure ? Comment pardonner à une humanité qui avait laissé Mozart mourir dans la misère et installé Picasso au pinacle ? Partout, c'était la guerre, la haine, l'ambition et l'hypocrisie. Pour réussir dans ce monde-là, il fallait être veule et médiocre. Et les visiteurs de la Tour venaient admirer ces canons qui avaient brisé des vies. Ils les qualifiaient même de « charmants » et de « très réussis ». La stupidité humaine, pensait l'ex-inspecteur-chef, ne connaissait décidément pas de limites. Elle était toujours capable de mieux faire. C'était même la seule industrie dont la progression était assurée en permanence.

Higgins se promit de ne plus ressortir de son domaine, de ne plus quitter Trafalgar le siamois. Bien sûr, il lui faudrait supporter l'affreux caractère de sa gouvernante, Mary, mais c'était un moindre mal. Il y avait les longues promenades solitaires dans la forêt, le feu de bois, les bons livres, les heures passées à jouer Bach et Mozart au piano, loin de cette humanité qui méritait de retourner au silence des espaces infinis d'où elle n'aurait jamais dû sortir.

C'était sur ce quai que le gouverneur de la Tour de Londres donnait l'ordre à la Très Honorable Compagnie d'Artillerie de tirer des salves d'honneur lors de la naissance ou du couronnement d'un souverain. Ces coups de canon-là avaient l'avantage de ne tuer personne. Plût à Dieu, pensa Higgins, que l'humanité fût à nouveau capable de tisser un réseau de traditions où autrui ne serait pas de la chair à canon.

L'homme du Yard se sentait las. Cette enquête l'avait fatigué. Tout le monde avait triché, dissimulé, menti. Dans le vase clos de la Tour de Londres, les passions s'étaient exacerbées au point de devenir meurtrières. Même si les victimes n'étaient pas tout à fait innocentes, elles avaient payé un bien lourd tribut.

Comment démonter le mécanisme de ces deux morts violentes, exposer les mobiles, arrêter le coupable, après avoir été plongé dans un univers insensé : une décapitation, une noyade, un attentat à la flèche ! Pourquoi cet archaïsme, ce goût forcené d'une tragédie à l'antique ?

Higgins était en proie à une sourde angoisse. Oui, il avait compris l'un des aspects majeurs de l'énigme, mais il n'était pas certain d'avoir touché le cœur du mystère. Son intuition lui affirmait qu'il n'avait pas encore vu la vérité. Mais quels autres apports décisifs pouvait-il encore attendre ? En fixant la confrontation générale à vingt heures, l'ex-inspecteur-chef s'imposait à lui-même le plus impitoyable des défis. Serait-il vraiment prêt à faire la lumière sur cette horrible affaire ?

Dans les moments de doute, un seul remède : le travail. Assis sur le socle d'un canon du XVIIIe siècle, noyé dans le brouillard qui recouvrait la Tamise, Higgins relut une à une les pages de son carnet noir. Tout y était : la description physique et psychologique des suspects, leur état civil, leurs agissements, leurs déclarations, les détails significatifs repérés çà et là dans la Tour de Londres, les reconstitutions possibles des deux crimes.

Mais Higgins butait toujours sur le même problème. Rien ne s'emboîtait. En expliquant de manière rationnelle et convaincante le meurtre du docteur Matthews, il rendait incompréhensible l'assassinat de Lady Ann et vice versa. Pourtant, certains points de repères étaient désormais acquis. Mais ils jalonnaient des routes partant dans des directions différentes.

La Tour de Londres, obscure, hostile, inaccessible… Elle était en train de vaincre le plus fin limier du Yard. Avoir trouvé une partie de la vérité, la plus évidente sans doute, n'avait rien d'une réussite. L'assassin restait dans l'ombre, assistant à la prestation tronquée d'un inspecteur incapable de l'identifier.

La solution était dans le carnet noir, comme toujours. Cette fois, il ne la voyait pas. Peut-être était-il trop vieux. Peut-être le crime était-il devenu plus fort que lui. Il lut et relut ses notes jusqu'à la tombée du jour. En vain. La solution n'avait pas surgi. Impossible de s'abuser soi-même.

Higgins referma le carnet noir. Pour la première fois de sa carrière, il renonçait. C'était fort ennuyeux pour son ami Marlow. Mais porter des accusations sans vue d'ensemble et sans être capable d'élucider les deux meurtres se traduirait par le pire des fiascos. Plutôt que d'entamer une reconstitution tronquée, mieux valait y renoncer et confier l'affaire à de nouveaux enquêteurs.

Higgins quitta son canon et vint s'asseoir au bord du quai, tout près du fleuve. À présent, son esprit se détachait de l'affaire criminelle qui l'avait occupé ces derniers jours. Il ne disséquait plus tel ou tel aspect de son enquête mais ressentait la Tour de Londres comme un monstre froid, impitoyable, broyant des vies. Il revenait ainsi à son point de départ : l'assassinat de Lady Ann ne pouvait pas être commis ailleurs. En était-il de même de celui de Richard Matthews ?

Cette simple question, que l'ex-inspecteur-chef ne s'était pas posée auparavant, éveilla en lui une nouvelle lueur. Soudain, il ne vit plus la Tamise, la brume, la grisaille londonienne mais fut transporté de nombreuses années en arrière, au bord d'un autre fleuve, en Orient, au coucher du soleil. Higgins avait vécu une partie de sa jeunesse loin de l'Angleterre, apprenant à connaître le monde. Il n'avait pas oublié les soleils lointains embrasant l'horizon du soir de mille couleurs, ouvrant les portes séparant la vie de la mort. L'homme du Yard avait appris que l'âme des personnes assassinées ne reposait pas en paix tant que les coupables n'avaient pas été identifiés. Depuis lors, il avait entrepris un combat contre le « crime parfait ».

Ces souvenirs redonnèrent à Higgins le goût de réussir, d'autant que la réponse à sa propre question était maintenant évidente. Il marcha le long du quai alors que le pâle soleil de ce faux printemps se couchait. Higgins se retourna vers la Tour de Londres et la contempla longuement. Il relevait le défi, scrutant les points névralgiques qui, un à un, lui livrèrent la clé de l'énigme. Le meurtre du portail des traîtres lui semblait éclairci. Restait celui de la Tour sanglante. C'est en s'attardant sur les autres tours, tout aussi sinistres, que la lumière se fit enfin.

La Tour de Londres était un organisme vivant, même s'il s'ancrait dans un passé révolu. Ses différentes parties étaient indéniablement liées les unes aux autres. Higgins avait eu tort de se fixer sur la seule Tour sanglante, oubliant que c'était la Tour de Londres tout entière qui était le lieu du crime.

Des faits, des noms, des lieux resurgirent… et le voile se déchira. Les liens entre les éléments épars s'établirent, offrant enfin à Higgins ce qu'il avait vainement cherché jusque-là : le mobile du crime. Il en demeura ébahi un long moment. Jamais il n'avait identifié d'assassin répondant à pareille exigence intérieure.

Il ne lui restait plus qu'un infime détail à vérifier, sachant d'avance que tout concorderait. Mais la vérité était si extravagante qu'il valait mieux prendre des précautions. C'est pourquoi Higgins se rendit à la bibliothèque de la Tour pour y rapporter le traité d'archerie et le catalogue des bijoux de la Couronne, et y consulter un gros ouvrage d'érudition qui lui apporta effectivement la confirmation attendue.

*

*   *

Higgins appela à l'heure convenue son ami Malcolm Mac Cullough.

– Je viens juste de me lever, avoua ce dernier, je me suis offert un « gras après-midi ». Avec un peu de porridge et un litre de café bien noir, je me prépare à attaquer une nuit d'enfer. Tu te rends compte ! Un nouveau traité d'orfèvrerie étrusque en trois volumes ! Je vais le dévorer.

– Ta mission spéciale s'est bien déroulée ? s'informa Higgins.

– À merveille, vieux chenapan ! Ton suspect est tombé dans le piège les deux pieds joints. À propos, il faudra que tu me rembourses la somme que je lui ai avancée.

– Sois sans crainte.

– À vendredi. Et n'oublie pas : je veux tout savoir.

– Espérons que ce sera possible, soupira Higgins.

*

* *

L'heure de la confrontation générale approchait. Higgins, contrairement à l'ordinaire, éprouvait un léger trac. Au terme de la partie d'échecs qu'il allait livrer contre plusieurs adversaires, dont certains se ligueraient fatalement contre lui, il serait contraint d'accomplir un geste qui dépassait quelque peu sa fonction. Mais il serait impossible de biaiser et de procéder autrement.

— 32 —

À vingt heures précises, Higgins fit une entrée remarquée dans la chapelle Saint-Jean, dont l'accès était gardé par des policiers de Scotland Yard en uniforme qu'avait convoqués Scott Marlow.

Datant de 1080, cette chapelle, occupant deux étages de la Tour blanche, était un superbe témoignage de la fin de l'art roman. Son surprenant état de conservation en faisait l'un des chefs-d'œuvre de l'architecture médiévale. D'une longueur de seize mètres et d'une largeur de dix, elle possédait de lourds piliers délimitant un espace central bordé d'un déambulatoire et soutenant un étage supérieur percé de fenêtres en arceaux.

Higgins leva la tête vers la voûte. Il aimait ce sentiment très particulier d'être aspiré vers le ciel. La magie des vieilles pierres, taillées par la foi et le génie des artisans, défiait le temps.

Aucune chaise ne défigurait l'édifice. Près de deux piliers du fond, un autel recouvert d'un drap liturgique de couleur verte. Étaient présents Patrick Holborne, lieutenant de la Tour, adossé à un pilier ; Sir Timothy Raven, grand chambellan, face à une fenêtre du déambulatoire ; Jane Portman, conservatrice, non loin de ce dernier ; Myosotis Brazennose, secrétaire administrative, assise sur la base d'un pilier ; le vieux *Yeoman*, près de l'autel ; Elie Bronstein, secrétaire du gouverneur, arpentant nerveusement le dallage. Le superintendant Marlow, anxieux, était debout devant l'autel.

Lord Fallowfield se rua sur Higgins.

– Qu'est-ce que ça signifie, inspecteur ? Je suis prisonnier, ici, dans la Tour dont je suis le gouverneur ! De qui vous moquez-vous ? J'exige de recouvrer immédiatement ma pleine et entière liberté !

Lord Fallowfield élevait à peine la voix, mais sa colère froide était d'une grande intensité. Il avait l'œil impitoyable des hommes habitués à commander et à être obéis sur-le-champ.

– Désolé de vous décevoir une nouvelle fois, répondit Higgins avec une mimique navrée, mais je ne peux faire aucune exception à la règle. Toutes les personnes présentes sont consignées ici pour la reconstitution des crimes.

– Sur l'ordre de qui, inspecteur ?

– De Sa Majesté elle-même. Elle m'a donné les pleins pouvoirs.

Impressionné, Lord Fallowfield oublia la diatribe qu'il avait préparée.

– Puis-je connaître vos intentions ?

– Procéder à une analyse serrée des deux meurtres, Lord Henry, trouver la vérité et identifier l'assassin.

Un épais silence succéda à la déclaration de Higgins. Ce dernier avait toujours le vague espoir qu'un criminel, torturé par le remords, se dénonçât pour implorer son pardon. Mais cela ne s'était encore jamais produit dans les affaires dont il s'était occupé. « Ses » criminels, auteurs de plans machiavéliques, estimaient qu'ils possédaient les meilleures chances de ne pas être découverts.

L'atmosphère recueillie de la chapelle Saint-Jean servait Higgins. Elle lui ajouta un surplus de forces psychiques qui n'était pas dédaignable. Il fit quelques pas, examinant le visage de ceux qui s'étaient trouvés mêlés, plus ou moins volontairement, à cette sinistre affaire.

Patrick Holborne, malgré le prestige de son uniforme, n'avait plus beaucoup d'allure. Son maintien de sportif élancé n'était qu'un souvenir. Il se tenait même un peu voûté. L'élégance raide de Sir Timothy Raven avait cédé la place à l'angoisse d'un homme vieillissant et dont la moustache perdait à vue d'œil sa belle ordonnance passée. L'admirable regard vert tendre de Jane Portman se voilait d'une ombre de lassitude. Myosotis Brazennose avait perdu son calme administratif, se tordant et se retordant les doigts comme si elle voulait se les arracher. Le vieux *Yeoman* avait les yeux hagards, tel un homme ivre. Elie Bronstein avait enfoncé son chapeau pied-de-poule de sorte qu'on ne distinguât point son regard. Lord Henry Fallowfield, gouverneur de la Tour de Londres était, comme à son habitude, d'une parfaite distinction sous laquelle perçait cependant une pointe d'inquiétude. Quant à Scott Marlow, il reprenait espoir. Les paroles prononcées par Higgins ne signifiaient-elles pas que l'ex-inspecteur-chef était sur le bon chemin ?

– Pourquoi avoir choisi cet endroit ? s'étonna le grand chambellan. Nous pouvions nous installer dans une salle de réunion, dans le bureau du gouverneur ou…

– Problème d'intensité spirituelle, le coupa Higgins. J'ai besoin d'une ultime inspiration et je m'en remets à saint Jean.

Scott Marlow se demanda si cette difficile enquête n'avait pas affecté les capacités intellectuelles de Higgins. Son bel optimisme retombait. Si l'ex-inspecteur-chef sombrait dans une crise mystique, sa prétendue reconstitution ne serait qu'une tragique mascarade où Scotland Yard perdrait la face et dont lui, Scott Marlow, serait tenu pour le principal responsable.

Higgins commença à déambuler dans la chapelle Saint-Jean, ne s'intéressant à personne en particulier.

– Une enquête criminelle est un art difficile, exposa-t-il d'une voix posée et profonde. Elle exige de l'ordre, de la méthode et de l'intuition. Si l'un de ces trois facteurs vient à manquer, c'est l'échec assuré. Le criminel s'échappe, la victime continue à souffrir dans l'au-delà et la vérité est bafouée. Nous sommes réunis ici pour éviter qu'un pareil malheur ne se produise. Êtes-vous prêts à collaborer ?

Un rire saccadé répondit à l'homme du Yard.

– Bien sûr que non ! dit le vieux *Yeoman.*

Higgins admira au passage les vitraux des fenêtres inférieures, provenant de la collection d'Horace Walpole. Un éclairage discret, dispensé par de grands candélabres disposés entre les piliers, favorisait le recueillement et la concentration. En de tels lieux s'élevaient les plus belles prières, dont les mots silencieux naissaient spontanément dans le cœur.

– L'assassinat de Lady Ann est l'un des plus spectaculaires de l'histoire du crime, dit Higgins, s'adressant au mur qui lui faisait face et tournant le dos à ses interlocuteurs. Ce caractère exceptionnel aurait dû rendre aisée l'identification du meurtrier. C'est du moins ce que j'ai cru au premier abord, commettant un acte de vanité que j'ai amèrement regretté par la suite.

Scott Marlow était stupéfait. Il n'avait jamais entendu Higgins faire amende honorable de cette manière. Mauvais signe. Il se préparait peut-être une porte de sortie. Les autres auditeurs demeuraient impassibles.

– L'exhibitionnisme semble être le trait dominant du caractère de l'assassin, continua Higgins. Il tue à la hache, il tente de tuer avec un arc et une flèche, il provoque une noyade… La mort discrète n'est vraiment pas son fort.

– Comptez-vous nous assommer longtemps avec de tels discours ? intervint le gouverneur, impérieux.

Higgins ne s'émut pas pour autant.

– Il ne s'agit pas de discours, Lord Henry, mais d'une progression lente vers la vérité. Il me faudra avancer pas à pas, ne rien omettre, ne pas mépriser un détail d'apparence secondaire. Sinon, l'assassin aura beau jeu d'indiquer qu'il manque une pièce essentielle au puzzle et que sa culpabilité ne peut être prouvée.

– Est-il vraiment nécessaire de procéder à cette… dissection ? demanda Jane Portman.

– Plus que vous ne le croyez, répondit Higgins, énigmatique.

– Je suis de l'avis de la conservatrice, souligna Sir Timothy Raven. Ne perdons pas de temps. Si vous avez quelqu'un à accuser, faites-le et donnez vos preuves.

Higgins, demeurant face à son mur, remercia le ciel de l'avoir doté d'une infinie patience.

– Si vous souhaitez vous débarrasser d'une mouche posée sur une fenêtre, évitez de prendre un marteau pour l'écraser. La mouche s'envolera et vous aurez cassé votre carreau. Les preuves ne suffisent pas à confondre un assassin tel que celui dont nous recherchons l'identité. Il faut d'abord lui montrer que l'on a perçu son plan, que l'on a démonté la mécanique infernale mise au point avec patience.

— 33 —

Le grand chambellan haussa les épaules. Ce Higgins se prenait pour un philosophe. Sans doute se gargarisait-il d'exposés verbaux pour mieux masquer son incompétence.

– Première constatation essentielle, indiqua Higgins : le meurtre de Lady Ann a été commis dans l'enceinte de la Tour de Londres.

– Celui du docteur Matthews aussi, ironisa le gouverneur. Mes félicitations pour votre sens de l'observation, inspecteur.

Scott Marlow était atterré. Myosotis Brazennose et Jane Portman se regardèrent, interloquées. L'ex-inspecteur-chef perdait-il la tête ?

– Merci de cette précision, Lord Henry, qui est cependant sujette à caution. Nous verrons cela plus tard.

Le superintendant perdait pied. Higgins semblait ne pas admettre le fait qu'on ait retrouvé le cadavre de Richard Matthews dans l'eau glauque du portail des traîtres qui, jusqu'à preuve du contraire, faisait bien partie de la Tour de Londres !

– Revenons donc au point de départ, insista Higgins avec un calme imperturbable : Lady Ann a été décapitée dans la Tour sanglante et pas ailleurs. Voilà le fait majeur dont je n'aurais pas dû m'écarter, car il contient à lui seul la solution de l'énigme. Mais il n'était pas si facile de briser le sceau de cette cité fermée que constitue la Tour de Londres. Mort spectaculaire de Lady Ann, mais totalement mystérieuse malgré la présence d'un billet dans le sac à main de la victime. Je vous rappelle le texte : « Venez immédiatement à la Tour sanglante. Je connais la vérité sur votre amant. » Il expliquait la raison pour laquelle Lady Ann avait quitté avec précipitation la pelouse de la Maison de la Reine. Elle voulait négocier avec le maître-chanteur le prix de son silence. Malheureusement pour elle, ce maître-chanteur était un assassin. Mais ce curieux message n'était pas le seul ; il y en avait un autre dont j'ai récupéré les principaux fragments pour en établir le sens.

Cette information déclencha un trouble certain. Higgins, mains croisées derrière le dos, se dirigea vers l'autel.

– Voici le texte de ce second message, tel que je l'ai reconstitué : « Venez immédiatement à la Tour sanglante. Votre mari est en danger de mort. Vous seule pouvez éviter le pire. » J'ai peut-être commis des erreurs de détail, mais le sens général me paraît assuré. Il apporte un éclairage nouveau. Dans le premier cas, Lady Ann est une épouse infidèle; elle mène une double vie qu'elle cherche à cacher. Dans le second, c'est une épouse modèle, soucieuse au plus haut point de la sécurité de son mari. Un commentaire, Lord Henry ?

Le visage compassé du gouverneur de la Tour de Londres demeura glacial. Le fin collier de barbe grise était toujours taillé à la perfection.

– J'ai déjà écarté vos basses insinuations, inspecteur. Ma femme était irréprochable.

– Admettons, concéda Higgins. Mais pourquoi deux messages si différents ? Y en-t-il un faux et un vrai ou bien les deux sont-ils à prendre en considération ?

– Seul le second a une valeur et donne enfin le motif du crime, affirma Lord Fallowfield. Seriez-vous aveugle à ce point, inspecteur ? L'assassin a voulu m'atteindre à travers ma femme. Ensuite, il a jeté la suspicion sur la moralité de Lady Ann en plaçant un texte infâme dans son sac à main. Il est heureux que vous ayez trouvé la véritable missive. Ma pauvre épouse a été attirée dans un piège abominable. On s'est débarrassé d'elle avant de s'attaquer à moi, comme vous avez pu le constater vous-même. Il y a un monstre qui cherche à nous détruire !

Ému, Lord Fallowfield avait élevé la voix. Scott Marlow vit s'opérer l'œuvre de la peur dans l'âme de ce grand personnage si sûr de lui. Il comprit alors qu'il ne pouvait pas être coupable et en fut soulagé.

– Si j'accepte sans réserve vos propositions, dit Higgins, il me faut quand même trouver la raison pour laquelle on a assassiné Lady Ann de manière aussi féroce. Qui était-elle ? Une dame de la meilleure société, d'une intelligence brillante, aimant voyager et recevoir. On n'est pas décapitée pour autant. Lady Ann avait donc un secret qui a justifié cette épouvantable exécution.

– Inspecteur, intervint Lord Fallowfield, j'en ai assez entendu ! Je ne vous permets pas !

Higgins soutint le regard du gouverneur.

– Il faut bien sortir de cette impasse, Lord Henry. Si votre femme n'a pas eu d'amant, si le message trouvé dans son sac est un trompe-l'œil, il me faut bien explorer d'autres chemins. Êtes-vous conscient que certains observateurs ont estimé que vos rapports avec votre épouse étaient d'une grande froideur ?

– En quelles circonstances, inspecteur ?

– Lorsque vous avez visité la Tour de Londres, avant votre installation.

Le gouverneur adressa un sourire méprisant à l'homme du Yard.

– Il s'agissait d'une prestation officielle. Lady Ann avait le sens inné de ses responsabilités et ne se comportait pas en midinette. Soyez certain qu'une profonde affection nous unissait. Vous comprendrez peut-être que je n'aie pas la moindre envie d'en parler.

La voix du gouverneur se brisait. Le superintendant Marlow était ému. Il remarqua que Myosotis Brazennose écrasait une larme qui lui perlait au coin de l'œil.

– J'ai eu l'occasion de dialoguer longuement avec Lady Ann, révéla Higgins.

Lord Henry Fallowfield eut un haut-le-corps.

– Vous vous connaissiez donc ?

– Je veux parler de l'entretien silencieux que j'ai eu avec sa dépouille exposée dans la chapelle de Saint-Pierre *ad vincula.*

Scott Marlow se voila la face, préférant ne pas voir la réaction du gouverneur de la Tour de Londres. Higgins avait levé la tête vers la voûte de la chapelle Saint-Jean, comme s'il discernait quelque chose d'invisible pour autrui.

– Un fait acquis, rappela l'ex-inspecteur-chef : Lady Ann fut assommée avant d'être décapitée. Son visage était calme, presque apaisé. En l'examinant de plus près, j'y ai discerné les séquelles d'un autre sentiment : l'étonnement. J'ai enregistré cet infime détail sans en percevoir immédiatement l'importance. Avant de perdre conscience, n'aurait-elle pas vu le Spectre ?

Scott Marlow aurait aimé rentrer sous terre. C'était donc cela, l'explication de Higgins ? Un crime commis par un être surnaturel ? Jamais le Yard ne s'était ridiculisé à ce point !

– Voyons, inspecteur, objecta le lieutenant Patrick Holborne, vous n'allez quand même pas croire à ces sornettes !

Le vieux *Yeoman* grinça des dents. L'horrible bruit glaça le sang de toutes les personnes présentes.

– Il n'aurait pourtant pas tort, commenta-t-il.

– Précisément, poursuivit Higgins, si le Spectre existe, plus de mystère… tout au moins pour expliquer le mécanisme du meurtre. Beaucoup de *Yeomen* sont persuadés qu'il ne s'agit pas d'une légende. Ils l'ont vu. Ils ont même refusé de garder le corps de Lady Ann parce que le Spectre était apparu dans la chapelle Saint-Pierre. Malheureusement, les descriptions qui en furent données sont si divergentes qu'elles n'apportent aucun élément décisif. On ne peut même pas établir le sexe du Spectre.

– Normal, ajouta le vieux *Yeoman.* Le Spectre change sans cesse de forme.

Higgins se tourna vers le soldat dont l'uniforme se dégradait chaque jour davantage.

– Bien pratiques, ces transformations. Il a été également affirmé que l'heure du Spectre revenait et qu'il était assoiffé de sang. Pourquoi pas, après tout ?

L'ex-inspecteur-chef s'approcha de Myosotis Brazennose.

– Cette théorie vous semble-t-elle invraisemblable, mademoiselle ?

La secrétaire administrative avait presque peur de l'homme du Yard, tant son regard devenait perçant.

– Je… je ne sais pas…

– Pour ma part, affirma Higgins en revenant vers l'autel, je crois que le Spectre est effectivement un assassin. Mais je suis persuadé qu'un être de chair et de sang lui a prêté main-forte.

— 34 —

Scott Marlow se détendit. Que Higgins crût au Spectre n'avait aucun caractère de gravité, puisqu'il demeurait les pieds sur terre.

– J'avoue, admit l'ex-inspecteur-chef en s'adossant à l'autel, que je n'avais pas réussi à percer le mystère de la mort de Lady Ann avant l'assassinat du docteur Richard Matthews. Sans doute aurais-je dû l'éviter... mais je n'en avais pas les moyens.

– Pourquoi parler de crime ? objecta le lieutenant Holborne. Pourquoi éliminer les hypothèses du suicide ou de l'accident ?

Higgins se tâta le menton.

– Vous avez raison, lieutenant. Il faut procéder avec méthode.

Scott Marlow, à qui Higgins avait confié son intime conviction sur ce drame, supposa qu'il avait peut-être changé d'opinion. Le superintendant ne croyait guère à l'assassinat d'un individu aussi falot que le médecin-chef de la Tour.

– Qui était le docteur Matthews ? interrogea Higgins. Un médecin qui, au terme d'une longue et patiente carrière, avait obtenu un poste envié à la Tour de Londres. Tout était donc pour le mieux dans le meilleur des mondes... s'il n'y avait eu le docteur Matthews lui-même. Dès notre première rencontre, j'ai vu en lui un être démoralisé, à bout de force. J'ai appris qu'il n'avait que fort peu de travail à la Tour. Quelques *Yeomen,* de temps à autre, atteints de maux sans gravité. Tout cas difficile devait être transféré dans un hôpital militaire. Autrement dit, de longues journées d'ennui, vides et mornes. Une bien triste prison pour un médecin qui, dans sa jeunesse, avait été ambitieux. C'est en perquisitionnant dans son cabinet que j'ai découvert la racine de ses maux : l'Orient. Une photographie prise en Inde, probablement. Il était alors en excellente forme, éclatant de santé, confiant en lui-même. Un autre homme. Quel événement avait été susceptible d'expliquer la métamorphose qui avait fait de ce vigoureux jeune homme un vieillard avant l'âge ? Richard Matthews tentait de faire croire qu'il s'adonnait à l'alcool. Mais son comportement ne m'a pas convaincu, d'autant plus que j'avais respiré dans son cabinet une odeur étrange, douceâtre, que j'ai mis un certain temps à identifier : celle de l'opium. Voilà l'expérience qui a transformé l'existence du docteur Matthews : la drogue. Malade, aigri à son retour d'Orient, il avait certainement beaucoup espéré en son nouveau poste à la Tour de Londres. La déception fut à la mesure de ses illusions. Contrairement à ce qu'il avait cru, il s'agissait moins d'une promotion que d'une mise à la retraite anticipée.

– C'est un triste récit, apprécia Patrick Holborne. Je ne vois pas en quoi un médecin militaire peut être déçu de sa condition. Son rôle, comme celui de n'importe quel autre soldat, est d'obéir aux ordres.

– Vous ne connaissez pas les mirages de l'Orient, lieutenant. À côté d'eux, la Tour de Londres fait plutôt grise mine. Le retour en Europe du docteur Matthews fut comme un rêve brisé. Son souvenir le plus secret et le plus douloureux aussi, c'était cette photographie qu'il gardait jalousement, loin de tout œil indiscret, dans les ténèbres de son armoire métallique.

– Je me doutais de quelque chose de louche, analysa Myosotis Brazennose. Ce grand gaillard mou et décharné ne me plaisait pas. Il ne pouvait que mal finir.

Scott Marlow apprécia une fois de plus la qualité des jugements émis par la secrétaire administrative.

Higgins passa outre.

– Il y avait un autre petit secret dans l'armoire, ajouta-t-il. Êtes-vous au courant, mademoiselle ?

Myosotis Brazennose rougit.

– Bien sûr que non, inspecteur ! Je ne fouille pas dans les affaires des autres !

– Dans ma profession, regretta Higgins, c'est parfois indispensable. C'est ainsi que j'ai découvert la présence de bien curieuses ordonnances. Il s'agissait, en fait, de notes personnelles rédigées par le docteur Matthews sur les personnes vivant et travaillant à la Tour. Une série d'observations prises sur le vif.

Les visages des participants à la reconstitution se crispèrent. Scott Marlow constata que Higgins venait de marquer un point important. Tous lui accordaient une attention inquiète.

– J'en ai conclu, poursuivit l'ex-inspecteur-chef, que le docteur Matthews, pour tromper son ennui, passait son temps à espionner.

– Voici une révélation des plus désagréables, admit Lord Fallowfield, je considérais feu Matthews comme un professionnel correct. J'avoue être très déçu, avec tout le respect que l'on doit aux morts. Que renfermaient ces notes personnelles ?

Higgins fit quelques pas, méditatif.

– Je n'ai vu que deux exemples de ces ordonnances très particulières. Le premier concernait notre « spectre » et sa réserve de whisky.

Le vieux *Yeoman* déplia son grand corps et avança, menaçant, vers Higgins. Son œil valide était injecté de sang. Sa physionomie trahissait une véritable panique.

– Vous m'aviez promis !

– Et je tiendrai ma promesse, mon ami. Ce point particulier n'ayant aucune incidence sur l'enquête, il n'a pas à figurer dans cette reconstitution.

– Vous couvrez cet ivrogne ! protesta le lieutenant Holborne. En tant que supérieur hiérarchique, j'exige de connaître l'emplacement de cette réserve d'alcool formellement interdite par le règlement !

– N'importune pas le Spectre ! grinça le vieux *Yeoman.* Il pourrait bien demander d'autres têtes.

Patrick Holborne, plus impressionné qu'il ne voulait le laisser paraître, préféra couper court. Ses taches de rousseur virèrent au sombre.

– Le second exemple, reprit Higgins, se rapportait à Miss Brazennose. Le docteur Matthews avait remarqué qu'elle quittait discrètement son bureau pendant les heures de travail. Il avait noté : « Encore les bijoux de la Couronne. » Voilà qui est bien étrange, mademoiselle.

L'ex-inspecteur-chef, marchant sans faire le moindre bruit, s'était approché de la secrétaire administrative qui ne cessait de frotter une bague fantaisie entre le pouce et l'index de la main droite.

– Je ne comprends pas, inspecteur, affirma-t-elle de sa voix trop haut perchée que Higgins ne parviendrait jamais à supporter.

– Aimez-vous les bijoux en général ? s'enquit-il avec douceur.

– Pas du tout, répondit-elle, tranchante.

– Vous est-il arrivé de quitter votre bureau dans la journée pour aller admirer les bijoux de la Couronne ?

Myosotis Brazennose s'embrouilla.

– Non… peut-être… comme tout le monde… mais pourquoi vous fiez-vous aux ragots d'un vulgaire voyeur ?

– Parce qu'il est mort assassiné, mademoiselle.

Scott Marlow sentit son cœur se serrer.

– Quel… quel délit y a-t-il à admirer des chefs-d'œuvre ? sanglota Myosotis Brazennose.

Higgins réfléchit, rendit son verdict.

– Aucun délit.

Lèvres pincées, Myosotis Brazennose reprit aussitôt l'attitude hautaine de la vertu outragée. Le superintendant émit un très discret soupir.

– J'aurais aimé consulter la totalité de la documentation amassée par le docteur Matthews, dit Higgins, abandonnant la secrétaire administrative, mais un regrettable incident m'a privé des informations contenues dans l'armoire métallique. Le médecin a refusé de l'ouvrir hors de la présence du gouverneur. Question de principe, d'après lui. J'ai cédé à ses exigences. Mais il n'y avait plus rien dans l'armoire : seulement des ordonnances vierges. Richard Matthews, de plus, a menti en prétendant qu'on ne lui avait rien volé.

– Cela signifie-t-il, proposa le grand chambellan, que le docteur Matthews avait lui-même dissimulé le contenu de son armoire ?

– C'est la première hypothèse qui vient à l'esprit. Il aurait voulu effacer toute trace de son passé et de ses vices. Mais il existe une autre possibilité.

– Un vol ? s'enquit Patrick Holborne.

Higgins éluda la question pour suivre sa propre réflexion.

– Le docteur Matthews traversait des périodes de grande exaltation suivies de crises de dépression. L'une d'elles avait de quoi surprendre. Lorsque le superintendant et moi-même sommes venus pour vous voir à son cabinet, Lord Henry, c'est vous qui étiez installé au bureau du docteur, lui-même étant étendu sur le lit de consultation. Que s'était-il passé ?

Bras croisés, le gouverneur de la Tour de Londres semblait attendre avec résignation la fin de cette pénible épreuve. L'intervention de Higgins sembla le prendre au dépourvu.

– Rien de bien extraordinaire, inspecteur : le docteur Matthews était victime d'un malaise. Pour ma part, bien que fortement choqué, je n'avais pas besoin de m'aliter. Il m'a demandé l'autorisation de s'allonger, m'assurant que son indisposition serait de courte durée.

– Dites-moi la vérité, Lord Henry : vous vous étiez rendu compte que le médecin-chef de la Tour de Londres se droguait, n'est-ce pas ?

Le ton de Higgins était celui de la confidence bienveillante. Le gouverneur n'hésita pas longtemps.

– Franchement, inspecteur, je soupçonnais quelque chose de ce genre-là et je vous promets que je n'aurais pas laissé ce problème dans l'ombre. Ou bien Richard Matthews se serait amendé ou bien il aurait fait valoir ses droits à la retraite. Mais je n'aurais agi qu'avec des preuves tangibles.

– Elles sont en possession du Yard, Lord Henry. Le superintendant Marlow a découvert des pipes à opium dans l'appartement du docteur Matthews.

Myosotis Brazennose poussa un petit cri d'effroi.

– C'est abominable ! J'ai vécu pendant des années aux côtés d'un drogué, d'un maniaque, d'un...

– Qu'alliez-vous ajouter, mademoiselle ? s'enquit Higgins, l'œil vif. D'un criminel ?

La secrétaire administrative se détourna, gênée.

– Les circonstances de la mort du docteur Matthews sont beaucoup trop obscures pour correspondre à un suicide, indiqua Higgins. Je suis persuadé qu'il a été drogué et noyé par quelqu'un connaissant son vice. Une mise en scène plutôt hâtive a été organisée. Un drogué met rarement fin à ses jours. Il se détruit à petit feu, surtout un opiomane qui prend tant de plaisir avec ses rêves. Le Spectre n'était-il pas présent sur les lieux du crime, prouvant que la disparition du docteur Matthews était indissociable de celle de Lady Ann ?

Scott Marlow attendit que l'ex-inspecteur-chef portât une accusation directe et prononçât un nom. Mais Higgins, tournant autour de l'autel comme un vieux sage chinois autour d'une idée essentielle, poursuivit sa route.

– Pour soutenir la thèse de l'accident, il faut ignorer certains faits. Souvenez-vous : le docteur Matthews avait fait irruption dans le bureau du gouverneur. Dans un état d'agitation extrême, il promit des révélations. Vous ne lui avez pas laissé le temps de parler, Lord Henry.

– Exact. Le malheureux Matthews était incapable de s'exprimer correctement. J'ai voulu nous épargner un déplorable spectacle.

Scott Marlow sentit une boule se former dans son estomac. Il devait admettre le caractère suspect de l'attitude du gouverneur.

– J'aurais agi comme vous, admit Higgins. Personne ne pouvait prêter foi à un homme aussi perturbé. Votre intervention, Lord Henry, a d'ailleurs été des plus efficaces. Richard Matthews s'est aussitôt calmé.

– J'ai l'habitude de commander, inspecteur, et je crois savoir parler aux hommes dont je suis responsable.

Higgins leva quelques instants la tête vers la voûte de la chapelle Saint-Jean.

– Nous avons tous eu tort. Nous aurions dû écouter le docteur Matthews. Il m'a écrit un mot me donnant rendez-vous, en grand secret, à l'oratoire de Saint-Thomas. Il me conjurait de n'en parler à personne.

Le grand chambellan tenta de se faire oublier, se cachant à moitié derrière un pilier. Nerveux, il étirait sa fine moustache blanche.

– Le message était bien écrit de la main du docteur Matthews, précisa Higgins. J'ai respecté ses instructions et je suis malheureusement arrivé trop tard. Quelle pouvait bien être la nature des révélations qui semblaient m'échapper de manière définitive ? Le médecin-chef connaissait-il le nom de l'assassin ? Pourquoi donc lui avait-on volé ses lunettes ? Pour l'empêcher de discerner quelqu'un ou quelque chose pendant la cérémonie d'installation du gouverneur ?

Scott Marlow s'estimait incapable de répondre à une seule de ces questions.

– L'un de vous m'a pourtant donné le sentiment de connaître la véritable raison de ce rendez-vous mystérieux, dit Higgins avec solennité. Ai-je bien perçu vos appréhensions, lieutenant Holborne ?

Patrick Holborne, stupéfait d'être ainsi interpellé, rejoignit Higgins près de l'autel. Éclairées par la lueur vacillante d'un candélabre, ses taches de rousseur prenaient des teintes inquiétantes.

– Pas du tout ! Je n'ai formulé aucune remarque qui pourrait vous laisser penser que…

– Allons, allons ! protesta Higgins avec bonhomie. Vous m'avez bien confié que le docteur Matthews méprisait Lady Ann et que vous le soupçonniez d'avoir commis un acte irréparable, ce qui aurait expliqué son comportement bizarre, notamment à votre égard. Je ne trahis pas vos propos, lieutenant ?

Patrick Holborne perdit toute agressivité.

– Non, inspecteur, mais ils ont sans doute dépassé ma pensée.

– Eh bien, allons quand même jusqu'au bout ! décida Higgins. Supposons que le docteur Matthews ait détesté Lady Ann au point de l'assassiner en lui coupant la tête. Il l'aurait donc attirée dans un guet-apens en lui communiquant un message pendant la cérémonie. Sa réaction, lorsque la tête fut exposée par le « spectre », a été spectaculaire. Très ému, il n'a pu s'empêcher de vomir.

– Mais pourquoi aurait-il commis cette atrocité ? interrogea le gouverneur, perplexe. Il n'avait rencontré mon épouse que le jour du meurtre !

– Excellente objection, Lord Henry. Elle pose le problème des rapports de Richard Matthews avec les femmes. C'était un solitaire, plutôt acariâtre, sans liaison connue. Pourtant, lieutenant Holborne, vous avez affirmé que votre ami Matthews avait une maîtresse qu'il cachait avec soin.

Patrick Holborne sursauta.

– Pas du tout ! Enfin, si... mais j'ai nié aussitôt après. Je vous ai expliqué qu'il s'agissait d'une rumeur sans fondement, d'une mauvaise plaisanterie de soldats. Richard nous faisait parfois pitié.

– Et si cette mystérieuse maîtresse, supposa Higgins, n'était autre que la femme à la voilette dont l'existence a été révélée par Miss Brazennose ?

Le lieutenant de la Tour leva le bras droit, dans un geste d'exaspération.

– Du néant bâti sur du néant !

– Espèce de malappris ! protesta violemment Myosotis Brazennose. J'ai vu cette femme au moins deux fois, à des heures différentes, toujours cachée derrière sa voilette et emmitouflée dans d'épais manteaux ! Elle se dissimulait, je peux le jurer !

– Complètement ridicule, lança le lieutenant Holborne, retrouvant tout son dynamisme. Vous avez inventé ce personnage pour vous rendre intéressante !

En quelques pas d'une prodigieuse rapidité, Myosotis Brazennose fut à la hauteur de Patrick Holborne et le gifla.

– Oh, pardon ! s'excusa-t-elle, effrayée par son geste.

Abasourdi, Patrick Holborne considéra la secrétaire administrative comme si elle était une redoutable diablesse, capable d'aller jusqu'aux pires extrémités. Scott Marlow, qui tâtait dans la poche de sa veste une paire de menottes réglementaires, se tenait prêt à intervenir pour empêcher le lieutenant d'agresser Miss Brazennose.

Mais chacun demeura sur ses positions. Higgins, plutôt satisfait de la tournure prise par les événements, ne chercha point à détendre l'atmosphère.

– Le docteur Matthews, dit-il, a tué Lady Ann. Pourquoi ? Parce qu'elle était la femme à la voilette et qu'il voulait que cette extraordinaire liaison restât secrète. Le gouverneur, ayant appris l'infidélité de sa femme et voulant quand même la venger, a tué son meurtrier.

— 35 —

Scott Marlow n'osa pas regarder le gouverneur. Les accusations que venait de lancer Higgins étaient aussi simples que convaincantes. Le mystère de la Tour de Londres n'était rien d'autre qu'un drame passionnel poussé à son paroxysme. Le scandale, cette fois, était inévitable mais la justice accorderait peut-être à Lord Fallowfield des circonstances atténuantes.

Le gouverneur, nullement décontenancé, arborait un sourire dédaigneux. Le visage sévère, orné du fin collier de barbe grise, demeurait impassible. Myosotis Brazennose était horrifiée. Elle avait pris le bras de Jane Portman. Sir Timothy Raven, affolé, regardait à gauche et à droite. Patrick Holborne se tenait parfaitement immobile. Le vieux *Yeoman,* peu concerné, mastiquait un croûton de pain qu'il avait extrait d'une de ses poches.

– Cette accusation est absurde, jugea Lord Fallowfield.

Chacun attendait que Higgins produisît une preuve déterminante.

– Je suis d'accord avec vous, Lord Henry, conclut l'homme du Yard à l'étonnement général. Je n'ai pas retenu longtemps cette hypothèse, mais il fallait bien en passer par là. Le mobile du docteur Matthews ainsi défini ? Aberrant. S'il avait eu une maîtresse, ne l'aurait-il pas fait savoir de la manière perfide qui était la sienne, pour se venger des coups du sort ? Et pourquoi l'aurait-il sauvagement décapitée dans la Tour sanglante ? Je ne le vois pas, avec ses mains constamment tremblantes, manier la hache avec la précision démontrée par l'assassin. Puisqu'il faut renoncer à identifier Richard Matthews comme le meurtrier de Lady Ann, Lord Fallowfield n'avait plus aucun motif de supprimer le médecin-chef de la Tour.

Le superintendant éprouva une réelle satisfaction. Le gouverneur demeurait hors de cause et son honorabilité restait intacte. L'énigme aussi, malheureusement. Il y avait donc toujours deux meurtres et un assassin.

– Sir Timothy, dit Higgins en s'approchant lentement du grand chambellan à demi-caché derrière un pilier, j'aimerais faire appel à votre mémoire. Rappelez-moi donc ce que vous avez vu pendant la cérémonie d'installation du gouverneur.

Sir Timothy Raven avança dans l'espace central de la chapelle délimité par les piliers. Il rajusta nerveusement ses lunettes et présenta un visage décidé.

– À peu près rien, inspecteur. Le *smog* m'a aveuglé, comme tout un chacun. J'étais tout près de Lord Henry. Je l'ai nettement entendu appeler sa femme. Puis il y a eu confusion, début de panique et… l'horreur. La première personne que j'ai vue à mes côtés, ce fut encore Lord Henry. Il m'a paru essoufflé. C'est alors que j'ai reçu dans mes bras Miss Brazennose qui s'est aussitôt évanouie.

Higgins se gratta le menton et se tourna vers la secrétaire administrative.

– Vous aviez donc quitté votre place d'origine, mademoiselle, pour courir vers le centre de la pelouse où se trouvaient le gouverneur et le grand chambellan.

Myosotis Brazennose prit un temps de réflexion.

– Je crois, oui…

– Vous vous évanouissez souvent ?

– Non, inspecteur ! Mais la vision de cette tête était si terrifiante !

– Pourquoi avoir choisi le grand chambellan comme… point d'atterrissage ?

– Je n'ai rien choisi ! Ce fut un hasard.

Scott Marlow ne mettait pas en doute la sincérité de Myosotis Brazennose. Une femme aussi charmante n'aurait certes pas choisi d'elle-même un homme aussi banal que Sir Timothy Raven.

– Admettons, céda Higgins, visiblement peu satisfait. D'après vous, Sir Timothy, à quel moment avez-vous perdu la clé qui fut retrouvée dans la cachette de Miss Brazennose ? Avant ou après avoir reçu cette dernière dans vos bras ?

– Je… je l'ignore, inspecteur ! Comment savoir ?

– Ne trouvez-vous pas étrange que cette fameuse clé, perdue par vous, ait été retrouvée en possession de Miss Brazennose et que vous ayez précisément eu un contact… étroit avec elle ? Ne vous aurait-il pas permis d'échanger ce précieux objet en toute discrétion ?

Scott Marlow faillit perdre toute contenance : Higgins n'était-il pas en train d'accuser de complicité le grand chambellan et la secrétaire administrative ? La malheureuse ne s'était-elle pas laissé prendre dans un piège odieux conçu par ce personnage fat et imbu de lui-même ? Le grand chambellan avait des dons incontestables de comédien : très pâle, le nez pincé, les lunettes lui tombant sur le nez, la moustache nerveuse, il contemplait avec effroi Myosotis Brazennose, rouge d'indignation.

– C'est… c'est monstrueux ! parvint-elle à articuler.

– Comment pouvez-vous imaginer, protesta le grand chambellan, que j'aie pu passer un tel accord avec cette dame ?

Higgins caressa un pilier. Il aimait le contact des vieilles pierres. Elles transmettaient une éternité tranquille.

– Ce serait pourtant une explication satisfaisante à la perte de votre clé, proposa l'ex-inspecteur-chef. Le dispositif prévu pour assurer la sécurité absolue des joyaux de la Couronne est ingénieux. Trois personnes détiennent trois clés différentes qui doivent être introduites en même temps dans trois serrures du coffre contenant les plans des systèmes d'alarme. Exactement ce que pratiquaient les anciens pour préserver les plans de leurs édifices sacrés. Chacun des possesseurs de clé prend, bien sûr, le plus grand soin du sésame qui lui a été confié. Je n'ai jamais entendu parler d'un responsable assez insouciant pour perdre ou égarer sa clé.

Le grand chambellan pâlissait à vue d'œil. Il ne songeait même plus à lever le menton pour se donner une contenance. Sa moustache tombait. Le gouverneur écoutait Higgins avec une attention soutenue. Patrick Holborne se rapprocha de Myosotis Brazennose, craignant qu'elle ne tentât de s'enfuir.

– Vous avez réfuté la thèse du vol, Sir Timothy, continua l'homme du Yard, pour ancrer l'idée d'une perte accidentelle. Mais vous conviendrez de la pauvreté de vos propres explications : ce serait en manipulant votre pochette que vous auriez fait tomber la clé sur la pelouse.

– C'est la vérité ! s'insurgea Sir Timothy Raven, jetant ses ultimes forces dans la bataille. J'ai toujours été un peu… étourdi. Combien de fois m'est-il arrivé d'égarer mes papiers d'identité ou d'autres documents importants ! Cette clé-là, je la gardais sur moi en permanence, dans mon costume le jour, dans mon pyjama la nuit.

– Et si on vous l'avait bel et bien volée ?

Les paroles de Higgins semèrent le trouble dans l'âme du grand chambellan.

– Qui aurait pu savoir qu'elle se trouvait sous ma pochette ? Personne ne s'est suffisamment approché de moi pendant la cérémonie au point de pouvoir s'en emparer !

– Mais si, rétorqua Higgins. Une personne remplit ces deux conditions : Myosotis Brazennose.

Les regards convergèrent vers la secrétaire administrative qui se plaqua contre une colonne, tel un condamné tentant de rentrer à l'intérieur du poteau d'exécution pour échapper aux balles.

– Myosotis Brazennose, poursuivit l'homme du Yard, connaît tout de la Tour, de son fonctionnement, des habitudes de ceux qui y travaillent. N'a-t-elle pas reconnu immédiatement la clé de sir Timothy lorsque le gouverneur la lui a présentée, sans préciser de quoi il s'agissait ? Les petites manies du grand chambellan ne devaient pas lui être inconnues. Utilisant l'affolement dû au *smog* et à la macabre vision de la tête coupée de Lady Ann, elle a eu l'idée géniale de tomber dans les bras de Sir Timothy, de simuler un évanouissement, de s'emparer de la clé et de la cacher ensuite dans son trésor personnel avec le reste de son butin.

– Je n'ai pas volé cette clé ! affirma une fois de plus la secrétaire administrative. C'est une abominable machination !

Scott Marlow aurait bien aimé voler au secours de Myosotis Brazennose. Mais il n'en avait pas l'opportunité et, pis, il était ébranlé par la démonstration de Higgins.

– Rien de ce qui concerne la Tour de Londres ne m'est étranger, avez-vous déclaré, mademoiselle, rappela Higgins. Je vous crois volontiers. Vous êtes certainement la personne la mieux informée sur les petits et grands événements qui agitent cet endroit. Vous n'aviez qu'un concurrent, dans ce domaine : le docteur Matthews.

Scott Marlow n'osa pas envisager ce que sous-entendait Higgins. La secrétaire administrative, désemparée, ne savait vers qui se tourner pour quêter un peu d'aide. Croisant le regard glacial du gouverneur, elle crut s'enfoncer dans des sables mouvants.

– Si Myosotis Brazennose est coupable du vol de la clé, poursuivit Higgins, plusieurs détails s'emboîtent correctement. D'abord, inutile d'imaginer une sombre machination pour la discréditer : elle a dérobé des blocs-notes, ce qui était facile, les chocolats de la réception, ce qui était plus difficile, et la clé du gouverneur, ce qui est un petit exploit. Bref, une gradation dans le doigté. N'êtes-vous pas une excellente bricoleuse, mademoiselle ?

Myosotis Brazennose était si perturbée qu'elle ne répondit que par un « oui » étouffé.

– Vous réparez un peu tout dans la Tour, particulièrement les serrures, indiqua Higgins. Cette habileté manuelle est une qualité rare. Ne se combine-t-elle pas admirablement avec le vol de la clé et la mention rédigée par le docteur Matthews sur l'une des fausses ordonnances, à propos de Myosotis Brazennose : « Encore les bijoux de la Couronne ? »

— 36 —

– Allons au fait, inspecteur ! exigea brutalement le gouverneur. Accusez-vous le grand chambellan et la secrétaire administrative d'avoir envisagé de voler les bijoux de la Couronne ?

La question de Lord Fallowfield sema la consternation.

Scott Marlow n'avait, à aucun moment, envisagé pareil désastre. Personne n'avait réussi à s'emparer des plus précieux trésors de la monarchie britannique. Les dispositifs de sécurité interdisaient au plus habile des gangsters de concevoir le moindre projet à cet égard. Comment Myosotis Brazennose, qui incarnait au plus haut point les valeurs de la morale victorienne, aurait-elle pu fomenter un complot de cette envergure ?

Higgins ignora la question du gouverneur pour s'adresser à nouveau au grand chambellan.

– Votre situation financière est-elle bonne, Sir Timothy ?

– Pas… trop mauvaise, répondit le grand chambellan, pris au dépourvu.

– L'entretien de votre chorale doit exiger des fonds importants. Combien compte-t-elle de chanteurs ?

Le grand chambellan, piqué au vif, releva le menton et redonna une allure martiale à sa moustache.

– En quoi cela concerne-t-il l'enquête ? Je refuse…

– Répondez, exigea Higgins.

Le regard de l'ex-inspecteur-chef était si impérieux que le grand chambellan baissa sa garde.

– Cent deux choristes, indiqua-t-il.

– Uniquement des jeunes garçons ?

– Oui… uniquement.

– Pourquoi donc ?

Le grand chambellan hésita.

– À cause de la fraîcheur de leur voix. Ma chorale est unique. Ces jeunes gens sont capables d'interpréter à la perfection des œuvres de Byrd ou de Purcell. Voilà des années que je m'occupe de les… de les former.

Sir Timothy évitait de regarder Higgins en face.

– J'aimerais mieux comprendre. Où recrutez-vous vos chanteurs ?

Le grand chambellan avala difficilement sa salive.

– Suis-je obligé de…

Higgins demeura silencieux. Sir Timothy comprit qu'il devait aller jusqu'au bout, bien que ces confidences lui arrachassent le cœur.

– Je recrute mes chanteurs parmi les orphelins de Londres les plus déshérités. Par la pratique de la musique et le contact avec d'autres camarades ayant vécu le même drame, je leur redonne le goût de vivre. Jusqu'à leur majorité, je les loge, je les habille et paye leurs études grâce à ma fondation où j'ai engagé ma fortune personnelle. Êtes-vous satisfait, inspecteur ?

Sir Timothy Raven semblait brisé. Il accusait le poids des ans.

– Il n'y a pas de honte à faire le bien, Sir Timothy. J'apprécie votre discrétion et crois volontiers à votre générosité. Mais certains interprètent les faits de manière différente.

Le grand chambellan crut avoir mal entendu.

– Qu'est-ce que ça signifie, inspecteur ?

– Des rumeurs prétendent que votre intérêt pour ces jeunes gens n'est pas d'ordre uniquement… musical.

Une véritable fureur s'empara du grand chambellan.

– On m'accuse d'être un amateur de petits garçons, c'est ça ? On veut faire croire que je dissimule un vice atroce derrière une prétendue bonté ? C'est répugnant ! Qui ose répandre sur moi de pareilles calomnies ?

Le gouverneur s'approcha du grand chambellan.

– Calme-toi, Timothy. Une œuvre comme la tienne ne peut qu'engendrer des jalousies et faire jaser. Mon épouse elle-même…

Les yeux du grand chambellan s'animèrent d'une lueur vengeresse.

– Lady Ann ! C'est elle qui a répandu ces ordures sur mon compte !

– Pas du tout, Timothy, mais tu sais à quel point elle haïssait ce qui touche de près ou de loin à la pédophilie.

– Mais je n'ai aucun rapport avec ce monde-là ! rugit le grand chambellan. Tu ne vas pas cautionner, toi, de telles monstruosités !

Le gouverneur de la Tour de Londres se détourna, ennuyé. Sir Timothy Raven étouffait.

– Voilà qui fait peser sur le grand chambellan de la Tour de Londres de graves soupçons, déclara Higgins, rendant plus insupportable encore l'atmosphère empoisonnée qui avait envahi la chapelle Saint-Jean. Lady Ann a dû lui reprocher amèrement son goût pour les jeunes garçons. Sans doute s'est-elle emportée au point de le menacer : s'il ne dispersait pas cette chorale très spéciale, elle le dénoncerait. Avec ses relations, Lady Ann avait le pouvoir de déclencher un épouvantable scandale et d'obliger Sir Timothy à renoncer à son poste. Pour lui s'annonçaient la dégradation et la ruine. Il ne lui restait qu'une solution : supprimer celle qui représentait pour lui le pire des dangers.

Le gouverneur serrait les poings. Le grand chambellan restait la bouche entrouverte, comme un poisson en train d'asphyxier. Chacun retenait son souffle.

– Sir Timothy a réussi à quitter discrètement la pelouse pour accomplir son forfait, expliqua Higgins, mais quelqu'un l'a vu s'éloigner : le docteur Matthews. Il a voulu faire chanter l'assassin. C'est ce dernier qui se trouvait d'ailleurs sur les lieux du second crime, au portail des traîtres.

Scott Marlow félicita intérieurement Higgins pour avoir établi la vérité de manière aussi évidente. Il savait à présent pourquoi le grand chambellan lui avait toujours déplu. Quelle lamentable histoire ! Voilà où conduisait l'immoralité.

– Je réfute l'ensemble de ces accusations, s'insurgea d'une voix émue Sir Timothy Raven. Vous n'avez aucune preuve.

Connaissant Higgins, Scott Marlow attendit que le couperet tombât.

– Et je doute fort d'en trouver, déclara l'ex-inspecteur-chef. Pourquoi auriez-vous exécuté Lady Ann d'une manière aussi atroce ? Même si vous aviez voulu l'assassiner, vous n'aviez aucune raison de procéder de cette manière. De plus, le mobile n'existe pas : votre pédophilie n'est effectivement qu'un ragot. Une fondation comme la vôtre aurait depuis longtemps disparu si vous vous étiez adonné à ce vice. Je crois que vous êtes simplement un homme généreux, Sir

Timothy, et que vous cachez une immense bonté derrière un masque hautain.

Le grand chambellan, peu habitué à se trouver en pleine lumière, aurait aimé disparaître dans la crypte de la chapelle Saint-Jean où il était souvent venu prier Dieu pour ses protégés.

– Votre présence au portail des traîtres, murmura Higgins, était pourtant troublante. L'assassin sur les lieux de son crime…

Les nerfs du grand chambellan se contractèrent à nouveau.

– Je vous ai expliqué…

– Je sais, dit Higgins, réconfortant. Vos explications étaient d'une naïveté si désarmante que je vous ai soupçonné d'être le plus habile des menteurs. En approfondissant l'étude de votre caractère, j'ai constaté que vous étiez presque incapable de sortir de la vérité. Vous n'avez commis que des omissions qui ont failli vous mettre dans un mauvais cas. Pourquoi auriez-vous tué le docteur Matthews ? Vous n'avez eu, dans le passé, aucun contact avec lui. Lui, en revanche, vous a espionné, comme les autres. Il ne s'est pas trompé en estimant que vous étiez la seule personne digne de confiance dans son entourage. Il voulait que vous soyez le témoin de notre entrevue à l'oratoire de Saint-Thomas. Il était certain que, grâce à vous, ses révélations ne seraient pas étouffées par la police.

– Si le grand chambellan est innocent, intervint Myosotis Brazennose, moi aussi !

Sa voix haut perchée avait atteint un sommet dans l'aigu. Scott Marlow sursauta. Higgins jeta un regard peu conciliant à la secrétaire administrative.

– Ce n'est peut-être pas si simple, mademoiselle. Je me suis longuement interrogé sur votre cas. Vous donnez l'image d'une femme sérieuse, faisant son métier avec zèle. Mais il existe un autre personnage en vous.

Scott Marlow frissonna. Ce qu'il craignait était sur le point de survenir. Higgins mettait en œuvre sa redoutable technique d'accusation et la dirigeait vers un être faible, incapable de se défendre.

– Votre véritable foyer, mademoiselle, c'est votre bureau. Il est parfaitement rangé. Tout y est conçu pour le travail. Un détail vous trahit, cependant ; l'affiche à la gloire d'Humphrey Bogart, cet acteur américain qui incarnait tour à tour policiers et gangsters. Voilà votre face cachée. Vous êtes une romantique attirée autant par le monde de la loi que par celui du crime.

« Mais non ! » eut envie de s'exclamer Scott Marlow qui n'osa pas interrompre la démonstration de Higgins.

– Vous êtes passée de la rêverie à l'acte, continua l'ex-inspecteur-chef, en devenant la femme à la voilette dont vous n'avez pas tout à fait inventé l'existence puisqu'il s'agit de l'autre personnalité qui est en vous.

Myosotis Brazennose était indignée, bouleversée. Ce qu'elle entendait la plongeait dans un tel état de stupeur qu'elle ne parvenait même pas à protester.

– Une femme ne se masque pas le visage par plaisir, jugea Higgins. Elle se dissimule aux regards d'autrui parce qu'elle désire être contemplée par un seul homme, dans le secret de leur intimité. Votre Humphrey Bogart, vous l'avez cherché là où vous passez le plus clair de votre existence : dans l'enceinte de la Tour de Londres. Et vous avez fini par trouver un être romantique, tourmenté, désabusé, la tête remplie de rêves et de mirages : le docteur Richard Matthews. Il vous a parlé de l'Orient, vous a entraînée dans la jungle, sur des sites inexplorés, loin de la civilisation. Il vous a ouvert les portes d'un univers merveilleux, inaccessible. Mais le sésame de cet univers-là s'appelle l'opium. Vous l'avez fumé ensemble. Vous avez entrepris ensemble de dangereux voyages au royaume de l'illusion. Richard Matthews s'est épuisé avant vous. Il a eu envie de rompre cette liaison, de tout m'avouer, de renoncer à ces plaisirs qui le détruisaient. Vous ne pouviez accepter pareille dénonciation qui ruinait votre façade d'honorabilité et mettait fin à votre carrière.

Scott Marlow était effondré. Ses pires craintes s'avéraient donc exactes. Que Myosotis Brazennose fut une personne romanesque et passionnée, il n'en doutait pas. C'est bien ce qui expliquait sa grande fragilité. Le docteur Matthews avait honteusement abusé d'elle. Cet individu méprisable avait mérité son destin. Myosotis Brazennose avait presque agi en état de légitime défense.

– Vous devriez avouer, mademoiselle Brazennose, proposa le gouverneur de la Tour de Londres, sévère.

– Il y a un autre élément grave, ajouta Higgins. Le message découvert dans le sac à main de Lady Ann et celui que j'ai reconstitué ont tous deux été tapés à la machine. Sur *votre* machine, mademoiselle Brazennose. L'examen des caractères le prouvera sans peine.

Cette nouvelle révélation plongea les protagonistes du drame dans une profonde consternation. Myosotis Brazennose, affolée, crut que sa raison vacillait. Scott Marlow vivait une tragédie. Il comprenait l'assassinat du docteur Matthews, mais pas celui de Lady Ann ! Le plus impitoyable des démons se cachait-il dans le cœur de cette femme ?

C'est alors qu'un événement inattendu se produisit. Myosotis Brazennose prit la parole d'une voix grave et calme. Son affreux timbre aigu, si haut perché, avait disparu.

– Je vous jure, inspecteur, que je suis innocente. Je ne suis pas la femme à la voilette. Je n'ai éprouvé qu'un sentiment… impossible pour le docteur Matthews. Il n'en a jamais rien su. Je n'ai commis aucun crime, sinon de… et je le regrette.

La vanité acide de l'austère demoiselle avait disparu. Il ne restait qu'une suspecte livrée pieds et poings liés à Scotland Yard. Higgins la considéra avec compassion.

– Lorsque le *smog* s'est dissipé, rappela Higgins, le superintendant Marlow a remarqué que vous éprouviez les plus grandes difficultés à refermer votre sac à main. Vous aviez profité du brouillard pour vous approcher du buffet, voler des chocolats et les glisser dans ce sac. Mais vous en aviez dérobé une trop grande quantité, n'est-ce pas ?

Myosotis Brazennose hocha affirmativement la tête, retenant un sanglot.

– Ensuite, vous avez fait disparaître votre sac pour ne pas être prise en flagrant délit de mensonge concernant son fermoir qui, bien entendu, était en parfait état.

La secrétaire administrative approuva de la même manière.

– C'est le premier détail qui vous innocente, dit Higgins avec un sourire réconfortant. Vous ne pouviez être en même temps au buffet et à la Tour sanglante. Il existe un second détail plus révélateur encore : les messages tapés à la machine. J'ai eu l'occasion de jeter un coup d'œil sur un courrier que vous étiez en train de dactylographier, mademoiselle. J'ai le regret de vous signaler qu'il comportait un certain nombre de fautes d'orthographe qui ne sauraient être qualifiées de bénignes.

Myosotis Brazennose rougit jusqu'aux oreilles. Depuis le début de sa scolarité, elle était fâchée avec cette discipline. Ne parvenant pas à se repérer dans les réseaux compliqués de l'orthographe officielle, elle avait instauré son propre système s'écartant sensiblement des normes habituelles.

– Il n'y a aucune faute dans les deux messages, reprit Higgins. Ils ont été tapés sur la machine de Myosotis Brazennose, mais pas par elle.

Un sourire encore hésitant anima le visage de la secrétaire administrative. Elle aurait bien embrassé l'ex-inspecteur-chef.

– Vous n'avez assassiné ni Lady Ann ni le docteur Matthews, conclut Higgins. Si vous aviez été sa maîtresse et si vous aviez fumé l'opium avec lui, vous n'auriez pas conservé la fraîcheur de votre teint.

Myosotis Brazennose était écarlate. Scott Marlow jugea que Higgins s'autorisait des privautés excessives.

– De plus, continua l'ex-inspecteur-chef, quel intérêt aurait-il eu à vous trahir ? Vous auriez filé le parfait amour et quitté la Tour de Londres pour commencer une existence nouvelle.

Myosotis Brazennose admirait et redoutait Higgins dans le même instant. Il devait quand même avoir partie liée avec le diable pour lire ainsi dans le cœur des êtres !

– Sans doute le malheureux docteur vous a-t-il attirée lors de son arrivée à la Tour. Mais vous avez découvert son vice ou vous l'avez pressenti. Et cela vous a définitivement éloignée de lui. La drogue vous effraie, mademoiselle, et vous avez raison ; c'est de romantisme dont vous avez besoin, pas de paradis artificiels.

Scott Marlow était aussi remué que Myosotis Brazennose. Son instinct de policier ne l'avait pas trompé. Elle était hors de cause, et les deux meurtres demeuraient inexpliqués.

Higgins, heureux d'avoir transformé au moins pour quelques instants la voix haut perchée de Miss Brazennose en une émission normale, se dirigea vers la conservatrice de la Tour de Londres.

– Je vous sens bien indifférente à ce qui se passe ici, lui dit-il. Seriez-vous insensible à ces deux crimes, madame Portman ?

— 37 —

– Insensible ? s'étonna Jane Portman. Que voulez-vous dire, inspecteur ?

Higgins évita de croiser le regard vert clair au charme duquel il succombait un peu trop aisément à son goût.

– J'ai l'impression que vous n'êtes pas tout à fait en notre compagnie, que les faits relatés vous semblent aussi lointains que des galaxies.

Jane Portman sourit, adorable.

– Vous vous trompez inspecteur. Je n'ai rien à dire d'intéressant, voilà tout, et je me sens incapable de dissiper un mystère aussi épais. Mon métier consiste à restaurer et à conserver les vieilles pierres, pas à identifier les criminels.

– C'est précisément pourquoi votre aide nous sera précieuse, madame Portman. Un sens de l'observation tel que le vôtre est irremplaçable.

– Pourquoi « madame » Portman ? s'inquiéta Patrick Holborne. Jane n'est pas encore mariée, à ma connaissance !

Higgins dévisagea sans aménité le lieutenant de la Tour de Londres.

– Jane Portman est veuve, expliqua-t-il.

– Je… je l'ignorais.

– Vous n'avez pas eu l'occasion de consulter les dossiers administratifs, lieutenant ?

– Non, répondit Patrick Holborne. C'est le domaine réservé du gouverneur et de la secrétaire administrative. Miss Brazennose ne m'aurait pas permis d'y accéder.

Scott Marlow éprouvait une certaine méfiance à l'égard de Jane Portman. Il n'était pas loin de penser qu'elle était trop jolie pour être honnête. Elle semblait peu encline à aider Scotland Yard et devait garder des informations par devers elle.

Aussi espérait-il que Higgins ne la ménagerait pas.

– Je ne voudrais pas me montrer indiscret, dit Higgins, mais il me semble curieux que le lieutenant Holborne, qui se prétend amoureux de vous, ignore votre situation réelle.

– Elle ne présente d'intérêt que pour moi-même, expliqua Jane Portman.

– Vous êtes bien mystérieuse, madame.

– Simplement pudique, inspecteur. C'est un sentiment qui n'a plus cours, aujourd'hui. Pourquoi le décès de mon mari devrait-il être exposé sur la place publique ?

Higgins opina du chef. Dieu sait s'il appréciait la douceur voilée de cette femme. Mais certains aspects de son comportement demeuraient encore obscurs.

– Le destin ne vous a guère ménagée, madame Portman. Mort tragique de vos parents, mort tragique de votre mari le jour de vos noces, perte totale de fortune… On serait aigri et brisé à moins.

– Ce n'est point dans mon tempérament, inspecteur. Et puis la vie m'a souri, à certains moments. En me permettant de devenir conservatrice de la Tour de Londres, par exemple.

– Il est vrai que vous avez devancé un nombre considérable de candidats de grande valeur. Mais ne le devez-vous pas à votre exceptionnelle connaissance de l'Histoire ?

– Surtout à la chance. Il en fallait, dans un concours comme celui-là.

– Votre nomination a déclenché des passions diverses, observa Higgins. Myosotis Brazennose ne vous aime pas beaucoup. Elle vous juge prétentieuse, trop imbue de votre science.

La secrétaire administrative, embarrassée, préféra ne point intervenir. D'une part, Higgins disait la vérité ; d'autre part, elle souhaitait se fondre dans la demi-obscurité du petit déambulatoire où elle s'était réfugiée. L'épreuve qu'elle venait de subir la laissait sans forces.

– J'en suis désolée, dit Jane Portman. J'essaye d'exercer mon métier le mieux possible. Je regrette d'avoir offusqué Miss Brazennose pour laquelle j'ai une réelle estime.

Cette dernière versa une larme silencieuse, se promettant de présenter ses excuses à Jane Portman pour l'avoir mal jugée. Scott Marlow révisait, lui aussi, son appréciation. La conservatrice savait reconnaître les vraies valeurs.

– D'autres vous portent une affection… excessive. Mais je n'ai pas l'impression que vous partagiez les sentiments exprimés de manière trop ardente par le lieutenant Holborne.

Jane Portman perdit un peu de sa sérénité. Son merveilleux regard se voila.

– J'aimais passionnément mon mari. Aucun homme ne le remplacera. Je n'ai rien promis au lieutenant Holborne et je crois avoir été catégorique sur ce point. Mais en quoi ma vie sentimentale peut-elle éclairer votre enquête ?

– Je tente de mieux cerner votre personnalité, madame Portman, pour élucider un fait précis. Me pardonnez-vous de vous ennuyer ainsi ?

Elle sourit à nouveau. Un charme délicieux émanait de tout son être. Scott Marlow, qui y demeurait insensible, estima que Higgins déployait des trésors de galanterie bien inutiles.

– Faites votre travail, inspecteur, recommanda-t-elle. Au fond de nous-mêmes, nous désirons tous comprendre ce qui s'est passé ici.

– Avez-vous retrouvé la blouse qui vous a été volée ?

Il sembla au superintendant que la belle jeune femme était troublée par cette question. Elle recouvra vite la maîtrise d'elle-même pour répondre, sans précipitation.

– Non, et j'ai pourtant fouillé partout ! Ce petit larcin m'a irritée, je suis un peu maniaque. Je tiens à mes affaires et je ne vois pas qui a eu intérêt à commettre pareil vol.

Scott Marlow s'attendait à ce que Higgins donnât la solution de l'énigme. Mais l'ex-inspecteur-chef, soudain très perplexe, se recueillit un assez long moment, comme s'il puisait un souvenir lointain dans sa mémoire.

– Craignez-vous pour votre vie, madame Portman ?

La question surprit tous les participants à la reconstitution. Le regard de la conservatrice se fit interrogatif.

– Non… pas du tout.

– Pourquoi, en ce cas, possédez-vous un revolver ?

Jane Portman ne nia pas.

– Simple mesure de prudence. Je quitte parfois mon bureau très tard. J'aime marcher. Les environs de la Tour de Londres sont de moins en moins sûrs. Il y a eu plusieurs attentats, ces derniers temps. Si je suis attaquée, je me défendrai.

– Depuis combien d'années pratiquez-vous le tir à l'arc, madame Portman ?

– Depuis mon enfance, inspecteur. Mon père m'a appris cet art dès que j'ai su marcher. C'était sa passion. Il disait que l'archer, l'arc, la flèche étaient une seule et même chose. Lorsque tous ces éléments sont en harmonie, il est impossible de rater le centre de la cible.

Scott Marlow trouva obscure l'allusion technique de Jane Portman, mais émit un avis de plus en plus favorable sur le compte de cette jolie femme qui apportait une vague de douceur dans la lourde pénombre de la chapelle Saint-Jean.

Higgins se tourna vers le gouverneur.

– Saviez-vous, Lord Henry, qu'un grand concours de tir à l'arc devait se tenir prochainement dans les fossés de la Tour ?

– Vous me le rappelez, inspecteur. C'est mon prédécesseur qui avait donné son accord. Je ne l'ai pas remis en cause, mais j'avoue que cette manifestation m'était sortie de l'esprit.

Higgins, hésitant, s'adressa de nouveau à la conservatrice.

– Aviez-vous une raison particulière, madame Portman, de tuer Lord Fallowfield ?

Une brusque tension s'établit. Une légère ride s'inscrivit sur le front de Jane Portman.

– Pourriez-vous être plus clair, inspecteur ?

Higgins commença à tourner autour de la conservatrice.

– Le superintendant et moi-même avons été témoins d'un attentat sur la personne du gouverneur. Quelqu'un a tiré sur lui depuis les remparts. La flèche a raté son but.

Jane Portman regarda Lord Fallowfield.

– Regrettable incident, Lord Henry. Mes félicitations pour avoir échappé à cette mort peu banale.

Le gouverneur parut abasourdi. Il s'approcha de la conservatrice.

– Madame… Vous rendez-vous compte des soupçons qui pèsent sur vous ?

— 38 —

Scott Marlow partageait l'avis du gouverneur. Si Jane Portman croyait se disculper par l'ironie, elle commettait une lourde erreur. La jeune femme se contenta d'un nouveau sourire.

– Ils seront faciles à dissiper, Lord Henry, affirma-t-elle, confiante. Si j'avais voulu vous percer le corps d'une flèche, je n'aurais pas échoué. Vous avez eu affaire à un mauvais archer et c'est heureux pour vous. J'espère porter brillamment les couleurs de la Tour lors du prochain tournoi et vous prouver ainsi la véracité de mes dires.

– J'ai admiré en personne votre talent, corrobora Higgins. Peut-être avez-vous raté volontairement votre tir afin d'effrayer le gouverneur ?

L'étonnement de Jane Portman parut des plus sincères.

– Moi ? Pourquoi donc me serais-je livrée à une plaisanterie aussi stupide ?

– Pourquoi donc, en effet, réfléchit Higgins. Si vous n'êtes pas l'auteur de cet attentat, on a néanmoins voulu faire croire que vous l'étiez. Aviez-vous soupçonné madame Portman, Lord Henry ?

Ce fut au tour du gouverneur d'exprimer sa surprise.

– Pas le moins du monde, inspecteur ! J'ignorais qu'elle fût une brillante archère. Jane Portman jouit d'une excellente réputation. Rien n'aurait pu motiver un tel geste de sa part. Il reste que je figure sur la liste de l'assassin.

Scott Marlow entrevit une lueur dans les ténèbres : Lady Ann, le docteur Matthews, Lord Fallowfield... Le criminel agissait, en effet, comme s'il avait décidé de supprimer une à une les personnalités importantes de la Tour de Londres. Était-ce le fameux complot évoqué par Higgins ?

– Madame Portman, reprit l'ex-inspecteur-chef, il y a un point essentiel sur lequel vous vous êtes montrée bien évasive : l'existence du Spectre. Vous qui connaissez admirablement les archives et l'histoire de la Tour de Londres, pourriez-vous en dire davantage ?

– Nous ne sommes plus dans le domaine de l'histoire, objecta-t-elle, mais dans celui de la légende.

– Elle ment ! intervint le vieux *Yeoman,* dressant un poing vengeur vers la voûte de la chapelle, comme s'il défiait le ciel. Le Spectre est partout, depuis toujours ! Il réclame du sang, encore du sang !

Personne n'ajoutait foi à ces élucubrations, mais seul Higgins osa affronter le colosse hirsute qui tenait avec peine sur ses jambes.

– Cessez de jouer ce personnage de mauvais roman fantastique, exigea Higgins avec autorité.

Le vieux *Yeoman* se figea, stupéfait par cette mise en garde. Scott Marlow empoigna ses menottes, à tout hasard. Le lieutenant Holborne se plaça derrière son subordonné, prêt à intervenir. Affolée, Myosotis Brazennose se rapprocha du grand chambellan.

– Les solutions les plus simples ne sont pas forcément les plus mauvaises, poursuivit Higgins. Le grand Spectre est peut-être insaisissable, mais le petit spectre est à notre portée. De plus, c'est un habit fort commode pour un assassin.

Le vieux *Yeoman* semblait grandir au fur et à mesure que l'ex-inspecteur-chef s'exprimait. Son corps se déployait, s'amplifiait. Debout devant l'autel, le visage mal rasé éclairé par les lueurs dansantes des candélabres, il évoquait un prêtre satanique s'apprêtant à célébrer quelque rituel maléfique.

Scott Marlow sentit que le terme de cette enquête approchait. N'avait-il pas eu la quasi-certitude que ce vieux fou était traversé par des crises de violence meurtrières ?

– Vous n'avez cessé de nous narguer, dit Higgins au « spectre », ce qui ne constitue qu'un délit mineur. Afin d'y parvenir, vous étiez toujours présent sur les lieux où les drames se produisaient. C'est vous qui avez découvert le cadavre de Lady Ann, qui avez procédé à l'exhibition morbide de sa tête tranchée, qui avez eu le temps de fouiller son sac à main et d'y placer un faux message.

– Mensonge ! hurla le vieux *Yeoman,* enfiévré. Je ne me suis occupé que de sa tête, pour faire peur à tous ces pleutres ! C'est ce que le Spectre m'avait demandé.

– Pourquoi laviez-vous une tache de sang imaginaire sur le dallage de la Tour sanglante ?

Le visage du soldat s'enlaidit d'un rictus méprisant.

– Imaginaire… pour vous ! Vous êtes aveugle ! Le Spectre frappera encore, il n'a pas eu son compte de sang !

Il se dégageait une telle puissance de l'étrange personnage que chacun se sentait envoûté par ses prophéties. Higgins, gardant son calme, consulta son carnet noir.

– Vous avez même annoncé à vos corbeaux : « un meurtre ne suffira pas ». Pour un homme comme vous, habitué à fendre des bûches deux heures par jour, cela signifierait-il que vous aviez l'intention de décapiter quelqu'un d'autre ?

La douceur du ton de Higgins contrastait avec la violence de la question. Le vieux *Yeoman* grommela des paroles indistinctes.

– Il est astucieux de se rendre insoupçonnable en simulant la folie, analysa l'homme du Yard. Mais vous n'êtes pas fou. Vous suivez votre chemin avec beaucoup d'opiniâtreté. Le cœur de la Tour de Londres, c'est vous. Vous pressentez à l'avance ce qui va advenir, ici ou là. Vous étiez dans la Tour sanglante lors du meurtre de Lady Ann, au portail des traîtres lors de celui du docteur Matthews, sur les créneaux lors de la tentative d'assassinat du gouverneur. N'êtes-vous pas l'incarnation du Spectre, n'agissez-vous pas en son nom afin de punir les coupables ?

Chacun retint son souffle. Higgins n'avait pas été agressif. Il s'était comporté comme un confident, comme un ami sûr auquel on a envie d'avouer une faute pour se débarrasser d'un poids insupportable. Au regard perdu du vieux *Yeoman,* il était clair qu'il allait enfin céder et confesser d'horribles crimes.

Le « spectre » tremblait. En lui s'était déclenchée une tempête qui menaçait de le détruire.

– Non... non, ce n'est pas cela, vous vous trompez... Personne ne peut agir au nom du Spectre. Je le connais, il me parle, mais je n'exécute pas ses sentences.

Le vieux *Yeoman* recula, bouscula Patrick Holborne, se heurta violemment à l'autel. Il ne parut pas souffrir du choc, ne quittant pas Higgins des yeux, tel un fauve hypnotisé par son dompteur.

– Vous n'auriez pas dû maculer ma chambre de sauce tomate, reprocha Higgins au vieux *Yeoman.* Vous souhaitiez me voir quitter la Tour de Londres, n'est-ce-pas ?

Fasciné, le soldat acquiesça du regard.

– Vous étiez persuadé que je voulais entrer en contact avec le Spectre et que vous risquiez ainsi de perdre vos privilèges. Vous avez eu tort de vous méfier de moi. Je sais que vous n'êtes pas coupable car vous n'avez pas quitté l'enceinte de la Tour de Londres depuis plus de trente ans. Or l'assassin a dû en sortir, ne serait-ce qu'une fois, pour mener à bien son sinistre projet. Il y a de nombreuses années, je suis venu ici et j'ai noté cette impression : « Ce sont les corbeaux qui détiennent la vérité ». Une prémonition, peut-être, dont je ne comprends la valeur qu'aujourd'hui.

Le vieux *Yeoman* se calmait. Sa tempête intérieure s'apaisait.

– Si vous étiez sur les lieux des crimes, expliqua l'ex-inspecteur-chef, c'est grâce à vos corbeaux. Ils voient tout, entendent tout et vous préviennent aussitôt dans un langage que vous êtes seul à comprendre. Par conséquent, vous connaissez le nom de l'assassin. Vos corbeaux vous l'ont donné.

Le vieux *Yeoman* devint le point de mire de l'assemblée.

– C'est vrai, répondit-il. Je connais le nom de l'assassin.

— 39 —

– Mais, ajouta-t-il aussitôt, je n'ai pas le droit de le révéler. Le Spectre me l'a interdit.

Lord Henry Fallowfield étouffa une protestation rageuse et s'avança vers le vieux *Yeoman.*

– Cette mascarade a assez duré. Si vous connaissez réellement l'identité du meurtrier de Lady Ann, donnez-la.

Le « spectre » se ramassa sur lui-même. Son œil gauche se ferma. Ses joues tombèrent, telles deux poches vides. Ses lèvres se distendirent. Dans un mouvement inimitable, il se disloqua pour s'asseoir, mit la tête dans ses mains et ne bougea plus.

– Nous n'en tirerons plus un mot, estima Higgins. Je crois que vous l'avez un peu trop brusqué, Lord Henry.

– Tout ceci est grotesque, inspecteur ! s'enflamma le gouverneur. Cet homme est un fou criminel. Remettez-le entre les mains des psychiatres et faites-le parler.

– Que deviendraient les corbeaux, Lord Henry ? Oseriez-vous mettre en péril la Tour de Londres et l'Angleterre elle-même ?

Higgins consulta une nouvelle fois son carnet noir. Il prit son temps comme s'il était seul dans la chapelle Saint-Jean.

– Il n'y a plus d'autres points de ce genre à éclaircir, déclara-t-il, ennuyé. Je suis arrivé au terme de mes déductions.

Scott Marlow défaillit. Higgins aurait-il… échoué ? Les pistes qu'il avait suivies ne se terminaient-elles pas en culs-de-sac ? Comment se justifierait Scotland Yard, lorsque la reine lui demanderait des comptes !

– Si vous en avez terminé, inspecteur, proposa Lord Fallowfield, je suppose que nous pouvons nous retirer.

– Une toute petite minute encore, Lord Henry. Une simple affaire personnelle à régler. Monsieur Bronstein, accepteriez-vous de vous montrer ?

Elie Bronstein semblait avoir disparu. Obligé de répondre à l'appel de Higgins, il sortit de la pénombre du déambulatoire où il s'était réfugié. Le rebord de son chapeau pied-de-poule lui cachait presque entièrement le visage.

– Seriez-vous assez aimable, monsieur Bronstein, pour me restituer le crayon que vous m'avez volé ? Il s'agit d'un Staedler Tradition B que j'ai taillé moi-même et auquel je tiens tout particulièrement.

Le petit homme geignit.

– Vous… vous faites erreur, inspecteur. Je ne possède pas cet objet et je ne savais même pas que vous vous serviez d'un crayon.

Higgins adopta l'expression sévère d'un maître d'école rabrouant un élève indiscipliné.

– Voyons, monsieur Bronstein, souvenez-vous : nous nous trouvions dans le bâtiment des joyaux, admirant quelques-uns de ces chefs-d'œuvre qui vous fascinent à juste titre. Je vous ai prêté mon crayon pour dessiner.

Les lèvres du petit homme tremblèrent.

– Ah oui, en effet, je me souviens, à présent ! J'ai dû le garder par inadvertance.

– Mais non, monsieur Bronstein. Il ne s'agit pas d'une banale distraction de votre part. Vous avez eu un regard glacial, intense lorsque vous vous êtes emparé de mon crayon pour le glisser dans votre manche, croyant que je ne m'apercevais de rien. Vous devriez me le restituer.

Elie Bronstein glissa la main gauche dans la manche droite de sa veste et en sortit le Staedler Tradition B qu'il tendit timidement à son légitime propriétaire.

– Vous avez commis une grave erreur, monsieur Bronstein, dit Higgins, soudain incisif. En reconnaissant votre petit méfait, vous venez de me fournir le fil d'Ariane qui va permettre d'entrer enfin dans le labyrinthe de la Tour de Londres sans risquer de s'y perdre.

Scott Marlow ne perçut pas complètement le rapport entre le crayon de Higgins et les deux meurtres, mais reprit espoir. L'attitude de l'ex-inspecteur-chef avait changé. Il redevenait sûr de lui et de ses méthodes.

Elie Bronstein, clé de l'énigme ! Le superintendant n'aurait pas songé à s'attaquer à ce petit homme ridé, fripé, timide et mal à l'aise.

– Je regrette, geignit de nouveau Elie Bronstein. Un moment de faiblesse... J'adore les crayons.

Higgins devint tranchant comme du métal.

– Vous n'adorez pas que les crayons, monsieur Bronstein. Ce vol aussi stupide qu'insignifiant m'a permis de comprendre que vous apparteniez à une race très particulière : celle des kleptomanes. Vous êtes incapable de vous retenir, qu'il s'agisse d'un crayon, d'un bloc-notes de deux cents feuillets sans spirales appartenant à Myosotis Brazennose ou des lunettes du docteur Matthews. C'est bien vous, n'est-ce pas, qui les lui avez dérobées, pendant la cérémonie d'installation du gouverneur ? Vous n'avez pu vous retenir. Cela explique votre geste : vous teniez à deux mains votre chapeau pour bien l'enfoncer sur votre tête. Je suppose que c'est l'une de vos cachettes favorites, une fois le larcin accompli ? Nous devrions vérifier ce qui s'y trouve actuellement.

– Non ! hurla Elie Bronstein, s'agrippant de toutes ses forces à son couvre-chef.

– Soyez raisonnable, mon ami, le pria Sir Timothy Raven. Aidez-moi, lieutenant Holborne.

– Ne me touchez pas ! supplia le petit homme, qui fut cependant obligé de céder.

Avec délicatesse, le grand chambellan souleva le couvre-chef à l'intérieur duquel étaient aménagés des compartiments pouvant contenir de petits objets. Il y découvrit une bague de pacotille qu'il exhiba aussitôt.

– Ce bijou m'appartient ! s'exclama Myosotis Brazennose, s'apercevant avec effroi que la bague avait disparu de son petit doigt de la main gauche.

Le grand chambellan lui restitua son bien.

– Comment est-ce possible ? Je n'ai même pas senti ce monsieur Bronstein s'approcher de moi !

Cette constatation plongea Sir Timothy Raven dans la plus grande perplexité.

– Mais alors… et ma clé ! Ne serait-ce pas Bronstein qui l'aurait volée pendant la cérémonie ?

Le gouverneur considérait son secrétaire particulier avec effarement.

– Elie… Qu'est-ce qui vous a pris ?

– C'est… c'est plus fort que moi, balbutia le petit homme, tentant de s'incruster dans un des piliers de la chapelle Saint-Jean.

– Sir Timothy Raven, indiqua Higgins, m'a ouvert l'esprit en me rappelant que le colonel Blood, en 1671, avait presque réussi à voler les joyaux de la Couronne. Avec un peu moins de précipitation, il aurait abouti dans cette entreprise jugée impossible. Elie Bronstein, lui, avait décidé de prendre son temps. Collectionneur, amateur de manuscrits, passionné d'orfèvrerie, il a dû bénir la nomination de son patron à la Tour. Enfin, il allait admirer tout son saoul les bijoux les plus célèbres de la planète. Il ne quittait son domicile que pour entrer dans *Jewel House* où il demeurait des heures entières devant les vitrines. Une passion comme celle-là n'est pas commune. Elle ne pouvait rester... platonique. J'ai fini par être persuadé qu'Elie Bronstein avait conçu le projet insensé de voler les bijoux.

– Nous voici en pleine fantasmagorie ! s'exclama le gouverneur. Je connais Elie depuis de nombreuses années. J'ignorais son déplorable talent de pickpocket, mais je sais qu'il est incapable de vaincre les systèmes de sécurité de *Jewel House* !

– Détrompez-vous, lord Fallowfield, objecta Higgins. Elie Bronstein avait mis au point une méthode très efficace : il volait *par le regard.*

La déclaration sibylline de Higgins ne convainquit personne.

– Qu'est-ce que ça signifie ? interrogea le gouverneur, inquiet.

– C'est en observant Elie Bronstein, Lord Henry, que j'ai percé le secret de sa technique. Il fixe une seule pièce aussi longtemps que nécessaire. Les moindres détails se gravent dans sa mémoire. Il s'agit d'une véritable transfusion de bijoux, les précieux objets passant intégralement et sans distorsion de la vitrine dans le cerveau d'Elie Bronstein.

Le petit homme, qui avait l'impression d'être nu sans son chapeau, s'était recroquevillé. Le gouverneur paraissait plutôt amusé par les curieuses accusations de l'ex-inspecteur-chef.

– Voilà une manière de voler bien inoffensive, estima-t-il. Les visiteurs du monde entier opèrent de la même façon.

– Sans doute, reconnut Higgins, mais ils n'ont ni le passé ni le talent d'Elie Bronstein.

Au terme de « passé », le petit homme ferma les yeux.

– Elie a beaucoup souffert, précisa Lord Fallowfield. Il n'est peut-être pas nécessaire, inspecteur, de remuer des souvenirs douloureux.

– Hélas si ! rétorqua Higgins, car il a beaucoup fait souffrir également. La manière dont il s'y est pris éclaire cette affaire d'un jour singulier.

Scott Marlow, qui reprochait intérieurement à Higgins de s'acharner sur le petit homme sans défense, sentit que la reconstitution approchait d'une zone de turbulence où certains masques allaient tomber.

– Mon service d'information, commença Higgins, en remerciant mentalement le colonel Arthur Mac Crombie, m'a appris qu'Elie Bronstein, avant d'entrer au service de Lord Fallowfield à la fin de la guerre, était l'un des plus célèbres et des plus talentueux orfèvres de la communauté juive polonaise. Le futur gouverneur de la Tour l'a sauvé des bagnes nazis, certes, mais aussi de ses coreligionnaires ! Dès le début de la guerre, Elie Bronstein a vendu des juifs aux nazis pour assurer sa propre sécurité. Il récupérait leur or, leurs bijoux, les retaillait, les modifiait et les offrait à ses protecteurs en gage de sa bonne volonté. Sa vie contre celle de ses proches et de ses amis. La communauté juive finit par s'apercevoir que ceux qui s'adressaient à Elie Bronstein pour sortir d'Allemagne ne réapparaissaient nulle part.

Lord Henry Fallowfield ouvrit des yeux horrifiés.

– Elie, mon Dieu… Pourquoi ?

Le petit homme s'exprima avec peine.

– C'était la guerre, expliqua-t-il. Je n'avais pas le choix. C'était ça ou ils tuaient mes parents.

– Vous avez été naïf, monsieur Bronstein, ajouta Higgins, puisqu'ils ont quand même été gazés. Comment avez-vous pu croire à la parole des nazis ?

Elie Bronstein baissa la tête. Son crâne presque chauve, orné de rares cheveux gris cendre, le rendait pitoyable.

– N'oublions pas le talent de Bronstein, recommanda Higgins. Si les Allemands avaient gagné la guerre, il serait probablement devenu fournisseur du Reich. Son génie manuel a survécu. Une idée folle a germé dans son esprit : s'emparer des joyaux de la Couronne britannique.

– Et voilà pourquoi il a volé ma clé ! constata le grand chambellan, trop heureux de faire comprendre à l'assemblée qu'il ne l'avait pas égarée.

– À quoi lui aurait-elle servi ? objecta le lieutenant Holborne. Avec cette seule clé, il ne pouvait menacer la sécurité de *Jewel House.* Je crois qu'il s'en est emparé comme du reste, selon sa technique de pickpocket.

– Ne brûlons pas les étapes, dit Higgins. Impossible, en effet, de s'emparer des pièces célèbres parfaitement à l'abri dans les vitrines de la Tour. Mais il existe beaucoup de pièces secondaires.

– Elles sont aussi célèbres que les autres ! opposa le gouverneur.

– Mais beaucoup plus faciles à reproduire dans un premier temps et à négocier dans un second, affirma l'homme du Yard. Elie Bronstein ne s'attardait pas sur les couronnes et les sceptres. Il avait choisi de petits objets. J'ai vérifié ses dons en lui demandant de dessiner un chef-d'œuvre complexe, une couronne impériale, sur mon carnet. Vous pouvez contrôler, Lord Henry, l'incroyable précision de cette reproduction pourtant tracée en quelques coups de crayon.

Higgins ouvrit son carnet à la bonne page. Le gouverneur de la Tour de Londres fut ébloui par la qualité du dessin d'Elie Bronstein.

– N'avez-vous pas confié à M. Bronstein la préparation d'un nouveau catalogue complet des joyaux de la Couronne, Lord Henry ? interrogea Higgins.

– En aucun cas ! protesta le gouverneur, fixant le petit homme avec sévérité.

Ce dernier, qui avait entrouvert les yeux, les referma aussitôt, plaçant même une main devant son visage, comme s'il craignait d'être battu.

– Ce genre de tâche relève exclusivement de la compétence de la conservatrice, indiqua Lord Henry Fallowfield.

– Elie Bronstein vous en avait-il parlé ? demanda Higgins à Jane Portman.

– Non, répondit-elle, intriguée. Un tel catalogue ne serait nullement nécessaire. Il existe déjà.

– Je sais, approuva Higgins. Je l'ai longuement consulté, il m'a paru tout à fait satisfaisant. Venez avec moi, madame Portman. Il me faut votre concours pour une expérience de la plus haute importance. Nous serons rapides.

*

* *

L'absence de Jane Portman et de Higgins ne dura qu'un quart d'heure. À l'intérieur de la chapelle Saint-Jean, l'atmosphère s'était encore alourdie. Le superintendant avait été obligé de rassurer Lord Fallowfield, lui promettant que Higgins ne s'engageait pas sur un chemin aussi obscur que celui-là sans être persuadé de pouvoir trouver la lumière au terme du voyage.

Quand Jane Portman pénétra à nouveau dans la chapelle, chacun s'aperçut qu'elle était contrariée, presque bouleversée.

– J'ai dû faire subir une difficile épreuve à madame Portman, expliqua Higgins, afin de m'assurer de sa bonne foi. Je lui ai montré un éperon et une ampoule d'or qu'avait si patiemment étudiés Elie Bronstein.

– Ceux qui sont dans la vitrine, indiqua la conservatrice en butant un peu sur les mots, ce sont... des faux !

Si la foudre était tombée sur la tête du gouverneur, elle ne lui aurait pas fait davantage d'effet.

– Madame Portman... C'est impossible !

– Tenons-nous-en au fait, exigea Higgins. Madame Portman et moi-même sommes persuadés que des pièces authentiques ont été remplacées par des copies. Une expertise le prouvera. Mon attention a été alertée par d'infimes différences entre les photographies du catalogue officiel où sont reproduits les objets d'origine et ceux exposés dans les vitrines. Un certain brillant qui manquait, un défaut de patine, une impression générale... L'œil exercé de madame Portman a confirmé mon jugement.

Scott Marlow était abasourdi par l'ampleur de la machination mise au point par ce petit homme falot, sans envergure, que la moindre émotion semblait démonter.

– J'ai tendu un autre petit piège à Elie Bronstein, dévoila Higgins. L'un de mes amis, Malcolm Mac Cullough, lui a rendu visite avec la photographie d'une pièce byzantine qu'il venait d'acquérir. Malcolm lui a demandé une reproduction parfaite de l'objet à partir de la seule photographie. Bronstein a accepté, pour la somme de cinq mille livres, la moitié payable à la commande. Il a exigé un délai de trois mois, prétextant un travail urgent. Il est certain que la fabrication de copies de joyaux de la Couronne doit occuper la majeure partie de ses nuits, dans son atelier du 13 Bloomsbury Street que perquisitionne actuellement Scotland Yard.

Elie Bronstein ne nia pas. Le grand chambellan formula une remarque qui lui tenait à cœur.

– Vos propos, inspecteur, impliquent une conséquence directe. Les malversations inouïes d'Elie Bronstein supposent… une complicité.

– Je le crains, Sir Timothy, répondit Higgins. J'avais d'abord pensé à Jane Portman. Elle s'est innocentée en reconnaissant les faux. Puis je me suis demandé si le vol des joyaux n'était pas relié, d'une façon ou d'une autre, aux deux crimes. Or je ne vois guère Elie Bronstein commettre des actes d'une telle violence. Il me fallait donc un suspect remplissant deux conditions : faire partie des principaux responsables de la sécurité de la Tour et disposer de ressources physiques nécessaires pour tuer. Que pensez-vous de mes déductions, lieutenant Holborne ?

— 40 —

Patrick Holborne ne parvint pas à dissimuler son émotion. La pâleur de son visage fit ressortir ses taches de rousseur.

– Vous... vous m'accusez ?

Higgins, le carnet noir à la main, lut quelques notes et s'approcha du lieutenant de la Tour de Londres, hérissé comme un coq de combat.

– Qui êtes-vous, lieutenant Holborne ? En apparence, un soldat intègre, discipliné, vivant dans le culte de son métier. Ce n'est là qu'une façade qui ne résiste guère à l'examen ; je vous ai regardé vivre et j'ai découvert un autre homme, angoissé, faible, se décourageant à la première tempête. Vous ne possédez aucune autorité naturelle, vos hommes le ressentent. Vous n'êtes pas parvenu à les faire revenir sur leur décision quand ils ont refusé de garder le cadavre de Lady Ann. Le moindre obstacle vous fait peur. Sans doute avez-vous embrassé la carrière militaire afin de cacher votre crainte de la vie sous un uniforme. Vous êtes également malheureux en amour ; peut-être vos sentiments pour Jane Portman sont-ils sincères, mais vous n'êtes pas payé de retour. Et vous voilà condamné à rester vieux garçon, dans un appartement un peu triste, au mobilier usé, à boire du mauvais café et à déguster une cuisine indigeste.

De plus, vous êtes déçu par votre carrière. Aucune chance pour vous d'accéder à un poste supérieur. Or vous aimez l'argent ; non pour lui-même, mais pour sortir de cette Tour de Londres où vous étouffez. Alors, vous jouez aux courses. Et vous perdez. Vous perdez plus que vous ne possédez. Il vous faut vendre vos biens pour éponger une partie de votre dette qui ne cesse de croître puisque vous continuez à jouer. Votre bookmaker vous serre à la gorge.

– Cette conduite est tout à fait scandaleuse, intervint Lord Fallowfield. Je ne peux y croire. Lieutenant, confirmez-vous les propos de l'inspecteur Higgins ?

Patrick Holborne, par réflexe, se mit presque au garde-à-vous.

– Affirmatif, Lord Henry.

– Vous pouvez vous considérer comme révoqué, lieutenant.

– Je crains, dit Higgins, que les sanctions à prendre contre Patrick Holborne soient d'un autre ordre.

Scott Marlow empoigna ses menottes. L'épilogue approchait. Higgins venait de désigner l'assassin ; il ne lui restait plus qu'à indiquer comment il était parvenu à l'identifier. Le lieutenant de la Tour de Londres demeurait digne et raide, comme si ce moyen de défense lui paraissait efficace.

– Vous avez bien tenu votre rôle, lieutenant, indiqua Higgins. Mais un homme vous a fait commettre une erreur : le docteur Matthews, qui se disait votre ami. Ses nerfs ont lâché, lors d'un déjeuner où le lieutenant Marlow et moi-même étions présents. En vous agressant, il nous a lancé un signal d'alarme. Vous le teniez sous votre coupe depuis trop longtemps. Peu préparé à une pareille ruade de la part de celui que vous estimiez avoir définitivement réduit à merci, vous avez mal réagi. Il vous défiait en soulignant votre échec amoureux auprès de Jane Portman. Vous avez répliqué sur le même terrain. Grave faux pas, lieutenant. Richard Matthews aurait dû se moquer de cet assaut et se féliciter d'avoir une maîtresse, de prendre une revanche sur la solitude. Mais lui et vous saviez que cette maîtresse-là n'était pas une femme comme les autres. C'était par intérêt qu'elle avait séduit le docteur Matthews. Il l'avait compris trop tard ; piégé à cause de la drogue, menacé d'être dénoncé et de perdre son poste, il ne pouvait même pas révéler le nom de cette femme qui s'était si cruellement moqué de lui. Vous avez pris conscience de votre impair, lieutenant, et avez tenté, bien maladroitement, de le réparer en niant l'existence de cette mystérieuse maîtresse puis celle de la femme à la voilette. Elles ne sont qu'une seule et même personne : Lady Ann Fallowfield.

Scott Marlow, comme les autres participants à la reconstitution, mit un temps certain à percevoir la signification réelle des paroles de Higgins qui, à bon escient, observa un assez long silence.

– Vous m'avez menti, lieutenant Holborne, reprit l'ex-inspecteur-chef, en affirmant que la femme à la voilette n'était qu'un mirage. Vous connaissiez son identité et sa liaison avec le docteur Matthews. Voilà ce que voulait m'apprendre le médecin-chef : comment il était tombé dans les griffes de cette femme et dans les vôtres, comment il s'était trouvé mêlé malgré lui à la tentative de vol la plus extraordinaire qui se puisse concevoir. Richard Matthews souhaitait sortir de ce guêpier, mais sentait sa vie en péril. De plus en plus nerveux, il a décidé de risquer le tout pour le tout, de se confier au grand chambellan et à Scotland Yard. En faisant éclater le scandale au grand jour, il croyait voir sa responsabilité atténuée. Vous vous en êtes rendu compte, lieutenant. Vous ne l'avez plus perdu de vue. Quand Lord Fallowfield vous a chargé de le reconduire à son cabinet, vous avez profité de l'occasion. Sous la menace, vous l'avez obligé à se droguer, conduit au portail des traîtres après lui avoir fait avouer qu'il m'avait fixé là rendez-vous et l'avez aisément noyé.

Le superintendant Marlow, quittant son poste d'observation, fit une entrée remarquée dans l'espace central de la chapelle Saint-Jean. Il s'arrêta devant le lieutenant de la Tour dont l'immobilité faisait peine à voir. Il aurait ressemblé à un cadavre debout, si sa lèvre inférieure n'avait été agitée par un tic.

– Patrick Holborne, déclara pompeusement Scott Marlow, au nom de la police de Sa Majesté, je vous accuse officiellement d'homicide volontaire sur la personne du docteur Matthews et sur celle…

Le superintendant tourna la tête en direction de Higgins.

Ce dernier n'avait pas encore évoqué le meurtre de Lady Ann que le lieutenant Holborne avait également été obligé de supprimer.

– J'ai le voleur et l'assassin, précisa Higgins, pensif, mais ce sont deux êtres aussi faibles l'un que l'autre. Ils ne sont que les exécutants au service d'un pouvoir supérieur. N'est-ce point votre sentiment, Lord Fallowfield ?

– En quoi cette question me concerne-t-elle, inspecteur ?

Higgins contempla l'un des candélabres, pour mieux se concentrer. À présent, la phase décisive de la partie d'échecs s'engageait. L'homme du Yard regarda droit dans les yeux du gouverneur de la Tour de Londres.

– Vous saviez bien, Lord Henry, que nous en arriverions là. Vous êtes un homme intelligent, ambitieux, compétent. Votre épouse, Lady Ann et votre ami, le grand chambellan, vous ont aidé de toutes leurs forces à obtenir ce poste de gouverneur que vous désiriez depuis si longtemps. Lady Ann n'était-elle pas votre « collaboratrice » et votre « complice » ? Certes, vous formiez un couple très fortuné. Mais l'argent ne vous suffisait pas. Ce qui comptait vraiment, c'étaient les objets d'art, les pièces authentiques. Lady Ann voyageait dans le monde entier pour en acquérir, comme me l'a révélé mon ami commissaire-priseur, mais aussi... pour en vendre ! Car vous disposiez des inestimables services de Bronstein, de cet Elie Bronstein dont vous connaissiez le triste passé. C'est même à cause de ce passé que vous l'avez engagé. Il ne pouvait rien vous refuser. Il a fabriqué pour vous un nombre considérable de faux. Avec votre mariage, cette activité changea de dimension ; votre superbe collection de *netzuke* m'a éclairé sur vos goûts. En étant nommé gouverneur, le plus fabuleux des trésors se trouvait à votre portée. C'est l'aventure du colonel Blood qui m'a permis de percevoir la vérité. Comme l'expliquait Sir Timothy, la tentative de vol n'avait été possible qu'avec l'appui du pouvoir, en l'occurrence de Charles II, à court d'argent. Une situation similaire se reproduisait avec vous.

Scott Marlow sursauta. Higgins s'égarait.

– Cela signifie-t-il, ironisa Lord Fallowfield, que vous accusez la reine d'avoir organisé le vol des joyaux pour renflouer ses finances ?

– Cela signifie, répliqua Higgins avec sérieux, que seule la Couronne pouvait rendre possible un tel vol en vous nommant gouverneur. Elle faisait son malheur sans le savoir, mais c'était bien elle qui avait officiellement introduit le loup dans la bergerie. Après une quarantaine d'années de fructueuse collaboration avec Elie Bronstein, vous obteniez enfin le privilège d'accomplir votre chef-d'œuvre : dévaliser *Jewel House*.

— 41 —

Scott Marlow avait redouté le pire, et c'était bien le pire qui survenait. Le scandale serait énorme.

– Bien entendu, inspecteur, j'avais préparé mon affaire de longue date ! se moqua le gouverneur.

– Bien entendu, Lord Henry. Il vous fallait un informateur de choix à l'intérieur de la Tour. Votre ami, le grand chambellan, était trop honnête pour être corrompu. Mais il vous avait parlé du docteur Matthews, personnage au caractère tortueux et faible ayant la réputation d'espionner tout le monde. Il vivait en reclus. Vous avez demandé à votre femme de devenir sa maîtresse pour lui arracher son inestimable mine d'informations sur les mille et uns secrets de la Tour. Une chance pour vous : le docteur Matthews était un drogué. Son vice le fit tomber en votre pouvoir ; comme Bronstein, il ne pouvait plus rien vous refuser. Il vous restait à vous attaquer au délicat problème des clés du coffre contenant les plans des systèmes de sécurité de *Jewel House*. En devenant gouverneur, vous en obteniez une. Pour disposer de la deuxième, vous avez acquis sans grand-peine la complicité du lieutenant Holborne dont vous connaissiez les faiblesses grâce aux renseignements obtenus par Lady Ann. Un joueur endetté ! Décidément, la chance vous souriait. Inutile de combattre son vice : plus il perdait d'argent, plus il dépendait de vous. Restait la troisième clé : celle de Sir Timothy Raven. Une seule solution : la faire voler par Elie Bronstein qui la reproduirait aisément et l'introduirait dans la serrure adéquate à la place du grand chambellan.

Lord Fallowfield semblait moins sûr de lui. C'est d'une voix légèrement voilée qu'il émit une protestation.

– Je vous rappelle, inspecteur, que j'ai fait moi-même doubler les mesures de sécurité.

– De même, ajouta Higgins, que vous avez sèchement refusé, en ma présence, l'idée d'une exposition itinérante des joyaux de la Couronne. Une habile stratégie, consistant à faire croire que vous attachiez le plus grand prix aux consignes de sécurité, mais aussi une nécessité ! Car les pièces secondaires authentiques n'étaient pas encore toutes remplacées par les faux que fabriquait Bronstein. Il vous fallait encore quelques mois, Lord Henry, pour mener à bonne fin cette extraordinaire opération. De plus, les coupables seraient restés sur les lieux de leur forfait : vous comme gouverneur, Bronstein comme votre secrétaire particulier, Holborne comme lieutenant, Matthews comme médecin. Vous deviez avoir prévu une forte rétribution pour chacun. Lady Ann et vous restiez propriétaires d'un fabuleux trésor. Personne ne se serait douté de rien : les visiteurs auraient défilé devant des faux. Il a fallu que je désigne les deux pièces déjà remplacées à Jane Portman, à l'œil si exercé, pour qu'elle discerne quelque chose d'anormal. Dès la réouverture de la Tour, la présence d'une foule immense aurait écarté tout risque de découvrir la supercherie. Un dernier détail à régler : la disparition momentanée de la clé du grand chambellan. Sir Timothy s'en apercevrait forcément. Vous avez eu l'idée, une fois le double fabriqué par Elie Bronstein, de la glisser dans la cachette de Myosotis Brazennose dont le lieutenant Holborne connaissait l'emplacement. Cette femme vous gênait. Elle connaissait trop la Tour, aimait trop observer. En la faisant ainsi accuser d'un vol, vous auriez obtenu son licenciement.

Scott Marlow bouillait intérieurement. Ce gouverneur était un monstre, il n'avait pas hésité à souiller l'honneur d'une demoiselle vertueuse !

Lord Fallowfield soutenait sans peine le regard de Higgins et ne se départissait pas de son calme. Voyant qu'il gardait le silence, l'ex-inspecteur-chef continua :

– Malheureusement pour vous, Lord Henry, un grain de sable a enrayé cette brillante machinerie : le docteur Matthews. Il était sans doute tombé amoureux de la femme qui l'avait séduit sur commande. Bien sûr, il avait besoin de votre silence afin de conserver son poste ; bien sûr, il avait besoin de l'opium que vous lui fournissiez. Mais vous avez négligé l'intensité de son abattement. Lady Ann assassinée, le docteur Matthews n'avait même plus l'espoir de reconquérir celle qu'il aimait. Écœuré, il avait décidé de parler. En demandant au lieutenant Holborne de le raccompagner à son cabinet, vous avez prononcé la condamnation à mort du médecin-chef, sans doute déjà envisagée depuis quelque temps. Comme d'habitude, Patrick Holborne vous a obéi au doigt et à l'œil.

– À vous entendre, inspecteur, je serais un tyran environné d'esclaves ! protesta enfin Lord Fallowfield, sortant de son mutisme.

– C'est à peu près cela, répliqua Higgins. Vous régnez effectivement par le chantage. Il suffit de voir les réactions des hommes qui sont obligés de vous servir. Elie Bronstein est terrorisé ; le docteur Matthews s'effondrait dès que vous durcissiez le ton ; le lieutenant Holborne vous est soumis au point de devenir un bourreau. Chacun vous reconnaît des qualités de chef et d'organisateur. C'est la principale raison de votre nomination par la Couronne. Il est fort regrettable que vous ayez orienté vos facultés vers le mal.

– Vous n'avez aucune preuve de ce que vous avancez, inspecteur, et vous oubliez que j'ai été moi-même victime d'un attentat. C'est la même personne qui a tué mon épouse et le docteur Matthews et qui a tenté de m'assassiner ! Vous n'allez pas accuser mon « esclave », le lieutenant Holborne, d'avoir tenu l'arc et la flèche !

– Bien sûr que si, rétorqua Higgins. Ce montage était d'ailleurs décevant, car trop hâtif. Pourquoi m'avoir dit que vous aviez repéré le tireur grâce à un reflet métallique, alors qu'il n'y avait pas le moindre rayon de soleil susceptible de le produire ? Vous avez redouté la progression de l'enquête et supposé qu'un attentat contre votre personne vous innocenterait. La flèche tirée devait passer loin de vous, mais le superintendant s'est malencontreusement placé sur la trajectoire. Vous avez été obligé de le pousser pour éviter un fâcheux accident.

Scott Marlow éprouva un frisson rétrospectif.

– Ce faux attentat, continua Higgins, devait avoir lieu au moment où midi sonnerait à Big Ben. Avantage évident : faire peser les soupçons sur Jane Portman, la conservatrice, qui, comme Myosotis Brazennose, était inaccessible à la corruption et pouvait constituer une éventuelle menace si l'idée lui prenait de se pencher d'un peu trop près sur les bijoux. Voici mes conclusions, Lord Henry : vous avez failli devenir le plus grand voleur du siècle. Vous êtes un redoutable maître-chanteur et un assassin par procuration.

Le gouverneur de la Tour était devenu aussi pâle que la cire des chandelles. Son collier de barbe grise semblait avoir blanchi. Mais il ne semblait pas décidé à céder.

– Brillante théorie, inspecteur, mais vous ne pouvez présenter que des présomptions.

Scott Marlow, crispé, dut convenir que ce maudit gouverneur n'avait pas tort.

– Non, intervint le lieutenant Patrick Holborne, toujours aussi raide. Il y aura un témoignage décisif contre Lord Fallowfield : le mien.

Le gouverneur aurait bondi sur son subordonné si Higgins ne s'était interposé.

– Lieutenant, je vous interdis…

– Cela suffit, Lord Henry. J'en ai assez. J'ai oublié trop longtemps que j'étais un soldat. Le poids est trop lourd à porter. Aujourd'hui, je redeviens moi-même.

Higgins soupira intérieurement. Il avait misé sur cette réaction du lieutenant Holborne.

– N'oubliez pas, lieutenant, souligna l'homme du Yard, que vous vous accusez de meurtre.

– C'était un accident, inspecteur. Je voulais convaincre Matthews de renoncer à ses projets. En s'énervant, il a été victime d'une syncope et il est tombé dans l'eau. Je n'ai rien pu faire.

– Les juges apprécieront, déclara Scott Marlow, sceptique. Vous-même et Lord Henry êtes priés de vous tenir à la disposition de Scotland Yard.

Higgins, comme s'il se désintéressait de la situation, se dirigea à nouveau vers l'autel, tournant le dos à ses interlocuteurs. Lord Fallowfield, consterné, jetait des regards haineux à Patrick Holborne, redevenu officier de Sa Majesté.

– Il ne faudrait pas oublier l'origine de cette affaire, rappela l'ex-inspecteur-chef : l'assassinat de Lady Ann. Cette fois, lieutenant Holborne, vous ne pouvez parler d'accident.

La tension, qui s'était apaisée, redevint palpable. La tête coupée de Lady Ann resurgit dans les mémoires.

– Je suis innocent, affirma le lieutenant Holborne avec conviction.

Higgins s'approcha à pas lents, consultant son carnet.

– Vous étiez un champion de sprint, lieutenant, dont la carrière a été interrompue par une malencontreuse blessure. J'ai été contraint de vous soumettre à une épreuve chronométrée pour voir si vous auriez eu le temps, en exploitant la présence du *smog*, d'aller décapiter Lady Ann dans la Tour sanglante et de revenir sur la pelouse. Essai peu concluant, je l'avoue. Il vous était impossible, même en agissant très rapidement, d'accomplir ce forfait, d'autant plus que vous vous êtes rendu dans la Maison de la Reine, à l'opposé de la Tour sanglante, pour y rechercher Lady Ann sur l'ordre du gouverneur.

Higgins dévisagea à nouveau ce dernier.

– Et vous, Lord Fallowfield, croyez-vous à l'innocence de Patrick Holborne ? N'auriez-vous pas commandité ce crime-là également, à moins que vous n'ayez agi vous-même ?

– C'est… c'est monstrueux ! protesta le gouverneur dont l'émotion semblait sincère.

Higgins ne lâcha pas prise.

– Admettons que le message découvert dans le sac de Lady Ann soit le bon, il faisait allusion à l'amant de votre femme. Elle accourt, inquiète, à la Tour sanglante. Pourquoi ? Parce qu'elle avait réellement un amant, non pas le docteur Matthews qu'elle avait séduit sur votre ordre, mais le lieutenant Holborne. Vous ne supportez pas l'infidélité, Lord Henry, et vous décidez de supprimer celle qui vous bafoue.

– C'est absurde, dit le gouverneur, contrit. J'aimais ma femme.

L'homme du Yard observa un temps de silence. Lord Fallowfield paraissait brisé.

– Lors de notre première entrevue, reprit Higgins, lisant ses notes, vous m'avez déclaré : « Me voici privé de l'aide la plus précieuse qui soit : celle de ma chère épouse. » La mort de Lady Ann, il est vrai, vous arrachait votre complice, l'âme de votre entreprise. Votre attitude, lorsque le *smog* a envahi la pelouse, a été significative. Dès que vous l'avez perdue de vue, vous vous êtes affolé. Vous étiez bouleversé, réellement angoissé, non parce que vous aviez tué votre femme, mais parce que vous ignoriez qui avait commis ce crime et pourquoi. Lady Ann décapitée, le jour de votre installation : votre univers, si parfaitement tissé, basculait dans l'incompréhensible. Quelqu'un, ici, sait pourtant que ce meurtre répondait à la plus implacable des logiques.

– Mais qui donc ? supplia Lord Fallowfield, posant la question qui brûlait les lèvres de tous les participants à la reconstitution.

– L'assassin de Lady Ann, répondit Higgins : la conservatrice de la Tour de Londres, Jane Portman.

— 42 —

Le merveilleux regard vert tendre de la conservatrice de la Tour de Londres ne vacilla point. Chacun s'attendait à ce qu'elle protestât avec la dernière vigueur, mais elle préféra garder le silence. Ce silence opaque, impénétrable qui imprégnait la Tour de Londres et auquel Higgins s'était heurté depuis le début de son enquête.

– Ce qu'il fallait d'abord comprendre, indiqua l'homme du Yard, c'est que les victimes n'étaient pas innocentes, pas davantage Lady Ann que le docteur Matthews. Leur participation au projet de vol des joyaux étant établie, restait à dissocier les deux crimes. Le docteur Matthews et la femme du gouverneur n'avaient été tués ni par la même personne ni pour le même motif. L'archaïsme des meurtres ? Une simple illusion. L'attentat à la flèche contre le gouverneur n'était qu'un leurre. La « noyade » du docteur Matthews devenait une obligation pour le clan de Lord Fallowfield. Quant à la décapitation de Lady Ann, elle ne répondait, en réalité, à aucune volonté d'exhibitionnisme. Le meurtre ne pouvait être commis que de cette manière-là. L'assassin n'avait pas le choix.

– Pourquoi donc ? interrogea le grand chambellan.

– Parce que Mme Portman est née Jane Grey.

Higgins ne récolta que des regards remplis d'incompréhension. D'un pas lent, il déambula dans la chapelle. C'était un bien douloureux chemin dans le passé qu'il lui fallait à présent parcourir.

– C'est la conservatrice elle-même qui m'a appris qu'elle était mariée à un docteur Portman, son amour d'enfance, tragiquement décédé pendant le banquet des noces. Une disparition brutale, étrange, qui a nécessité une autopsie, réclamée par la veuve elle-même. Ce malheur ne fut pas le seul à frapper Jane. Elle perdit ses parents dans l'incendie de leur manoir et se retrouva presque dans la misère. En faisant vérifier ces détails, j'ai appris que les grands-parents étaient également décédés de manière tragique dans un accident d'alpinisme. C'est en reliant cette accumulation de tragédies au nom de jeune fille de Jane Portman que la lumière s'est faite.

Les regards de Higgins et de la jeune femme se croisèrent. Il lut dans ses yeux un encouragement à continuer, à formuler une confession qu'elle aurait été incapable d'exprimer elle-même.

– La Tour de Londres, poursuivit l'ex-inspecteur-chef, est un organisme vivant. Elle fut le lieu, non d'un crime, mais de plusieurs exécutions. Partout, des souvenirs de morts violentes. L'une des plus affreuses fut celle de Lady Jeanne Grey, l'ancêtre de Jane Portman, décapitée le 12 février 1554, le même jour que son mari.

Tous étaient ébahis, attendant que Higgins s'expliquât plus avant.

– Jane Portman connaissait admirablement l'histoire de la Tour et de la moindre de ses pierres. Partout, elle retrouvait le souvenir de Lady Jeanne Grey. Pourtant, quand elle m'a accordé une sorte de visite guidée de la Tour Beauchamp, elle a fait revivre tous les personnages illustres de cet endroit… sauf Lady Jeanne Grey. C'était pourtant là que la conservatrice restaurait pieusement les inscriptions des frères Dudley dont celle de Guildford Dudley, le mari de Lady Jeanne Grey, et la touchante inscription 48, comportant le seul mot de « Jane », désignant son illustre ancêtre, une reine de dix jours.

Lord Fallowfield, abasourdi, tentait vainement de donner un sens à ces révélations.

– Mais pourquoi cette filiation a-t-elle conduit Jane Portman à tuer ma femme de cette manière ?

– À cause de la malédiction, indiqua Jane Grey avec une gravité qui fit frissonner Higgins. Ma famille est maudite depuis l'exécution de mon aïeule. Je savais que, tant qu'elle n'aurait pas été vengée, tous les Grey et leurs proches vivraient l'enfer sur cette terre et périraient de manière tragique. En épousant Peter Portman, je croyais avoir brisé la chaîne infernale. Un vrai bonheur, enfin… mais vous savez ce qui est arrivé. Il est mort à cause de moi. J'ai subi une affreuse dépression. Au fond de ma détresse, j'ai compris. Il fallait que j'agisse.

– Insensé ! s'exclama le grand chambellan. Une vengeance, quatre siècles plus tard ! Mais pourquoi l'avoir exercée sur Lady Ann ?

– Il suffisait, pour le savoir, de se rendre à la bibliothèque de la Tour, précisa Higgins et d'y consulter les documents relatifs au procès et à la condamnation de Lady Jeanne Grey. Le roi aurait peut-être gracié cette dernière et son mari si un juge, qui convoitait leurs terres, ne s'était pas montré inflexible. Ce juge s'appelait Warford.

– Mon Dieu ! s'écria Lord Fallowfield, au bord de la syncope. Warford…

– Oui, Warford, répéta Higgins. L'un des ancêtres de Lady Ann Fallowfield, née Warford. Je connaissais ce détail capital par le *Times,* comme tout un chacun. Le destin m'avait même adressé un clin d'œil par le biais de l'ordinateur du Yard qui s'était trompé sur l'identité réelle de Lady Ann. Le même destin qui avait accordé un cadeau empoisonné à Jane Portman : lui permettre d'accéder au poste de conservatrice de la Tour de Londres. La clé de voûte de l'édifice intérieur qu'elle avait construit avec un seul but : décapiter Lady Ann Warford comme l'avait été Lady Jeanne Grey.

– Comment avez-vous soupçonné Jane ? demanda le grand chambellan, décidé à ne plus remplir la moindre fonction à la Tour de Londres.

– Une accumulation d'indices, répondit l'homme du Yard. Le plus important d'entre eux est la seule faute commise par Jane Portman : le vol de sa blouse. Combiné au détail des ordonnances vierges du docteur Matthews, cela m'a fourni une explication plausible d'un curieux fait divers, la décapitation d'un cadavre dans la salle de dissection d'un hôpital. Qui aurait eu intérêt à dérober cette blouse, sinon l'assassin de Lady Ann pour se livrer à une ultime répétition ? Et si Jane Portman avait insisté sur la disparition de ce vêtement pour mieux s'innocenter elle-même ? À partir de cette théorie, il était permis de supposer que la conservatrice de la Tour avait usé d'un déguisement, se faisant passer pour un homme afin d'avoir accès à la salle de dissection sans être identifiée. Elle a vérifié que ses mains ne tremblaient pas. C'est Jane Portman, bien sûr, qui a tapé les deux messages destinés à Lady Ann. Elle a oublié de commettre quelques fautes d'orthographe qui auraient pu attribuer leur paternité à Myosotis Brazennose. Le message glissé dans le sac à main de Lady Ann concernait son mari, Lord Fallowfield. Croyant que ce dernier était réellement en danger, sans doute à cause de l'affaire du vol des joyaux, elle a profité du *smog* pour s'éclipser et se rendre à la Tour sanglante. Jane Portman qui ne s'est jamais éloignée d'elle, l'a suivie. Elle lui a probablement révélé qui elles étaient réellement, l'une et l'autre, avant de l'assommer, de lui poser la tête sur le billot et de la décapiter, répétant les gestes accomplis par le bourreau, le 12 février 1554, ce jour maudit où Lady Jeanne Grey avait vu passer devant elle le cadavre sans tête de son mari avant d'être elle-même exécutée.

La voix de la conservatrice s'éleva à nouveau dans le silence pesant de la chapelle Saint-Jean où la lumière des candélabres fléchissait rapidement.

– Oui, inspecteur. J'ai tout révélé à Ann Warford. Je crois qu'elle a perçu la raison de sa mort. J'espère qu'elle m'a pardonné.

– Vous avez alors substitué un second message, parlant de l'amant de Lady Ann et destiné à brouiller les pistes, expliqua Higgins. Il m'a pourtant aidé à découvrir l'identité de la femme à la voilette. En voulant égarer Scotland Yard, vous l'avez mis sur une piste fructueuse, sauvant ainsi les joyaux de la Couronne. Vous avez déchiré le premier message en plusieurs morceaux et les avez jetés par l'une des fenêtres de la Tour sanglante, oubliant les corbeaux. Ils ont rapporté les fragments à leur maître, le vieux *Yeoman,* et m'ont mis sur la voie : deux messages, une double personnalité pour l'assassin de Lady Ann comme pour sa victime.

Le gouverneur de la Tour crut devenir fou. Son grand projet anéanti, sa carrière brisée, sa femme assassinée… à cause d'une malédiction vieille de quatre cents ans !

– De retour sur la pelouse, poursuivit Higgins, Jane Grey a laissé tomber un poudrier pour manifester son émotion. Elle a également perdu un gant de laine que le lieutenant Holborne a ramassé. Idée astucieuse : si elle avait manié la hache, elle y aurait laissé des empreintes, ne portant plus qu'un gant, prétendant avoir perdu l'autre avant la cérémonie d'installation.

– J'ai regretté cette mise en scène, assura Jane Portman. Je n'ai pas cherché à égarer quiconque. Je crois même avoir laissé inconsciemment des traces derrière moi. Peu m'importait, au fond, d'être identifiée. Je m'en aperçois, à présent. Je voulais simplement que les soupçons s'orientent vers tout le monde, donc vers Lord Henry. Lui aussi devait payer, puisqu'il avait épousé la descendante des Warford. Il a jeté un ultime défi à mon aïeule en faisant exposer le cadavre de sa femme dans la chapelle Saint-Pierre *ad vincula,* tout près de la sépulture de... Lady Jeanne Grey ! Cette provocation n'a fait que sceller sa déchéance. L'Angleterre me comprendra.

La lumière avait encore baissé d'intensité. Les visages devenaient indistincts.

– Il me reste une révélation à faire, dit Jane Portman. Mais je ne parlerai qu'à l'inspecteur Higgins, seule à seul.

Cette exigence scandalisa Scott Marlow.

– N'acceptez pas, Higgins. C'est un guet-apens. Cette femme est capable du pire !

– Je vous suis, madame, déclara Higgins. Où souhaitez-vous aller ?

– Montons au sommet de la Tour blanche. J'aime cet endroit. On y respire mieux qu'ailleurs.

D'un signe de la main, Higgins demanda au superintendant de ne pas intervenir.

— 43 —

– Un détail m'intrigue encore, dit Higgins en montant l'escalier. Comment avez-vous pu prévoir le *smog* qui a joué un si grand rôle dans le dénouement de votre plan ?

– Je ne l'ai pas prévu, répondit Jane Portman. Je savais que ce serait ce jour-là et pas un autre. Le hasard n'existe pas, inspecteur. Je me suis contentée d'utiliser les circonstances que Dieu m'offrait. Quoiqu'il advînt, le sort de Lady Ann Warford était scellé.

La criminelle et le policier débouchèrent à l'air libre, au sommet de la Tour blanche, noyé dans la brume. Jane Portman se dirigea vers le seul angle de forme semi-circulaire. La jeune conservatrice avait le regard perdu dans un temps si lointain qu'elle seule en possédait la clé.

– Je devrais éprouver des remords, dit-elle d'une voix étrange. Ce n'est pas le cas. J'ai le sentiment d'avoir accompli une mission.

Higgins affrontait le souffle glacial d'un vent violent qui lui réfrigérait les os. Les nuages, très bas, se confondaient avec les bancs de brume stagnant au-dessus de la Tamise.

– Vous savez déjà ce que je vais vous dire, n'est-ce pas ?

– Je le crois, admit Higgins.

– Qu'en pensez-vous donc ?

Higgins était confronté à un douloureux cas de conscience. Il respecta la règle qui lui avait servi de ligne de conduite tout au long de sa carrière.

– Je n'ai pas à vous juger, madame. Moi aussi, j'avais une mission : celle de vous identifier.

La jeune femme prit une profonde aspiration.

– Il le faut pourtant, inspecteur ; la malédiction existe toujours. Elle existera aussi longtemps que moi, Jane Grey, serai vivante.

Elle courut jusqu'aux créneaux et se jeta dans le vide, sans un cri.

*

* *

Policiers du Yard en uniforme, infirmiers, *Yeomen, Horse Guards* fourmillaient dans les allées de la Tour. Quelques journalistes avaient enfin réussi à y pénétrer, glanant çà et là les premières informations qui allaient nourrir leurs quotidiens. Une voiture banalisée, emmenant le gouverneur de la Tour de Londres, sortit par l'entrée principale. Menottes au poing, le lieutenant Holborne et Elie Bronstein montaient dans un fourgon cellulaire. Le grand chambellan tentait de consoler Myosotis Brazennose qui pleurait à chaudes larmes.

Le superintendant Marlow et Higgins cheminaient sur la pelouse, devant la Maison de la Reine. Scott Marlow avait renoncé à obtenir des explications sur le suicide de Jane Portman.

– Mais enfin, Higgins ! Vous n'allez quand même pas refuser de parler à un envoyé spécial de Sa Majesté ! Il vous attend.

– Occupez-vous de ces problèmes de protocole, mon cher Marlow. C'est vous qui êtes officiellement chargé de l'enquête. Mon train part dans moins d'une heure.

Cela gênait plus ou moins Scott Marlow de tirer ainsi la couverture à lui. Mais Higgins ne lui laissait pas le choix.

– N'oubliez pas, mon cher Marlow, de procéder à une expertise approfondie des joyaux de la Couronne, recommanda Higgins. Il serait regrettable que des milliers de visiteurs admirassent des faux. Adieu, mon ami.

L'ex-inspecteur-chef s'éloigna, laissant le superintendant Marlow en proie à un fol espoir : être reçu par la reine Elisabeth II.

Higgins avait une dernière visite à rendre avant de quitter la Tour de Londres. Il marcha jusqu'à la cage aux corbeaux près de laquelle le vieux *Yeoman* buvait au goulot une bouteille de whisky.

L'homme du Yard s'immobilisa devant lui.

– Vous aviez tout vu, n'est-ce pas ? Vous avez assisté aux deux assassinats ?

Le vieux soldat leva un œil agressif vers Higgins.

– Pas moi. Le Spectre et mes corbeaux. Ils m'ont raconté, c'est vrai.

– Pourquoi m'avoir laissé dans l'ignorance ?

– Pas mon problème… Le lieutenant, c'était qu'un pauvre type. La petite, je l'aimais bien. Chacun son métier. Le mien, c'est nourrir les corbeaux pour que l'Angleterre ne disparaisse pas dans le *smog*. Merci quand même pour ma réserve… Vous avez gardé le secret.

– Je ne suis pas rancunier, affirma Higgins.

– Pourquoi dites-vous ça ? s'inquiéta le vieux *Yeoman*.

– Allez donc jusqu'à votre cachette, recommanda l'ex-inspecteur-chef, tournant les talons.

Le soldat, les jambes chancelantes, se rendit jusqu'à la tombe du corbeau, dans le fossé de la Tour. S'assurant qu'il n'était pas observé, il souleva la croix et découvrit une bouteille de *Royal Salute,* accompagnée d'une carte de visite portant la mention : « Avec les compliments du Yard. »

Le vieux soldat observa l'entrée principale, comme s'il y voyait passer Higgins. « Celui-là, pensa-t-il, mériterait de devenir *Yeoman.* »

ŒUVRES DE CHRISTIAN JACQ

Romans

L'Affaire Toutankhamon, Grasset (prix des Maisons de la Presse).
Barrage sur le Nil, Robert Laffont.
Champollion l'Égyptien, XO Éditions.
Le Dernier Rêve de Cléopâtre, XO Éditions.
L'Empire du pape blanc (épuisé).
Et l'Égypte s'éveilla, XO Éditions :
 * *La Guerre des clans.*
 ** *Le Feu du Scorpion.*
 *** *L'Œil du Faucon.*
Imhotep, l'inventeur de l'éternité, XO Éditions.
J'ai construit la Grande Pyramide, XO Éditions.
Le Juge d'Égypte, Plon :
 * *La Pyramide assassinée.*
 ** *La Loi du désert.*
 *** *La Justice du vizir.*
La Création du Temple de Salomon, Ebook (uniquement).
Maître Hiram et le roi Salomon, XO Éditions.
Le Moine et le Vénérable, Robert Laffont.
Mozart, XO Éditions :
 * *Le Grand Magicien.*
 ** *Le Fils de la Lumière.*
 *** *Le Frère du Feu.*
 **** *L'Aimé d'Isis.*
Les Mystères d'Osiris, XO Éditions :
 * *L'Arbre de Vie.*
 ** *La Conspiration du mal.*
 *** *Le Chemin du feu.*
 **** *Le Grand Secret.*
La Naissance d'Anubis ou le Crime suprême (nouvelle), J Éditions.
Néfertiti, l'Ombre du Soleil, XO Éditions.
Le Pharaon noir, Robert Laffont.

La Pierre de Lumière, XO Éditions :

* *Néfer le Silencieux.*
** *La Femme sage.*
*** *Paneb l'Ardent.*
**** *La Place de Vérité.*

Pour l'Amour de Philae, Grasset.

Le Procès de la momie, XO Éditions.

La Prodigieuse Aventure du Lama Dancing (épuisé).

Que la vie est douce à l'ombre des palmes (nouvelles), XO Éditions.

Ramsès, Robert Laffont :

* *Le Fils de la Lumière.*
** *Le Temple des millions d'années.*
*** *La Bataille de Kadesh.*
**** *La Dame d'Abou Simbel.*
***** *Sous l'acacia d'Occident.*

La Reine Liberté, XO Éditions :

* *L'Empire des ténèbres.*
** *La Guerre des couronnes.*
*** *L'Épée flamboyante.*

La Reine Soleil, Julliard (prix Jean-d'Heurs du roman historique).

Les Enquêtes de Setna, XO Éditions :

* *La Tombe maudite.*
** *Le Livre interdit.*
*** *Le Voleur d'âmes.*
**** *Le Duel des mages.*

Toutânkhamon, l'ultime secret, XO Éditions.

La Vengeance des dieux, XO Éditions :

* *Chasse à l'homme.*
** *La Divine Adoratrice.*

Ouvrages pour la jeunesse

Contes et légendes du temps des pyramides, Nathan.

La Fiancée du Nil, Magnard (prix Saint-Affrique).

Les Pharaons racontés par…, Perrin.

Essais sur l'Égypte ancienne

L'Égypte ancienne au jour le jour, Perrin.
L'Égypte des grands pharaons, Perrin (couronné par l'Académie française).
Les Égyptiennes, portraits de femmes de l'Égypte pharaonique, Perrin.
Les Grands Sages de l'Égypte ancienne, Perrin.
Initiation à l'Égypte ancienne, MdV Éditeur.
La Légende d'Isis et d'Osiris, ou la Victoire de l'amour sur la mort, MdV Éditeur.
Les Maximes de Ptah-Hotep. L'enseignement d'un sage du temps des pyramides, MdV Éditeur.
Le Monde magique de l'Égypte ancienne, XO Éditions.
Néfertiti et Akhénaton, le couple solaire, Perrin.
Paysages et paradis de l'autre monde selon l'Égypte ancienne, MdV Éditeur.
Le Petit Champollion illustré, Robert Laffont.
Pouvoir et sagesse selon l'Égypte ancienne, XO Éditions.
Préface à : *Champollion, grammaire égyptienne*, Actes Sud.
Préface et commentaires à : *Champollion, textes fondamentaux sur l'Égypte ancienne*, MdV Éditeur.
Rubriques « Archéologie égyptienne », dans le *Grand Dictionnaire encyclopédique*, Larousse.
Rubriques « L'Égypte pharaonique », dans le *Dictionnaire critique de l'ésotérisme*, Presses universitaires de France.
La Sagesse vivante de l'Égypte ancienne, Robert Laffont.
La Tradition primordiale de l'Égypte ancienne selon les Textes des Pyramides, Grasset.
La Vallée des Rois, histoire et découverte d'une demeure d'éternité, Perrin.
Voyage dans l'Égypte des pharaons, Perrin.

Autres essais

La Flûte enchantée de W.A. Mozart, traduction, présentation et commentaires de C. Jacq, MdV Éditeur.
La Franc-maçonnerie, histoire et initiation, Robert Laffont.

Le Livre des Deux Chemins, symbolique du Puy-en-Velay (épuisé).
Le Message initiatique des cathédrales, MdV Éditeur.
Saint-Bertrand-de-Comminges (épuisé).
Saint-Just-de-Vacabrère (épuisé).
Trois Voyages initiatiques, XO Éditions :
  * *La Confrérie des Sages du Nord.*
  ** *Le Message des constructeurs de cathédrales.*
  *** *Le Voyage initiatique ou les Trente-Trois Degrés de la Sagesse.*

Albums illustrés

L'Égypte vue du ciel (Photographies de P. Plisson), XO Éditions et La Martinière.
Karnak et Louxor, Pygmalion.
Le Mystère des hiéroglyphes, la clé de l'Égypte ancienne, Favre.
La Vallée des Rois, images et mystères, Perrin.
Le Voyage aux pyramides (épuisé).
Le Voyage sur le Nil (épuisé).
Sur les pas de Champollion, l'Égypte des hiéroglyphes (épuisé).

Bandes dessinées

Les Mystères d'Osiris (scénario : Maryse, Jean-François Charles ; dessins : Benoît Roels), Glénat – XO Éditions :
  * *L'Arbre de vie (1).*
  ** *L'Arbre de vie (2).*
  *** *La Conspiration du mal (1).*
  **** *La Conspiration du mal (2).*

ON EN PARLE…

« Higgins travaille comme nous le faisons, dans la réflexion. Il écoute, il observe, il relève ce qui est anachronique et incohérent. Ensuite, il réfléchit, analyse et pose les bonnes questions. Depuis trente-trois ans au service de la gendarmerie et de l'IRCGN, c'est ainsi que je forme les enquêteurs et les techniciens qui travaillent avec moi. »

Capitaine THOMAS.

*

« La recette de Christian Jacq est simple : une intrigue bien construite, des personnages attachants et une écriture alerte. Simple, efficace… On n'a jamais fait mieux ! »

Thierry NIOGRET,
France Bleu Béarn.

*

« Une tradition d'enquête policière où la résolution des crimes commis ne doit rien aux procédés technologiques modernes, mais tout à la sagacité d'un enquêteur, l'inspecteur Higgins, digne héritier des Poirot ou Holmes. »

Nicolas BLONDEAU,
Le Progrès.

*

« Il n'est pas exagéré de dire que le lecteur, littéralement absorbé, mène les investigations au côté de l'inspecteur Higgins. »

Noëlle DE SONIS,
La Manche Libre.

*

« Le livre est rythmé, l'enquête digne d'un roman d'Agatha Christie. La recette est classique, mais la magie opère toujours. Le lecteur est captivé jusqu'aux dernières pages. »

Franck BOITELLE,
Paris-Normandie.

*

« Christian Jacq mène avec une redoutable efficacité et une délicieuse sophistication un récit bien sombre et bien cadencé. Le lecteur est bousculé par les contre-indices qui jaillissent à chaque page. Il se laisse baigner par l'atmosphère enveloppante du récit. Ambiance crépusculaire et frissons garantis jusqu'à la dernière ligne. »

Véronique EMMANUELLI,
Corse-Matin.

*

« Higgins n'écoute que son bon sens et balaie d'un revers toute précipitation. Poirot et Maigret, ses illustres confrères, usent de la même sagesse. »

Vincent ROUSSOT,
L'Yonne Républicaine.

*

« Fidèle à son habitude, Higgins va devoir user de son sens de l'observation, de sa maîtrise de la conversation et de sa perspicacité pour faire toute la lumière. »

Lyliane MOSCA,
L'Est-éclair.

*

« Des polars à l'anglaise qui respectent à merveille les canons du genre, à commencer par les personnages, très typés… Des romans plaisants et distrayants, qui plus est bien écrits, pour passer le temps en avion, dans le train, ou en cachette au bureau derrière son Mac.

Depuis le paradis des romanciers, sainte Agatha Christie doit considérer avec plaisir la réussite de l'un de ses fidèles continuateurs. »

Philippe LE CLAIRE,
L'Union-L'Ardennais.

*

« Le livre se déguste comme un bon Agatha Christie et on attend avec impatience de découvrir la suite des aventures de cet inspecteur de Scotland Yard qui tient autant d'Hercule Poirot que de l'inspecteur Columbo ! »

Florence DALMAS,
Le Dauphiné Libéré.

*

« Un roman fidèle à l'atmosphère et aux retournements de situation, tels que les aime Christian Jacq. Et nous avec. »

Yves DURAND,
Le Courrier de l'Ouest.

*

« Atmosphères troubles, énigmes a priori inextricables, personnages hauts en couleur, fausses pistes de tous côtés… Délectez-vous des enquêtes menées de main de maître par l'incomparable Higgins. »

Le Grand Livre du Mois.

Achevé d'imprimer sur Roto-Page
par l'Imprimerie Floch à Mayenne
en avril 2019

Dépôt légal : septembre 2016
N° d'édition : 3989/01 – N° d'impression : 94281

Imprimé en France